ちくま文庫

探偵術教えます

パーシヴァル・ワイルド
巴妙子 訳

筑摩書房

P. MORAN, DETECTIVE

by

Percival Wilde

1947

目次

探偵術教えます

第一講　P・モーランの尾行術

ニューヨーク州サウス・キングストン
アクミ・インターナショナル探偵通信教育学校　主任警部より
コネティカット州サリー　ミスター・R・B・マクレイ気付
探偵P・モーラン殿

……前回のレッスンを十分に学んだら、一人前の探偵にとって尾行が最も大切な技能の一つであることがわかったでしょう。君は目的の人物をよく研究しなければなりません。例えばイタリア人の犯罪者が他とどのくらい違っているかを覚え、その特徴に精通するのです。また常に人ごみに紛れ込めるよう、地味で目立たない服装を習得する必要があります。

このレッスンをすべて学んだと思ったら、友達か親戚の一人を、あらかじめ許可を得た上で尾行し、ある一晩の彼の行動について完全な記録を取ってみましょう。

J・J・O'B

追伸　辞書を買って、わたしに手紙を書く時に二音節以上の単語を使う場合は、綴《つづ》りを調べなさい。仕事を求めている時、お得意の「指文」などという言葉を使っていては、とうていその仕事は得られないでしょう。

J・J・O'B

コネティカット州サリー　ミスター・R・B・マクレイ気付
探偵P・モーランより
ニューヨーク州サウス・キングストン
アクミ・インターナショナル探偵通信教育学校　主任警部殿

えー、おっしゃる通り綴りを調べるために辞書を買いましたが、親戚は遠いポータケットに住んでいて尾行ができないんで、イタリア人を尾行し、その時起こったことは以下の通りです。

この町にいるイタリア人は靴屋のトニーだけですが、双子を除いても九人の子持ちで、夜に外出することはありません。そこで木曜の夜、ちょうど休みでもあるし、奥さんにも「ピーター、クーペを使っていいわよ、ガソリンが五ガロンまでならね」と言われたので、トリントンに出かけました。

　運転手の制服は着ませんでした。なぜって制服じゃ地味で目立たない服装とは言えませんからね。

　トリントンまで車で行って中央広場を走ると、そこではクリフ・アダムズ、というのは「クリフォード」を縮めた名前ですが、その彼が交通整理をしていて、わたしが「やあ、クリフ」と言うと彼は「やあ、ピート」と返事し、それからわたしは横丁に入ってクーペを停めました。おかしな偶然だけど、わたしがクーペを停めた真後ろにクリフ・アダムズの車があって、そこは仕事中彼が駐車しておく場所だったんですが、なんでクリフ・アダムズの車とわかったかというと、一つには彼のおんぼろのでかい車を知ってるってこともありますが、もう一つにはX-3という短くて覚えやすいナンバーを知ってたからで、コネティカットでは車を持ってればそんなふうにZ-1とかD-2とか、またはイニシャルなどを使った短いナンバーをつけられるんです。で、クリフ・アダムズの車のナンバー・プレートを見た時、そいつがクリフ・アダムズの車だなとピンときたってわけです。

　それからわたしはぶらぶら歩きながら尾行を始めました。人ごみにだって紛れ込めたんでしょうが、ただその時は人ごみなどなかったんです。そして一、二ブロックも歩かないうちに二人のイタリア人がイタリア語を話しているのを見つけて小道に身を隠し、彼らを尾行しました。彼らの話す声はちゃんと聞こえたんですが、イタリア語だったのでさっぱりわかりません。すぐに彼らは別れ、一人は駐車した場所、イースト・メイン・ストリートに戻り、車に乗って去りましたが、ナンバーはわかりませんでした。なぜってそれを思いついた頃には、時すでに遅しだったからです。

それで彼がもう一人のイタリア人とイタリア語をしゃべっていた場所に戻ったら、その男はいなかったんですが、間もなく店から出てきて歩き出したので、わたしはフランクリン・ストリートをずっとイースト・アルバート・ストリートにぶつかるまで尾行し、それからまたフランクリン・ストリートに沿って、奴が郊外近くに出るまでおそらく半マイルほどつけました。

すると奴が気づいて走り出したので、わたしも追って走ると、奴は立ち止まって言いました。

「どして俺をつける?」

奴は「どうして?《ホワイ》」ではなく「どして《ヴァイ》」と言ってました。

わたしは「上官の命令だ」と言ってドラッグストアで買ったバッチーを見せ、それには下の方に「犯罪捜査官《Gマン》」、上の方に「少年」と書いてあったんですが、上の方は見せませんでした。

奴は一目見ると「しまった！《マイン・ガット》」と叫びました。

わたしは言いました。「そいつをよこせ」

奴は「よこせって、なにを？」と言いました。

「言ってただろう。銃《ガット》だ」

奴は変な顔でわたしを見ました。「わからん。銃《ガット》なんか持ってない」

そこで私は身体検査をしましたが、奴の言うことは本当で、ポケットから出てきたのは何百本もの煙草だけでした。

「ほらな？」と言って奴はきょろきょろし、あたりに誰もいないのを見て言いました。

「なあお巡りさん、話《ナシ》つけようぜ」

わたしは「どういう意味だ？」と聞きました。

「こういうこと」

と言って奴は握手してきましたが、手のひらに何か折った紙幣のようなものを感じて、わたしがマッチを点けて見ると、二十ドル札だったんで、びっくりしたのなんのって爪《つま》楊枝《ようじ》でつつかれてもぶっ倒れるくらいでした。

奴は「これでオーケイ、な？」と言いました。「もっと欲しけりゃ、いつか俺んとこ来い」

「どこへ行く？」とわたしが聞くと、奴は「店に戻る。ちっと散歩に出ただけだ」と言い、わたしが「もしよかったら店まで尾行させてくれ。レッスン四に書いてあったように、いい練習になるからな」と言うと、相手は「もちろん《ヤー・ウォール》」と応え、そこで奴もわたしもその通りにして、その後わたしはクーペで帰宅しましたが、三ガロンも使ってませんでした。

それで次の木曜の夜の休みには、もっとイタリア人を尾行しようと思います。イタリア人を尾行するのは楽しいです。

ニューヨーク州サウス・キングストン
アクミ・インターナショナル探偵通信教育学校　主任警部より
コネティカット州サリー　ミスター・R・B・マクレイ気付
探偵P・モーラン殿

ご忠告しますが、「バッチー」をちらつかせるのはトラブルの元です。犯罪が企てられているとすれば、金を受け取ると共犯者ということになります。どんな人だろうと尾行する権利は君にはありません――友人か親戚を除いて――それも本人の了承を得た場合のみです。君は単なる生徒であり、一人前の探偵ではないのです。

J・J・O'B

コネティカット州サリー　ミスター・R・B・マクレイ気付
探偵P・モーランより
ニューヨーク州サウス・キングストン
アクミ・インターナショナル探偵通信教育学校　主任警部殿

えー、主人もカンカンでした。

アミーニア駅に六時十四分の汽車で着く主人を迎えに行って、「旦那様、困ったことになりました」と言うと、「ピーター、今度は何だね?」と言われました。

そこでいつものようにすっかり打ち明け、主人を隣に乗せて国道三四三号線を家まで走る間に、あなたの手紙に書いてあったことも話しました。

「ピーター、こいつは深刻だよ」と主人は言い、いつだったかウォール街で熊が逃げ出した（相場が下がったという言い回しの勘違い）と言った時のように、あごを突き出しました。

「ええ」

「ピーター、今夜トリントンに行って、その店主と話をつけるまでは帰ってくるな」

わたしは言いました。「すみませんがミスター・マクレイ、今夜はトリントンには行けません」

「なぜだ？」

「旦那様と奥様を、シモンズ家のダンスにお連れしなければならないので」

彼はさっきやったようにあごを突き出して言いました。「ピーター、今夜は運転手なしで何とかするよ。ステーションワゴンをわたしが運転するから、トリントンにはクーペで行きなさい」

「はい」

彼は「片をつけてくるんだぞ。さもないと……」と言いました。

わたしには「さもないと……」が何を意味するかわかっていたので、「はい、旦那様」そして「片をつけてきます」と言いました。

それでわたしはトリントンまで運転し、クリフ・アダムズのいるところを過ぎて「やあ、クリフ」と言うと彼は「やあ、ピート」と返事をし、そしてこの前と同じ場所、すでに停まっていたクリフ・アダムズの車のすぐ前に駐車してから、店が見つかるまで歩き、そして中に入っていきました。

わたしは観察のレッスンを覚えているので、観察したことをここに書きます。

そこは小さな店で外に「スポーツ用品、シガレット、タバコ」と出ており、中には一方にカウンターがあってもう一方には棚がありました。奥にはテーブルと椅子がいくつかあり、そこで何人かがストロベリー・アイスクリーム・ソーダを飲んでいた跡がありました。何を飲んでいたかは、グラスの飲み残しから論理できたんです。

カウンターのところに立っていたのは、若い男一人と女の子二人でした。

カウンターの奥にはこの前の木曜に尾行したイタリア人がいました。

カウンターの端には別の女の子がいました。

つまり店内には男が二人、女が三人いたわけで、彼らの様子を書きます。

イタリア人は四十五歳くらいで中肉中背でした。

若い男は十九歳くらいで中肉中背でした。

一人の女の子は十八歳くらいで黒髪でした。

もう一人の女の子も十八歳くらいで黒髪でした。

カウンターの端にいた女の子は二十一歳くらいで、豪花なブロンドでした。青い目でまつげが長く、きれいな歯をしていました。しゃれた靴と絹のストッキングを履いていましたが、彼女の肌と同じ色だったのでよくよく見ないとストッキングだとは気づかないでしょうね。また大きなダイヤをはめこんだ腕輪をつけていました。片方の腕に三つ、もう片方には四つしていました。

他の客たちは話をしていましたが、彼女だけはカウンターにもたれ、お上品に歯をほじくっていました。

わたしが入っていった時、カウンターの前の女の子の一人が「リーファー、リーファ

ー、リーファーをちょうだい」と言っていました。

カウンターの奥のイタリア人は彼女に煙草を何本か渡しましたが、彼女が欲しがっていたのはリーファー・ジャケット（厚地のダブルのジャケット）なのに変だなと思っていると、彼はわたしを見て煙草を引ったくり、「うちじゃソフトドリンクとスポーツ用品しか売らねえよ」と言って、わたしに向かって「やあ、よく来た」と声をかけてきました。

わたしは「やあ、かわいこちゃん」と言ったんですが、それは豪花なブロンド娘に話しかけていたからです。「いったい今までどこにいたんだい？」

彼女は険しい目つきでわたしを見ましたが、イタリア人が彼女の腕を取って、「いやメイブル、俺の大事の友達だ、優しくしてくれ」と言い、わたしには「この娘はお前にちゃんと招介してもらいたがってるんだが、お前がまだ名前を教えてくれねえからできねえんだ」と言いました。

そこでわたしがピート・モーランと名乗ると、彼は「メイブル、俺の大事の友達、ピートだ」と言い、メイブルは「アウグストの友達なら誰でもあたしの友達よ。握手しましょ、ピート」と言いました。

わたしは彼女と握手して言いました。「アウグスト、話があるんだ。僕たちが友達だっていうのは本気で言ってるのかい？」

「本気かって？　もちろん俺たち友達さ」

彼が「シッ！」と追い立てると、女の子二人と若い男は店から出て行き、それからこの前と同じように彼が握手をしてきて、今度は十ドルでした。

わたしは言いました。「アウグスト、真面目な話なんだ。僕たちの間には何も問題はないんだな？」

彼は笑いました。「何てこと聞く！　馬鹿馬鹿しい！　ピート、俺たちゃ一つの手袋に入った二つの手みたいなもんさ。聞いたか、メイブル？」

メイブルは頭のいい女の子で、「初めっからわかってたわ、ガス」と言い、それから早口のイタリア語で「コノ、ゾーワカハ、タシアニ、セテマカ」と言いました。

一語残らず覚えているのは、彼女の声が低くて美しかったからです。

アウグストは「ヤー、ウォール」とこの間の夜と同じように言い、向こうを向いて棚を整理し始め、するとわたしの側に立っていたメイブルが親しげに肩にもたれかかってきたので、彼女の香水の匂いがしたんですが、実にすてきでした。

すべてがうまくいったのでいい気分でわたしは下の方に手を伸ばし、彼女の小さな手があったのでつねってやると、彼女もつねり返してきて、きれいな笑顔を見せてくれました。

わたしは「メイブル、トリントンは好きかい？」と聞きました。

彼女はくわえていた爪楊枝を顔の反対側に動かすと、「あんたみたいなすてきな人に会えるなら、もっと好きになれるわね」と言いました。

わたしは彼女の手をもう一度つねりました。「メイブル、もうボスの所に戻って報告しなきゃならないけど、木曜の夜は休みなんだ」

「面白い偶然ね、ピート、だって木曜の夜はあたしの休みでもあるのよ」

「メイブル、木曜の夜にちょっとドライブしないかい？」

「そしてトリントンの夜を楽しむってわけね？　ぜひ行きたいわ」

それでわたしたちはチャーチ・ストリートで待ち合わせることにして、場所はチャーチ・ストリートにある高校の外に決め、それから家にすぐ戻ってガレージで主人が入ってくるのを待ち構え、「さあピーター、うまくいったかい？」と聞かれて「もちろんですとも、旦那様」と応えると、主人は「うん、それはよかった、そうでなきゃクビにしてたところだ」と言いました。

でもわたしはアウグストに尾行してもいいかとは聞きませんでした。というのは、あなたは忘れてるみたいですが、最初の夜つけた時に、彼はすでに許可をくれていたからです。でもどうしてもと言うなら、次の木曜日、メイブルと別れた後でも彼の店が開いていたら聞いてみましょう。

電報
コネティカット州サリー　ミスター・R・B・マクレイ気付
ピーター・モーラン殿
君の妻危険　マル　リーファーはマリファナ煙草のこと　マル　アウグストの店の場所を知らせよ　そうすれば賞金の一部をもらえるだろう
アクミ・インターナショナル探偵通信教育学校
主任警部

コネティカット州サリー　ミスター・R・B・マクレイ気付
探偵P・モーランより
ニューヨーク州サウス・キングストン
アクミ・インターナショナル探偵通信教育学校　主任警部殿

えー、あなたが「君の妻危険」なんて馬鹿馬鹿しいことを書いてよこさなかったら、というのもわたしには妻なんかいないからで、あなたの電報はもっと早く届いていたでしょう。電報の交換手はレイクヴィルから、わたし宛ての電報があると電話してきたのですが、わたしはミセス・マクレイをA&Pストアまで送るため外出していて、メイドのロウジーが電報を受け取ろうと言ったところ、オペレーターはこの電報にはわたしの妻のことが書いてあってプライベートなものだからと頑として伝えなかったんです。そのためわたしにはそんなつもりは全然ないのに、ロウジーはわたしにもてあそばれている、結婚してる男がそんなことをするなんてとカンカンになり、レイクヴィルに電話するようわたしに伝えるのを忘れ、電報が届いたのは今朝主人がわたしのところに持ってきた時で、もうメイブルと昨夜デートした後でした。

主人は電報を読み、あなたが「妻《ワイフ》」と言ったとしても「命《ライフ》」のつもりだったんだろうと言いましたが、どうして「命」と言うつもりだったなら、そう言わなかったんだろうとわたしは思いましたよ。

ともかくわたしはトリントンまで車で行き、中央広場でクリフ・アダムズが交通整理をしながらバイクに乗った警官と話をしていたので、「やあ、クリフ」と声をかけ、彼も「やあ、ピート」と言い、それからチャーチ・ストリートとプロスペクト・ストリートの角にある高校まで車を走らせました。

メイブルの姿はどこにもありませんでしたが、まったく心配しませんでした、というのも約束の時間より三十分も前だったからで、そんなに早々と彼女が来るとは思ってなかったからです。

それからウォーター・ストリートを走ってまた中央広場をぐるりと回り、フランクリン・ストリートを進んでアウグストの店まで行ったんですが、中が覗きこめるように彼の店のある通りをゆっくり運転すると、アウグストが二人のイタリア人とカウンターの上で頭を寄せ合って話しているのが見えましたが、メイブルは見えませんでした。

彼女は二階にいて夜の外出着に着替えているんだろうとわたしは論理しました。もし彼女がそこで暮らしているとすればですが。

ゆっくり進んでいくと通りの外れの方に大きくてピカピカの車を見つけたんですが、何となくおかしな感じがして、でもどこがおかしいのかわからなかったので、角を曲がってイースト・メイン・ストリートで車を止め、歩いて戻ってもう一度見てみました。するとおかしいのは、その車に「X‐3　コネティカット」というクリフ・アダムズのナンバープレートがついてるってことだとわかったんです。

クリフが新車など買ってないことは知ってました。もし買ってたら、わたしが二度通り過ぎた時に呼び止めて自慢しただろうし、その上クリフはわたしと同じで正直者だから、彼の給料からそんな車を買うだけの金を貯めることはできないはずだし、金を持ってたとしたら車なんか買わずに、奥さんから買え買えとせっつかれてるけど手の出ない、ミージョン・アヴェニューの羽目板張りの家を買うでしょうからね。

ナンバープレートはきれいでしたが、よくよく見ると支えの部分にはプレートの両脇の数インチを除いてほこりが積もっていました。それで、このプレートはこの車とは何の関係もなく、トリントンに来た時、この車にはコネティカットのものより長い他の州のプレートがついていて、誰かがクリフに悪さをするためプレートをくすねたのだとわたしは論理しました。

プレートを留めている蝶ナットを締めたのが誰にせよ、お粗末な仕事ぶりで、まるで締まっていませんでした。それでわたしは後ろのプレートを外し、クリフに返すために内側の胸ポケットに入れました。それでわたしは後ろのプレートも外そうとしたのですが、二人のイタリア人が店から出てくるのが見えたので、裏通りにひょいと身を隠し、通り過ぎるのを待ちました。

しかし彼らは通り過ぎませんでした。

彼らはすばやく車に乗り込んでアクセルを踏み、あまりにも速く走り去っていったので、呼び止めて彼らが間違いを犯していること、それにクリフのような良い警官に悪さをしてはいけないと言うひまもありませんでした。

それでわたしはクーペに戻って乗りこむと、ともかく中央広場まで引き返してクリフにプレートの片方を渡そうと思ったんですが、時計を見ると時間がなかったので、そのままますぐ高校まで行きました。

メイブルは約束通りチャーチ・ストリートで待っていて、彼女だとわかるほど近づくよりずっと前に、ヘッドライトに照らされた豪花なブロンドが見えました。

「やあ」わたしは言いました。

彼女は「こんばんは、お兄さん」と応えました。

「待たせたかい、かわいこちゃん？」

「ずいぶん待った気分よ、ハニー」彼女はすかさず言い返しました。

わたしがドアを開けると、彼女はさっと飛び乗ってきました。彼女の目は青く、きぬ連れの音がするドレスを着て、衿《えり》元には毛川がついてました。

わたしは車の向きを変え、プロスペクト・ストリートをゆっくりと進みました。

彼女はたっぷり香水をつけていて、甘い香りだったので、わたしは「おやおや《ジー》、メイブル、いい香りだなあ」と言いました。

彼女は言いました。「この香水の名前は危険な夜っていうのよ」

わたしは「へえ？」と言いました。

「どんな名前だと思ったの？」と彼女。

「鈴蘭みたいな匂いがするよ」

彼女は「近頃じゃ香水に花の名前なんてつけないのよ」と言いました。

わたしは「いやあ《ジー》、そいつは知らなかったよ」、それから「いやあ《ジー》、かわいこちゃん、君はすてきだねえ」と言いました。

彼女は「あらまあ《ジー》」と言って笑い、「あらまあ《ジー》、あんたが本職の犯罪捜査官《Gマン》だってことを忘れてたわ。バ、ッ、チ、ーを見せてよ」と言いました。

さて、あなたが書いてきたことは忘れてなかったので、わたしは言いました。「いや、メイブル、あのバ、ッ、チ、ーを見せびらかすことはもうできないんだ」

「なんでできないの？　クビになったの？」

彼女はものすごく魅力的できれいだったので、わたしは嘘をつけませんでした。「いや、メイブル」わたしは言いました。「クビになったわけじゃないけど、主任警部に除名されるんじゃないかと思うんだ」

「除名されるって、ピート？　どういうことなの？」

彼女が理解するとは思えなかったので、説明はしませんでした。

しかし彼女はわたしにぴったり寄り添ってきて言いました。「これからお友達になろうっていうのに、お互い秘密なんか持っちゃいけないわ。ポケットにあるのはバ、ッ、チ、ーなの？」

彼女はわたしの胸ポケットにまっすぐ手を伸ばしてきましたが、わたしは押し留めました。「いや、メイブル、これはバ、ッ、チ、ーじゃない。プレートだよ」

「プレート？　何のプレートなの？」

「警察のプレートさ」わたしは言いました。「コネティカットじゃ小さいんだ」その言葉が彼女を黙らせたようでした。なぜなら彼女はただ「あら」とか何とか言い、それから「わかったわ」そして「アウグストは結局正しかったってことね」と言ったからです。

わたしは「彼の何が正しかったんだい？」と聞きました。

「仕事の話よ」

さて何のことかさっぱりわかりませんでしたが、わたしは「メイブル、トリントンには長いのかい？」と聞きました。

彼女はまるで侮辱されたかのようにさっと身を引きました。「あたしがこんなちっぽけな町に長く住んでるような女の子に見える？　大都会から来たばかりでまだ　週間も経ってないわ」

「どうしてここに来たんだい、かわいこちゃん？」

「アウグストが電話してきたからよ、もちろん」

街灯の側を通り過ぎて、彼女がわたしをじっと見つめているのがわかりました。「ピート、ほんとはこんなことしたくないの。正直に言って。あんたは犯罪捜査官《Gマン》なの、違うの？」

あなたをまた怒らせたくなかったので、わたしはよくよく考えてついに言いました。

「メイブル、その質問には主任警部の許可がないと答えられないよ」

「じゃあそれで決まったわ」彼女は言いましたが、その声はこわばっていました。

「決まったって何が？」

「あんたがあたしの新しい彼氏で、これから一緒にドライブするってことよ。ねえピート、どこに連れてってくれるの?」

わたしは先月の給料から貯金していて、その他にアウグストがこっそり三十ドルくれたので、ポケットには三十二ドル近くありました。「軽く飲めて踊れるナイトクラブに行くってのはどうだい?」

彼女は「嫌よ」と言い、わたしは「嫌だって?」と聞き返しました。

「そう。今夜はウォーキングシューズを履いてるし、ウォーキングシューズじゃ踊りたくないの。小指に魚の目ができてて猛烈に痛いんだもの」

それでわたしは言いました。「新しい靴を下ろした時には、僕も魚の目ができるよ。メイブル、君は何がしたいんだ?」

彼女はぴったりとすり寄ってきました。「今夜は月が出てるわね」

わたしも国道四号線を来た時に気づきました。

彼女は恥じらっているみたいでした。「ねえピート、その辺をちょっとドライブして、それからどこか、何時間でも月を眺めていられるところに車を停めましょうよ!」

それはすてきな考えに思えたので、わたしは言いました。「メイブル、かわいこちゃん、どこか特別に行きたいところがあるのかい?」

「ええ、ハニー。ベッシーの池の北岸よ。イースト・メイン・ストリートからトリンフォード・アヴェニューに出て、池が見えたらトリンフォード・アヴェニューを左折するの」

わたしは「トリントンに一週間といない女の子にしちゃ、道をよく知ってるんだな」と言いました。

彼女はちょっと身を引いてわたしを見つめ、それからわたしの腕をギュッとつねって言いました。「今日のデートの約束をした後にね、ハニー、友達の女の子に車を停めるいい場所がないかって聞いたら、その子がいつも停めるのはそこだって言ってたのよ」

もう書くのをやめて寝なければだめですよと看護婦が言っています。でも、この手紙はわたしに代わって彼女が投函してくれます。それでわたしは、ベッシーの池の北岸で、月の光を浴びたメイプルがどんなにきれいだったか夢に見ることにします。

電報

コネティカット州サリー　ミスター・R・B・マクレイ気付

ピーター・モーラン殿

わたしの電報への返信なし　マル　すべて知らせてくれれば賞金を分ける　マル　五〇語分の返信代は支払済

アクミ・インターナショナル探偵通信教育学校
主任警部

コネティカット州サリー　ミスター・R・B・マクレイ気付
探偵P・モーランより
ニューヨーク州サウス・キングストン
アクミ・インターナショナル探偵通信教育学校　主任警部殿

えー、わたしはぐっすり眠り、目覚めた時にまず思い出したのは、「君の妻危険」というあなたが打った電報を忘れていたことでしたが、今朝主人が病院に持ってきてくれて初めて受け取ったこともあって、真面目に考えていなかったのです。そして今、主人があなたの二通目の電報を持ってきて、賞金があるなら喜んでいただくからご心配なく、とお返事するよう言ったので、どうぞご安心ください。ただマリファナ煙草のコンテストなどというものが、他のものと同様にあるとは知らなかったし、それに自分が参加していたことすら知りませんでしたが。

さてメイブルがベッシーの池に行きたいと言い出してから、わたしたちはそれほど長くドライブしませんでした。さもないと五ガロン以上のガソリンを使ってしまって自腹を切ることになりそうだったからです。それでわたしたちは向きを変え、また中央広場を回ったんですが、というのもトリントンではどこに行くにもほとんど中央広場を回らないといけないからです。クリフ・アダムズはまだ勤務中でしたが、バイクの警官はもういなくて、わたしが「やあ、クリフ」と声をかけ、彼が「やあ、ピート」と応えると、わたしの肩に頭をもたせかけていたメイブルが、身を固くしたのがわかりました。

彼女は「あの警官は友達なの？」と聞き、わたしが「そうとも。良い警官さ」と答えると、彼女は「そう」と言いましたが、わたしはメイブルのことでからかわれると思ったので、クリフにナンバープレートを渡すために車を停めることはしませんでした。

その夜は暑かったですが月が出ていて、池の側にいくつかベンチが見えたので、わたしは「メイブル、外に出てあそこのベンチに座らないか？」と聞きました。

彼女は言いました。「まあピート、今ちょうどそう言おうと思ってたのよ」

それでわたしたちは外に出て、わたしはクーペをロックし、それから二人で池の岸へまっすぐ歩いていき、彼女はベンチの一つに座って、わたしも同じベンチに座りました。そして月光が水面に映っているのを見ているうちに、わたしはメロメロになったらしく、というのもここに運ばれてきた時誰かが「大変だ！　彼の顔の傷を見てみろよ！」と言ったんですが、洗ってみるとただの口紅だったからです。

メイブルは何やらいろいろ言ってたようですが、何も覚えていません。わたしもいろいろしゃべりましたが、彼女も覚えていないでしょうね。しかしそこに座って五分か十分もしないうちに、二人の男が歩いてくるのが見え、しかもわたしたちの方にまっすぐ向かってきて一方の男が言いました。「こりゃ確かに、昔なじみのメイブルじゃねえか！」

メイブルは「あら、あんたたち！ ここで会うなんて奇遇ね」と言って一方をモンクと招介し、ミスター・スミスと名乗ったもう一人もわたしに招介すると、二人はわたしたちと同じベンチに腰を下ろしました。

まったく面白くありませんでしたが、メイブルはそれに気づいていたと思います。なぜなら彼女は「ねえピート、この二人が一緒に座っておしゃべりしても構わないわよね？ すごく大切な友達なの」と言い、ミスター・スミスは「そうとも」と言って、池に唾《つば》を吐きました。

わたしは考えていましたが、「こいつはまったく奇遇だな、だってモンクとミスター・スミスはアウグストの客なんだから」と言いました。

ミスター・スミスは跳び上がりました。「なんでそれを知ってる？」

「今夜あんたたちが彼と話してるのを見たんだ」

「だから何だ？」彼は喧嘩腰で言い、わたしは「別に。ただレッスン二に、観察はするだけの価値があるって書いてあったのさ」と答えました。

やがてメイブルが言いました。「ねえ、ここはいい場所ね」

「ああ、ベッシーの池って呼ばれてるんだ」わたしは言いました。

メイブルは「みんな同じ意見ってわけね？」と言って、妙な笑い方をしました。

モンクは「どのくらいの深さだ？」と聞いてきました。

わたしは「そんなに深くない。ほとんど歩いて渡れるくらいだ」と言いました。

モンクが「ここは深さが足りねえ」と言ってミスター・スミスを見ると、ミスター・スミスは悲しげの首を振って「ああ、足りねえ。初めからわかってなきゃいけなかったんだ」と言いました。

わたしは「水の深さが足りないとどうだっていうんだ？」と聞きました。

メイブルは笑いました。「ピートったら、水が深くないと月はよく映らないってことを知らないの？」

そんな話は聞いたことがなかったので、わたしは「いや、知らなかったよ」と言い、「もし本当に深い湖を探してるなら、リッチフィールドの近くのバンタム湖があるよ」と教えてやりました。

モンクは「聞いたか、ミスター・スミス？」と言い、ミスター・スミスは答えました。

「ああ、だがそのクソいまいましいバンタム湖ってのは、いったいどこにあるんだ？」

これには我慢できませんでしたね。わたしは答えました。「ミスター・スミス、レディの前で汚い言葉を使うのはやめてもらいたいな。バンタム湖ならここからたった十一マイルか十三マイルのところだ。道を教えるよ」

メイブルは手を叩きました。「ねえ、面白いじゃない？　四人みんなでピートの車に乗れるかしら？」

モンクは「だめだ」と言いましたが、わたしは一緒に行く気はありませんでした。道を教えるだけのつもりだったんです。それから彼は「ピートの車じゃ行かねえ。跡や指紋を残したくねえからな」と言いましたが、わたしはその気配りに感心しました。奥さんはクーペを汚されるのを嫌がるでしょう。そして彼は「俺のちっぽけな車がある。来いよピート、こっちだメイブル」と言いました。

さてわたしたちが歩いていくと、さっき見た大きくてピカピカの車と同じようなピカピカの車があり、同じものだと思いましたが、モンクとミスター・スミスに挟まれて歩いていたため、後ろ側に回って、そこにないプレートがわたしの胸の内ポケットにあるものかどうか、確かめる機会がありませんでした。

メイブルが車に乗り、わたしは彼女の隣に座ろうとしましたが、モンクが「お前は案内役だ、ピート。俺の隣に座れ」と言ったので、フロントシートの奴の隣に座り、ミスター・スミスがメイブルと後ろ側に座りました。

わたしは「トリンフォード・アヴェニューに戻ることはない。もっと近道があるんだ」と言いました。

ミスター・スミスは「近い方がいい。善は急げだ」と言い、わたしは「賛成だね。僕もいつもそう言ってるんだ」と言いました。

さてモンクに、ウィンスロップ・ストリートからメイン・ストリートへ抜ける近道を教え、一行は南へ向かい中央広場を回ったんですが、そこにはクリフ・アダムズがいてまたバイクの警官と話していました。わたしは「やあ、クリフ」と言い、彼も「やあ、ピート」と言いましたが、わたしが別の車に乗っているので驚いたようでした。そしてわたしはクリフのプレートのことを考えていて、この後間もなく彼が非番になったら必要になるだろうし、わたしは前もってそいつを手に持っていたので、「そら、クリフ」と言って放り投げると、ちょうど彼の足元に落ちました。

真後ろに座っていたミスター・スミスはわたしの首根っこをつかむと、「おい小僧、何しやがる?」と言いましたが、メイブルが彼を引き戻し、「大丈夫よ。あのお巡りはこの人の友達なんだから」と言いました。

わたしは「そうだとも、そんなふうに僕の首をつかまないでくれよ、痛いじゃないか。それからここで南に曲がって、サウス・メイン・ストリートに入るんだ」と言いましたが、その時警察のサイレンが唸《うな》るのが聞こえ、モンクがいきなりア、ク、セ、ルを踏み込んだので、また首の骨を折りそうになりました。

わたしは「カッカするなよ、モンク。君を追っかけてるんじゃない。時速二十マイル以上は出してないって僕が証言してやるから」と言ったのですが、モンクは憎々しい口調で「黙れ！」と怒鳴り、わたしがミラーを見ると、ミスター・スミスが後部座席でひざをつき、後ろの窓のガラス越しに銃をつき出していました。

わたしは「撃つな！」と言いましたが、彼は「バン！」と撃ち、それからもう一度「バン！」という音が聞こえて、警察が撃った大きい銃弾が一発、車に当たったのを感じました。

「モンク、これは何かの間違いだよ！」私は言いました。

「間違いだと？　頼むから誰かこの小僧を片づけてくれねえか？」

ミスター・スミスは窓越しに撃っていました。奴は「俺がやってやりてえが、無駄使いする弾がねえ」と言いました。彼はひたすら撃ち続け、銃が空《から》になると車のポケットから別の銃を取り出して撃ちました。

わたしは「メイブル、かがむんだ、撃たれないように」と言いました。

わたしはスピードメーターを見ました。

そこには六十マイルと出ていて、さらにスピードは上がっていました。

あまりに速く飛ばしたのでリッチフィールドへの曲がり角を通り過ぎてしまいました。

わたしは言いました。「モンク、さっきの角を右に曲がらなきゃいけなかったんだ、それに今スピードを落とさないと、アルバート・ストリートの角の信号機が赤なのに、このまま走り過ぎちゃうよ」

彼は「誰もこいつを片づけねえなら、俺がやってやる！」と叫びました。

ミスター・スミスは返事をしません。

わたしが振り返ると、ミスター・スミスは座席の端っこにぐったりと倒れていて、口を開けていました。

信号は赤でしたが、モンクはひたすらスピードを上げただけでした。そして警察の大きい銃弾が一発、前のタイヤに当たり、わたしたちは「バーン！」と木に衝突したのです。
二、三秒間、わたしは気を失っていたようです。というのも気がついてみると、通りには車が溢れ返っていて、町中の警官が全員そこに集まっていたようだったからです。
クリフォード・アダムズが道端に寝ていたわたしを見下ろしており、こう言いました。

「ピート、俺のナンバープレートをすれ違いざまに足元に投げてくれたのは、本当にうまい手だったな。一目見て、それからあの車に後ろ側のプレートがないのに気づくと、俺はショーティに言ったんだ。『あいつらをつかまえろ』ってね」

わたしは頭がくらくらして、何も言いませんでした。

「ピート、あの車でいったい何やっとったんだ？」

まあ、まともな英語も話せなくて、でしゃばりをたしなめてやる必要はあるにせよ、クリフは友達です。「クリフォード」わたしは威厳をもって言いました。「僕はあのチンピラどもを尾行してたんだ」

クリフは口笛を吹きました。「どうやって奴らの正体に気づいたんだい、ピート？　いやあ、お前にそんな才能があるなんて思ってもみなかったよ！」

わたしは立ち上がろうとしましたが、片方の脚が妙な感じで立てません。「クーペをベッシーの池に置いてきた」

「わかった。ミスター・マクレイに電話するよ」

「メイブルはどんな具合だ？」

「大丈夫だ」

「ミスター・スミスは？」

「どっちの奴だい？」

「撃っていた方のチンピラだよ」

「あれがミスター・スミスか？　そうだな、奴は良いインディアンだ（「良いインディアンは死んだインディアンだけ」という言い回しからきたもの）」

奴はイタリア人だと思っていたので、最初納得がいきませんでした。わたしはただ「ああ！　で、モンクはどうだ？」と言いました。

「もう一人の方か？　かすり傷一つ負っちゃいないよ。これから本署に連行して、痛めつけてやるところさ」

わたしは「わかった」と言いましたが、というのもその頃にはモンクを疑い始めていたからで、いずれにせよ赤信号なのに突っ走っただけでも、とっちめられて当然でしょう。「奴の友達のアウグストを忘れるなよ」わたしは言いました。

「アウグストとは誰だね？」

もう一人の男が話しかけてきて、そちらを見ると、彼は金のバッチーをちらつかせました。「アウグストとは誰だね？」と言って彼は「わたしはワシントンから来たんだ。モンクはマリファナの密売に関わっていたことがわかっているんだよ」と言いました。

わたしはとても疲れていて、彼に無駄な話をしたくありませんでした。「ねえ、君」とわたしは言いました。「わたしは探偵P・モーランだ。主任警部に相談してからでなければ、君の話を聞くことはできないな」

それからわたしはまた気を失ったようで、なぜなら目を閉じて再び開けた時にはベッドの上にいて、それは病院のベッドだと聞かされたからです。

主人が来ていてあなたの電報を渡してくれ、やがて奥さんが来て「ピーター、わたしたちみんな、あなたを誇りに思うわ！」と言いました。

そして今は夕方ですが、主人がたった今、「探偵P・モーランはアクミ・インターナショナル探偵通信教育学校の誉《ほま》れであると、記者各位に伝えられたし」というあなたのもう一通の電報を持ってきたところで、ご親切にどうもありがとうございます。

そして今、昼間の看護婦が去って夜勤の看護婦が来たところなので、急いでこの手紙を終わらせようと思います。というのもレッスン二に書かれていたように彼女を観察したからで、そうしてみると彼女は豪花なブロンドだったんです。

第二講　P・モーランの推理法

ニューヨーク州サウス・キングストン
アクミ・インターナショナル探偵通信教育学校　主任警部より
コネティカット州サリー　ミスター・R・B・マクレイ気付
探偵P・モーラン殿

……職業の推理ほど大切な課題はありません。職業は人間を特徴づけるのです。四十年間溝を掘り続けて手が岩のように硬くなった肉体労働者は、象牙の塔に引きこもって数学を教えることに生涯を捧げてきた教授のようには見えないでしょう。七つの海を航海し潮の香のしみついた船員は、医者の処方箋に従って薬を調合する薬剤師とは、似ても似つかないはずです。訓練を積んだ探偵なら一目見ただけで、赤の他人の職業を判断することができるのです。たとえばこんな具合に。「この男は明らかに電車の運転手だ。大きな手、せり出した腹、そしてベルを踏み続けたため右足より大きくなった左足に注目してくれ。こちらの男は簿記係だ。額についたまびさしの跡や、右耳のペンを挟むところのへこみ、右の人差し指の横腹についた赤インクを見たまえ。こっちの男は馬術教師だ。がに股で独特の歩き方をし、厩舎の匂いがするのに気づくだろう」

　仮にある殺人が菓子職人の仕業だとわかっていたとして、君が群衆の中に入っていって菓子職人をすべて明確に言い当てることができたとしたら、職業の推理がどういう意味を持つか考えてみてください。九十九人はそのまま素通りさせても、百人目の男に手錠をかけ、「ジョン・ドウ（訴訟で当事者の本名不詳の際用いる仮名。リチャード・ロウも同じ）、年貢の納め時だな。大富豪リチャード・ロウの謎の殺人犯として逮捕する」と言えるのです。

『職業の特徴』という題のついたこの章を最後まで読み、特に、職業が身体に与える影響についての事例をヨーロッパとアメリカで徹底的に調査した、元フィラデルフィア大学法医学部教授ウィリアム・E・プレズブリー博士の論文の抜粋を読み通しなさい。そうしてこのレッスンをすっかり習得したと思ったら、地下鉄に長時間乗って向かい側の座席に座っている全員の職業を紙に書き留め、さらに観察を加えて推理を確かなものにしましょう。例えば、配管工なら詩の本を読んではいないでしょうし、牧師は競馬の結果を調べたりしないでしょう。スチームパイプ取付け工の助手の爪はきれいに手入れされてはいないはずだし、聖歌隊の歌手なら嚙《か》み煙草を嚙んではいません。目の前の男をプロボクサーだと判断し、その男がこっそり花束の香りをかいでいたら、君はどこかで間違えたのだとはっきり気づくことでしょう。

追伸　以前の手紙でも書いたことを繰り返します。もう辞書を持っているのだから、単語の綴《つづ》りを調べるのをためらってはいけません。「豪花」などという言葉は辞書には見当たらないはずです。

J・J・O'B

コネティカット州サリー　ミスター・R・B・マクレイ気付
探偵P・モーランより
ニューヨーク州サウス・キングストン
アクミ・インターナショナル探偵通信教育学校　主任警部殿

えー、このレッスンとウィリアム・E・プレズブリー博士の論文の抜粋を勉強しましたが、今度の日曜の七月四日にマクレイ夫妻が百人以上のお客を招いて大掛かりなダンス・パーティを開くので、このところ忙しいんです。サクソフォン奏者、ドラマー、ピアニストの三人編成のアミーニア・コンサート・オーケストラが演奏し、ダンスがあり、庭には緑色と黄色のランタンが吊るされ、食べ物とフリードリンクが出され、わたしがずっと磨き続けてピカピカになったフロアがあって、新しく雇われたアナベルという女の子が言うように「お楽しみははしたなく《アンリファインド》（「アンディファインド＝果てしなく」の間違い）」ってわけです。

　職業の特徴という章を読みましたが、郵便局の外の角で二時間見張っていたにもかかわらず、この村には菓子職人のジョン・ドウは見当たらなかったので、大富豪リチャード・ロウの謎の殺人犯はこのあたりにはいないと考えましたが、もし彼に懸賞金がついているようならもう一度捜してみます。それとここからニューヨークまでの九八・六マイルの間には地下鉄がないため、長時間地下鉄に乗ることはできません。そして主人が自分は倹約家であり、うちの者はガソリンを使い過ぎていると言うので、夜の休みにクーペを使うことができず、探偵業も以前ほど楽ではなくなりました。

「ピーター」主人は言いました。「今後は官能的な《センシュアル》運転だけに車を使うことにする。どういうことかわかるか？（「センシブル＝実用的な」と「センシュアル＝官能的な」を混同している）」

　わたしは「はい、旦那様」と言いましたが、わかっていませんでした。

「食料品を買うためミセス・マクレイをA&Pストアまで送るのは、官能的な運転だ。ミルブルックの歯医者まで送るのも大丈夫だ。お前がレイクヴィルまで書方箋の薬を取りに行かされる場合も同じだ。だがお前がガールフレンドの誰かといちゃつきに出かけるのは、官能的な運転とは言えないから当面だめだ。これではっきりしたか？」

「もうトリントンまで行っちゃいけないんですか？」

「官能的でない限りな」

「とてもそうとは言えないです、ミスター・マクレイ」

「もちろんだ。探偵になるための勉強は続けなさい。ただしこのサリーでな。ピーター、信頼してるぞ」

わたしは「はい、旦那様」と言い、つまりはそういうことです。

メイドのロウジーは結婚するのでここを辞め、それで新しく赤毛のアナベルが来たんです。ポキプシーの職業紹介所から昨日やって来たんですが、何年もわたしたちと一緒にいるみたいに生意気です。ミセス・マクレイが電話で注文した野菜をA&Pストアまで取りに行かされた時、わたしはアナベルを連れて行き、車を郵便局の近くに停めました。

手が岩のように硬くなった肉体労働者はたくさんいましたが、彼らが溝掘り人夫だとは思いません。この頃の溝掘り人夫は自分ではわかりもしない機械を動かして時給一・一ドルをもらう熟練工ばかりなので。七つの海を航海して潮の香のしみついた船員もいません。このあたりで舟に乗れるのはレイクヴィルの湖だけで、しかも塩水ではないのです。

象牙の塔に引きこもって数学を教えることに生涯を捧げてきた教授もいませんでしたが、彼らはハチキスで教えるのに忙しく、手紙はレイクヴィルの郵便局で受け取るのです。

やがてブリキ屋のトム・ソーンダーズが、郵便物を取りにやって来ました。

わたしは言いました。「アナベル、訓練を積んだ探偵ならあの男がブリキ屋だと論理できるんだ」

「どうやって論理できるの？」彼女は聞きました。

「あいつの職業の特徴からだよ。それに漁師のミスター・ヒーシーが漁師だってことも論理できるのさ。今こっちに来るよ」

彼女は言いました。「ピート、誰かにすごいってほめられたことある？」

「君が聞いたから言うけど、あるね」とわたしは言いましたが、その時石工のブッチ・クリーガーを見つけました。「アナベル、あの男は石工だよ」

「どうやってわかったの？」

「手が大きくて、靴が泥だらけで、特にコートの衿《えり》の折り返しにモルテルがついてるからさ」

「あれはモルテルじゃないわ。卵よ。奥さんと喧嘩中だってことが論理できるわ。でなきゃあんなひどい格好で出かけさせるはずないもの」

ずっと前に奥さんが死んでからというものブッチは独り者だったので、わたしは彼女の鼻を明かしてやったと思い、彼がちょっと挨拶をしに車の方にやって来た時、「ブッチ、お前は石工だよな？」と聞きました。しかし彼は「おやピート、その仕事は一年以上前に辞めたんだよ。聞いてなかったのかい？　ここんところずっとアメリカン・ブラス社で真鍮のパイプを作ってるんだ」と言ったのです。

そんなことは聞いていなかったので、わたしが「いや、そいつは知らなかった」と言うと、例の赤毛のアナベルが「ねえちょっと、奥さんとは最近うまくいってるの？」と割り込んできました。

ブッチは泣き出すんじゃないかってくらい悲しそうな顔をして言いました。「あんまりよくないな。今朝なんか卵の皿を投げつけてきたんだ」

おわかりでしょうが、これはわたしにとっては大打撃でした。「ブッチ、奥さんは亡くなったんじゃなかったのか」

「最初の女房はな、ピート。再婚したんだ」

「はあ、それはおめでとう」

「めでたいもんか。ピート、いいことを教えてやろう。馬鹿な金髪女とだけは結婚するんじゃねえぞ」

そうしてブッチは頭を振り振り、何かブツブツ罵《ののし》りながら去っていき、赤毛のアナベルは金髪ではないものだからニンマリ笑って座っていましたが、赤毛にする前は金髪だったんじゃないかとわたしはにらんでいます。

彼女はわたしを小突きました。「がっかりしなさんな、ピート。論理を続けていけば、いつかは当たるわよ。ほら、あの男は何してる人だと思う？」

そこでまったく見ず知らずのその男を、菓子職人のジョン・ドウであってくれればよいがと思いながらじっくり眺めましたが、別人でした。「アナベル」わたしは言いました。「訓練を積んだ探偵なら一目見ただけで、あいつが畜殺場で働いていて、針仕事は自分でやり、その上バイオリンを弾くってことがわかるね」

彼女は小さく息をのんで言いました。「ピート、もう一回ゆっくり言って」

そこでそうしてやると、彼女は言いました。「驚いた、ピート、どうやって論理したの？」

「訓練を積んだ探偵なら、九十九人はそのまま素通りさせても、百人目の男に手錠をかけるなんてわけないことさ。職業が身体に与える影響についての事例をヨーロッパとアメリカで徹底的に調査した、ウィリアム・E・プレズブリー博士の論文の抜粋によると、畜殺業者は口蹄疫を伝染させる動物の皮に触れるから歯並びが悪く、仕立て屋は糸を嚙み切るから唇が厚く腫《は》れて右手の人差し指はずんぐりしてタコができ、バイオリン弾きのあごの下は赤くへこんでいるんだ」

「今座ってるところから、それを全部見てとったの？」

「一目見ただけでね。合ってるかい？」

「わからないわ。見たこともない人だもの」

　彼女が盛んに色目を使うと、男は車の方へのっそり近づいて来ました。彼女は「こんにちは。ちょっと聞きたいことがあるの。畜殺場で働いていたことはある？」と尋ねました。

　彼は「ああ」と答えました。

「自分で針仕事をするの？」

「ああ」

「バイオリンは弾く？」

「ああ」

「聞きたかったことはそれで全部よ」彼女は親指でぐいっとわたしを指しました。「ここにいるピートはマクレイさん家《ち》のお抱え運転手なんだけど、訓練を積んだ探偵だから二十フィート離れたところからでも、あんたのことが何でも論理できるのよ。探偵の通信教育を受けてるの」

　彼がまっすぐこっちへ近寄って来ると、汚い歯とぶ厚い唇とあごの下の赤いへこみが、さらにはっきり見えました。「ああ？」彼は言いました。

　アナベルは「ああ。じゃ、さよなら。お話しできてほんとに楽しかったわ」

　そろそろ車を出す時間だと思い、アナベルを乗せると、彼女はわたしの脇にぴったりと親しげに寄り添って、帰る道ではもうそれ以上ぺちゃくちゃしゃべったりはしませんでした。それから大きくため息をついて「何という人だろう！　何という人だろう！」と言いましたが、それが畜殺業者のことでないのは確かです。

追伸　辞書に豪花という言葉はなかったので、あなたの言ったことは正しかったわけですが、この言葉は誰でも知ってるのに、辞書を書いた人が時代遅れだからって何で使うのをやめなきゃいけないいんです？　わたしが知りたいのは、その人がどんなところに住んでるのかってことと、豪花なブロンド女性を見て、おそらく以前は赤毛だったけど太陽にさらされて髪の色が抜けたと論理した場合、いったいどうするのかってことですよ。

ニューヨーク州サウス・キングストン
アクミ・インターナショナル探偵通信教育学校　主任警部より
コネティカット州サリー　ミスター・R・B・マクレイ気付
探偵P・モーラン殿

君のレッスンには三十点という悪い点しかつけられません。何も「漁師のミスター・ヒーシーを漁師だと推理する」とか「ブリキ屋のトム・ソーンダーズがブリキ屋であるとわかる」のに、訓練を積んだ探偵は要りません。レッスンをもう一度読んで、すでに知り合いでないブリキ屋や漁師が見つかるかどうか探し、さらなる観察を加えて推理を確かなものにすること。

見知らぬ男がバイオリンを弾く畜殺業者だというのは馬鹿げた話です。さらに観察していればわかったでしょうが、畜殺業者がバイオリンを弾くことなどありません。「モルテル」の綴りは「モルタル」です。

J・J・O'B

コネティカット州サリー　ミスター・R・B・マクレイ気付
探偵P・モーランより
ニューヨーク州サウス・キングストン
アクミ・インターナショナル探偵通信教育学校　主任警部殿

「モルテル」だろうが「モルタル」だろうが、どんな違いがあるっていうんですか？すでに書いたように、あれは卵だったんですよ。

ところで、サリーでもう一人ブリキ屋を見つけることはできません。ここは小さな村なので、ブリキ屋が二人もいては片方が飢え死にしてしまうだろうし、同じ理由で別の漁師も、自分の魚を食べる羽目になるだろうからいません。それからレッスン五で配管工は詩を読まない、もし読んでいたらどこかで何か間違っていると書いてあったのに、木曜の夕方、配管工のジム・エスタブルックが自宅の裏庭に座り、詩の本を膝に載せて幼い娘のミネルヴァに読んでやっているのを見て、わたしは帰り道教会に近づかないようにしました。というのも同じレッスンで、牧師は競馬の結果を調べたりしないと書いてあり、そんなところを見つけたくなかったからです。でもあの畜殺業者を再び観察することができ、その次第はこうです。

わたしたちは日曜、つまり明後日の夜の大掛かりなダンス・パーティに備えてまだ大わらわで、五分ごとに何かしら切らしてしまう感じでした。例えば庭の緑色と黄色のランタン用の豆電球や、アナベルがコートを預かるクロークのハンガーや、顔が映るほどわたしが磨き上げた床へのさらなるワックスや、アミーニア・コンサート・オーケストラが使う譜面台——とはいえ彼らの誰一人として楽譜は読めず、演奏しながら音楽をでっち上げてるんだと奥さんには言ったんですが——といったものです。金曜、つまり今日の午後、ミセス・マクレイは言いました。「ピーター、急いでレイクヴィルに行って、ドライクリーニングに出しておいたドレスを取ってきてちょうだい。まだできてなかったら、渡されるまで側で見張ってるのよ。ああもう、日曜の夜に着ることになってるんだから」

わたしは「すみませんが、それは官能的な運転ですか？」と尋ねました。

奥さんは「いいえ、違うと思うけど、薬屋に寄ってわたしにアスピリンの錠剤を一ダース買ってきてくれれば、何も問題ないわよ」と言いました。

そこでわたしは「ええ、ミセス・マクレイ」と応えた後、合図に応えて裏口から抜け出してきた赤毛のアナベルを乗せ、クーペで行きました。

さてドレスはできており、アスピリンを買うのも一分とかからなかったのですが、アナベルは「ピート、どうして急いで帰らないといけないの？　戻ったとたんに奥様はあたしたちの仕事をもっと思いつくだろうし、それでなくても腰が痛いんだから、ちょっとのんびりして奥様には待たされたって言いましょうよ」と言いました。

わたしは「そいつは実才的な考えだね、アナベル。それに車を停めておけるすてきな休憩所があるからぜひ案内したいんだ」と言いました。

「真っ昼間の休憩所なんて興味ないわ。人目が多すぎるもの。ほかには何かある？」

「グリーン・ランタン亭でビールを二、三杯飲めるよ」

「だめよ、息の匂いで奥様にばれるわ」とアナベル。

「ほかには思いつかないよ」

「ちょっと考えて、ピーター。来た時と同じ道を戻らないといけないの？」

「いや、休憩所に通じる脇道があるよ」

「でも休憩所を過ぎて行ったら？」

「そうだなあ、脇道の一本はオア・ヒルに行くね」

「聞いたこともないところね」

「もう一本はライム・ロックに行くんだ」

「それもなし。そうだピート、スラッジ池《ぬかるみ》に行く道はないの？」

「マッジ池のことだろ。ああ、もう一本の道がマッジ池に通じていてそこで分かれてるから、池のどっち側にも行けるんだ」

「面白そうね。行ってみましょうよ」

それでわたしたちは行きましたが、ミセス・マクレイがドレスのことで焦《あせ》っているのを知っていたので、途中一、二度しか止まりませんでした。そして水の中に蒲《がま》が生えているマッジ池の端に差しかかった時、奇妙な「パン！　パン！」という音が聞こえました。

わたしは「アナベル、あれはどうも銃らしい。誰かが独立記念日の前祝いをしてるんだな」と言いました。

「馬鹿馬鹿しい。あれは頭赤《ずあか》キツツキよ」彼女は言いました。

「君もそうだから頭赤キツツキだって言うのかい？」

「違うわ、あんな音を立てる鳥だからよ」

わたしは「何を賭ける?」と聞き、もしわたしが勝ったら彼女の最初の休みの夜、休憩所に案内するということで彼女も承知し、マッジ池の北岸へ車を走らせ、そして「パン！　パン！」という音はどんどん大きくなってきました。

そこには家は一軒もなく、誰も住んでいない崩れた掘っ建て小屋が二つ三つあるだけなんですが、「パン！　パン！」という音がとてもうるさくなってきたので、わたしは「アナベル、賭けは止めにして、今から十五分ってことで手を打たないかい?　君の休みの夜にどこで車を調達したらいいかわからないからね」と言いましたが、彼女の返事は「ピート、あたしは潔い性格だから、負けたら約束は守るわよ」というものでした。

わたしが「その言葉、忘れるなよ」と言って茂みの側を通り過ぎると、空き地があり、シャツ一枚になった畜殺業者が、古い楡《にれ》の木に的をピンで留め、その紙の的にこれ以上ないというほどのスピードでピストルの弾を撃ちこんでいました。

アナベルは「あらまあ！」と言い、畜殺業者の方もわたしたちが彼を見たのと同じようにこっちを見ました。

彼はピストルを持ったまま、まっすぐ車の方へのっそりやって来て、こっちが誰かわかるまでは、脚の上のガラガラ蛇みたいに危険そうに見えました。

アナベルは「こんにちは。銃を撃ってるの?」と聞きました。

彼がそのピストルでバイオリンを弾いてるのではないことくらい、見れば誰だってわかるのだから、馬鹿な質問をしたものです。しかし彼はただ「ああ」と答えただけでした。

「上手なの？」

「ああ」彼は答えました。

「降りて見ていてもいい？」

彼はすぐ側に顔を突き出し、あごの下の赤いへこみがこれまで以上にはっきり見えましたが、「ああ」と言いました。

ところで、上手だと彼が言っていたのは嘘ではありませんでした。彼は親指を口に突っ込んでから紙のまん中をこすり、黒い丸印をつけて新しい的を作ると、ピストルに弾をこめ、黒いところに七、八発撃ちこみましたが、文句なしの腕前でした。「いやあ、畜殺場で働いていた頃、牛を撃たされていたに違いないね！」とわたしは言いました。

重白いことを言ったつもりだったんですが、彼はただ「ああ」と言っただけでした。アナベルは言いました。「ねえお兄さん、あんたの名前を知らないんだけど、ここにいるピートがあんたと同じくらい撃てるかどうか見てみたいの。前にも言ったようにピートは訓練を積んだ探偵なのよ」

彼は「ああ」と言いました。

彼は同じやり方で新しい的を作りましたが、すごく汚い手をしていたので簡単にでき、それから銃がオートマティックで暴発することがあるので弾薬を一つだけ詰めました。わたしは木に狙いを定めたんですが、まだ用意できていないうちに発射してしまいました。

アナベルは跳び上がり、「今のどう思う？」と言いました。

彼はただ「ああ」と応えましたが、それはどまん中に当たっていたからで、わたしはあんまりびっくりしたので何と言ったらいいかわからず、何も言いませんでした。

「もう一回撃たせたいわ」

彼は「ああ」と言い、そして今度も汚れの一番黒いところに命中したので、わたしは今の今まで知らなかったけど自分がこんなに撃てるなら、ずっと車を運転してきたこの年月は無駄だったんじゃないかと思いました。

アナベルが「ちょっとお兄さん」と声をかけて、二人揃って脇へ歩いていきましたが、彼らが言い争っているのが見て取れました。というのは彼が右の手のひらに左の拳を打ちつけてわたしの方をチラチラ振り返り、アナベルは彼の腕にすがりついて首を振り、時々「今はだめよ。何もかも台無しにするのは止めて。今はだめ」と言うのが聞こえたからで、わたしには彼女が何を言っているかわかりました。彼女を乗せている時に車を停めて、さっと二、三回キスしてやろうとして見事失敗したことがあるんですが、その時言われたのとまったく同じ台詞だったからです。彼女はポキプシーなんぞで育ったせいでまともな英語も話せませんが、それでも馴れ馴れしくできるのはごく親しい友達だけで、しかも最初や二度目の時は絶対だめなんです。

　さて一人きりになり、彼女は自分の面倒くらい見られるでしょうから、わたしはまた狙いをつけて引き金を引きましたが、畜殺業者がそれ以上弾薬をくれるのを忘れていたせいで何も起こりませんでした。でも同封した的のまん中を撃ち抜いた二つの穴を見てあなた自身も確認できるように、実才わたしは射撃の名人なんだから前と同じく的に命中していたに違いありません。銃を下ろしてわたしは掘っ建て小屋の方へ歩きだしたんですが、すると小屋の隣、道路側からは見えない方に、イリノイのプレートをつけた派手なロードスターを見つけ、この車は家からずいぶん遠くへ来たんだなあと論理しました。

　アナベルは畜殺業者と一緒に小屋にいるとわたしは見当をつけました。日が傾いてきて影が動くのが見えたからで、わたしは音を立てずに小屋に忍び寄りました。アナベルが「負けたら約束は守るわよ」とどんなふうに言ったか覚えていると思います。わたしとしては間違った男に対してその約束を果たさせたくはなかったのです。

　さてガラスが一枚もない窓から覗き込むと一部屋しかなく、ストーブと椅子と壊れたソファとテーブルがありましたが、そのテーブルの上でわたしが見たのは……

　まあさぞかしあなたは仰天するでしょうが、この手紙の追伸のところまでは何を見たかはお知らせしないでおき、それからあっと驚かせてあげますよ。

　さて彼らはまだ言い争っていましたが、別にけしからぬ振る舞いをしていたわけではなかったので、わたしは三十から五十フィート離れ、何気ないそぶりで口笛を吹き始めました。というのは幸せな気分だったためで、すると畜殺業者が出てきてアナベルも続きました。「どうしたのよ、ピート？　撃つのに飽きちゃったの？」

「武器なら何でもござれだけど、弾がなくちゃ撃てないよ」とわたしが答えると、アナベルは「そりゃそうね。ハハハ！」と笑い、彼は「ああ」と言いました。

　アナベルは「あんたを紹介するのを忘れてたわ、ピート。こちらはヒューバート・ハニウェル、この人はピート・モーランよ」と言いました。

「どうぞよろしく」とわたし。

「ああ」と彼。

　握手した時、ウィリアム・E・プレズブリー博士が抜粋の中で言っていた通り、彼の右の人差し指がずんぐりしてタコができているのを観察して、わたしは思いきりギュッと握ってやったんですが、彼の方はもっと強く、まるでスティルソンレンチみたいに握り返してきたので、骨が折れなかったのは幸いだったと思いました。

　アナベルは笑いました。「何やってんの、あんたたち？　インディアン・レスリング？（互いに握手し、手と同じ側の足を並べて立ち、相手のバランスを崩そうとする遊び）」

この時にはヒューバートはわたしの手を離しており、わたしは指を数えてなくなってはいないことを確かめましたが、しばらくは小さめの手袋をはめられる気がしたので、彼の言葉を先回りして「ああ」と言いました。

アナベルはまた笑いました。「ピート、ヒューバートに日曜夜のダンス・パーティのことを話してたの。何人来るって言ってたっけ？」

「百十人の予定だ」

「ほらね、ヒューバート？　新聞に書いてあった通りよ。グリムショーさんたちは来るの？」

ミスター・グリムショーは銀行の頭取で、主人とは親しくしていました。「もちろんさ」

「カトラーさんたちは？」

「四人ともね。ご夫婦とミス・ベティ、ミス・ジェインだ」

「それからオーキンクロス家は？」

「あの人たちはうちのパーティには必ず来るよ」

「若い男の人たちは大勢いるの？」

「一年のこの時期はそうでもないね。大学を出たばかりで仕事を捜してるところなんだ」

「ね、ヒューバート？　あたしが言った通りでしょ」

「奥様言うところの独り者の男が少ないだろうよ。ここにいる君のボーイフレンドが礼服を持ってるなら、アナベル、うまくもぐり込めるかもね」

「たぶんそうね」

いくら畜殺業者がイリノイ・ナンバーの派手なロードスターを持ってるからって、礼服など持ってるはずがないのははっきりしていたし、いずれにしろアナベルはコートを預かった後、食器室で踊ってくれると約束していましたから、ほんの冗談のつもりだったんですが、彼はわたしをじっとにらんでわずかに首を上下に動かしながら「ああ」と言いました。

そして「ピート、遅くなっちゃったから急いで帰らなきゃ。奥様があのドレスのことで大あわてするわよ」とアナベルが言うので、わたしたちはわずか数分でマッシ池から家に戻りましたが、アナベルは「ジョーって粗削《あらけず》りだけど大物だと思わない、ピート？」と言いました。

わたしは「ああ、まったく粗削りだね」と答え、それから「あいつの名前はヒューバート・ハニウェルって言うんだろ」と言いました。

アナベルは妙な目つきでわたしを見ました。「その通りよ、あんたが思い出させてくれたわ。でも親しい友達は縮めてジョーって呼ぶの」

思った通り奴は手が早いようだと論理し、わたしはこの赤毛のアナベルから目を離さないようにしようと思いましたが、妬《や》いていることを女の子に知られたくないので、ただ「ヒューバートだろうがジョーだろうが、奴とデートしてるところを見せないでくれよ」と言うと、彼女は側にすり寄ってきて「まあひどい、ピートったら！」と言いました。

追伸その一　的は送り返してください。これから的のコレクションを始めるので。

追伸その二　この前のレッスンで畜殺業者がバイオリンを弾くと論理したら、あなたは馬鹿げているといって、たった三十点しかくれませんでした。さあ今ここで、その埋め合わせに百三十点をつけることになりますよ。なぜなら掘っ建て小屋のガラスの入っていない窓からテーブルの上に見えたのは、バイオリンのケース——黒い皮のバイオリンケースで、手を伸ばせばさわれるくらい近くにあったんですから。

電報

コネティカット州サリー　ミスター・R・B・マクレイ気付

ピーター・モーラン殿

手紙にあった男は　テキサスで絞首刑になったが　ロープが切れて許されたジョー・コステロ　またの名ジョー・カステリ　またの名ジョー・コスタンツェ　またの名ジョー・カストルッチォの疑い有り　マル　奴は武装強盗　白昼強盗　イリノイ　インディアナ　ミズーリでの強盗で指名手配中だが　テキサスではやっていない　マル　的にあった親指の指紋のほとんどを君が吹き飛ばしていなければ　確かな身元確認ができただろうに　マル　奴の正面と横からの写真を何とか手に入れ　送られたし　マル　奴の鼻が折れていたらすぐ電報打つべし

アクミ・インターナショナル探偵通信教育学校
主任警部

受取人払い電報

アクミ・インターナショナル探偵通信教育学校　主任警部殿

はい　わたしが折りました。

探偵P・モーラン

コネティカット州サリー　ミスター・R・B・マクレイ気付
探偵P・モーランより
ニューヨーク州サウス・キングストン
アクミ・インターナショナル探偵通信教育学校　主任警部殿

えー、あなたの電報は月曜の朝、つまり今朝になって初めて届きましたが、その理由は話がそこにたどり着いたらお教えします。先走ってはいけませんからね。

日曜、つまり昨日の夜明けは雲一つなく晴れ渡り、夜も同様で、皆がそれぞれ「初めまして」とか「またお目にかかれてうれしいですわ」とか「すてきな夜じゃありませんか？」などと挨拶し終えた九時か九時半か十時頃までは、何もかもうまくいってました。それから奥さんがわたしを呼びつけたのです。「ピーター、いったいアミーニア・コンサート・オーケストラはどこにいるの、ああ、彼らがいなかったらどうすればいいのかしら？」

「わたしもずっと同じことを考えていたんですよ。ミセス・マクレイ。で、連中の車のタイヤがパンクしたんだと論理したんです」わたしは答えました。

「あら、それだけなの？　じゃもうそろそろ来るわね」

「ええ、ミセス・マクレイ」

「ピーター、あなたって頼りになるわ」

数分後、主人がやってきましたが、すごく怒っていました。「ピーター、あのけしからんオーケストラは、一体どこをほっつき歩いてるんだ？　台所でわたしの酒をチビチビやっとるのか？」

わたしは言いました。「いいえ、ミスター・マクレイ。夜はこれからだし、雇い人たちの喉が渇くにはまだ早いでしょう」

「なあ、オーケストラが到着しないことには、ダンスが始められないぞ」

そんなことは教えられなくても百も承知だし、聞きたくもありませんでした。なぜって前に書いた通り、あの赤毛のアナベルが一緒に踊ってくれると約束したし。リンディ・ホップを教えてくれることになってたからです。

「ピーター、ことは重大だぞ。何とかしなければ」と主人。

「ミスター・マクレイ、ラジオをかければいいですよ」

主人は首を振りました。「今夜は日曜だよ。いくら社交界デビューを控えた娘でも、さすがにクイズ番組では踊れまい。ピーター、客はそろってるのに、オーケストラがいないなんて。アミーニアに電話して、連中がいつ出発したか聞くんだ」

それでわたしがアミーニアに電話すると、普段ガレージで働いていて、アミーニア・コンサート・オーケストラが演奏して回る時にはドラムを叩いている、ホレース・ラグルズが出ました。

わたしが「ホレース、どうして来ないんだ?」と聞くと、彼は答えました。「ピート、俺たちよくよく運に見放されたよ。サクソフォンを吹いているクリント・ニュートンを知ってるだろう?」

もちろんクリントは知っていました。彼は入隊するまで月に一度、横の髪を刈り込んでくれていたからです。それでわたしは「そりゃ知ってるさ」と答えました。

「あのな、クリントは嘘をついていたんだ」

「どういう意味だ、嘘をついてたってのは?」

「クリントは休暇で戻ってきたと言ってたのに、そうじゃなかったんだ。奴は無許可で離隊していて、一時間以上前ミスター・マクレイのところに出発しようって時、憲兵隊が奴を逮捕しに来るまで、俺たちこれっぽっちも疑ってなかったんだよ。もしクリントを逮捕したら、ミスター・マクレイのとこのパーティが台無しになる、パーティの後ならいくらでもつかまえていいからって憲兵隊に言ったんだが、あいつらにはてんで通じなくて、クリントをジープで連れて行っちまった」

わたしはじっくり考えてみました。「ホレース、クリントは三人のうちのたった一人じゃないか。どうして奴抜きで来ないんだ?」

「ピート、わかるだろう。ピアノを弾く保安官のヴィンス・ダドリーが知ってる和音といえば、長調四つに短調三つの合わせて七つしかないもんで、リードしてくれるサックスなしではどうにもお粗末なんだよ」

「お前はどうなんだ？」

「俺はドラムだ。いくら即興はお手のものとはいえ、誰もドラムソロじゃ踊れやしないよ」

　主人と話をさせた方がいいとわたしは思い、主人はそれまで以上に怒りました。「いいかラグルズ、そんなことはさせんぞ。誰もが皆、お前たちのオーケストラなら本当の地元色を出せると言うから雇ったんだ。別のサックス奏者をつかまえて、すぐ来るんだ」

　まあホレースが何と答えているかはわかりました。クリント・ニュートンはこのあたりで唯一のサックス奏者で、ポキプシーかトリントンで代わりの者を見つけられても、ポキプシーかトリントンから連れてくるには、あと一時間はかかるだろうというのです。実際そうしようとしたがだめだったと、後でホレースは教えてくれました。

　主人は言いました。「サックス奏者がいないなら、リードを取れるまともなミュージシャンが一人くらいいるだろう。このあたりに本当のミュージシャンが一人もいないなんて言わないでくれ！　そいつに十ドル払う！　二十ドルでも払うぞ！　とにかく引っ張ってこい！」

その時ひらめいたのです！

わたしは「ミスター・マクレイ！」と呼びかけました。

主人は「シーッ！　ホレース・ラグルズと話してるんだ」と言いました。

わたしは言いました。「ミスター・マクレイ、ミュージシャンを用意しますよ！」

主人は「ラグルズ、そのまま待っていろ」と言い、変な目つきでわたしを見ました。

「ピーター、サクソフォンの吹き方の通信講座なんぞ受けてなかったよな？」

「いいえ、そうではなく、バイオリニストの居場所を知ってるんです」

「本当か、ピーター？」

「ええ、まさにこの町にいるんです」

「バイオリニストがこのサリーにいるというのか、わたしが耳にしたこともないのに？　ピーター、そいつは上手なのか？」

「そうですね、ミスター・マクレイ、彼はずいぶん長いことバイオリンを弾いているので、あごの下にへこみができてるんです」

主人はわたしの背中をピシャリと叩きました。「ピーター、お前は見込んだ通りの男だ！　そいつに二十ドル払うと言ってくれ。それからこの十ドルはお前が取っておけ。ここに連れてくるのに、どのくらいかかる？」

「もし家にいれば……」

「どうして今、家にいないなんてことがある?」

「行ってみないとわかりませんよ、ミスター・マクレイ」

「彼の家に行って連れて帰るとしたら、どのくらいかかりそうだ?」

「十五分、いや三十分見ておいてください」主人には言いませんでしたが、ヒューバート・ハニウェルの汚れをある程度落とすには、優に十五分はかかるだろうと論理したのです。


主人は電話に戻りました。「ラグルズ、お前たちのためにバイオリニストを用意したぞ! ああ、バイオリニストだ! 車に飛び乗って、今すぐここに来るんだ、いいな?」彼は電話を切ると、もう一度わたしの背を叩きました。

「ピーター、お前は命の恩人だ! ラグルズはピアニストを拾ったらすぐにこっちへ来るそうだ。さあピーター、そのバイオリニストをつかまえて、死ぬほど飛ばせ!」


ええと、そこまで急いでいなかったら、二階にあるクロークに寄って、赤毛のアナベルに十ドルを見せ、畜殺業者が来たとしても、約束通り彼女と踊るつもりでいることを伝えたでしょう。でも彼女は、わたしたちを引き合わせたのは自分なのだから、いくらかよこせというんじゃないかという気がしましたし、いずれにしろヒューバートが本気で彼女を好きならば、自分の二十ドルの中から二、三ドル渡すだろうと思ったので、さっさと止まることなく車庫に向かいました。

車道や中庭や表の通りには四十から四十五台ほどの車が停まっていたと思います。そして家のまん前にライトがついたままで、エンジンがかけっ放しになった車が停まっているのを見つけました。そこまで急いでなかったら、エンジンを切っていったでしょう。ガソリンの無駄遣いだし、その上車内には誰もいないのが見てとれたからです。でも主人に「ピーター、死ぬほど飛ばせ」と言われていたので、そうしたのです。

タイヤをきしませながらメイン・ストリートにものすごいスピードで入り、ウェスト・メイン・ストリートへの角を同様に曲がりました。以前カジノがあったけど焼けてしまったところの角を曲がって、時速六十マイルで飛ばし、墓地に接した長い坂道を同じかそれ以上の勢いで駆け抜けました。

マッジ池通りに着くと、スピードを落とさなければなりませんでした。デコボコしていて、速く行こうとすればスプリングか車軸が折れてしまうだろうし、反対側から別の車が来て、もしその人も飛ばしていたら、目も当てられないことになるからです。

畜殺業者の小屋に着きました。

真っ暗でした。

警笛を鳴らしました。

何事も起きません。

わたしは「ヒューーバート！　ヒューーバート！」と叫びました。

それでも出て来なかったので、グローブボックスに入れていた懐中電灯を取り出し、鍵のかかっていなかった小屋に入っていきました。

「ヒューバート！」と呼びかけましたが、彼がいないことがわかりました。前と同じストーブ、同じ椅子、同じ壊れたソファ、同じテーブル――今日は何も載ってません――それだけでした。

わたしはガラスのはまっていない窓をよじ登って外に出て、イリノイのナンバープレートのついたロードスターを見かけた場所へと行きました。

消えていました。

ヒューバートはおそらく映画にでも出かけてしまったのだとわたしは論理し、またあの十ドルとはおさらばだとも論理しました。

狭い道で暗闇の中、苦労してやっと車の向きを変え、時速十五マイルかほとんどはそれ以下の速度で戻りましたが、あんまりがっかりして泣き喚《わめ》きたい気分でした。

家の車道に入ると、出る時に見かけたのと同じ車があり、まだライトがついてエンジンもかけっ放しだったので、エンジンを切るのと邪魔にならない場所に動かすために外に出たところ、ふいにそれがイリノイのナンバープレートのついたロードスターだと気づいたのです。

おわかりでしょうが、気分は少しも良くなりませんでした。なぜってあの赤毛のアナベルがこっそりヒューバート・ハニウェルを呼びにやったのだと論理し、たぶん主人は「ピーター、お前もいいことを思いついたが、アナベルの方が先だったな。あの十ドルのうち彼女に五ドル渡すんだ」と言うだろうと思ったからです。

でも仕事ですからロードスターを停め、エンジンを切り、車を出ようとしたその時……

そう、後部座席にバイオリンケースがあるのを見つけて、何もかもパッとひらめいたのです。たぶんヒューバート・ハニウェルはあまりいい奴ではなく、金を払ってもらうまでは弾かないつもりなんだ！

ようし、そう来るならこっちも同じ手でいくまでだと思い、わたしは鉛のように重いバイオリンケースを取り上げ、家の中に忍び足で入っていきました。ヒューバートがこちらに背を向けており、客たちは皆壁に沿って一列に並び、そしてアナベルが家の一番いい枕カバーのように見える袋を持って、客から客へと渡り歩きながらこう言っていました。「気前よくお出しください、紳士淑女の皆様。どうせ有り金払うなら楽しそうにね。共同出資は惜しみなく。ありがとうございます、旦那様。まあどうも、奥様」

ミセス・グリムショーは指輪を三、四個と腕時計を、ミセス・カトラーは首に巻いていたダイヤモンドの首飾りを入れ、そしてミスター・カトラーはといえば、わざわざ財布からいくらか抜き出す手間も惜しんで、札入れをそっくりそのまま放り込んでいたのです。そこで、この人たちが踊りたくてたまらないのをいいことに、ヒューバート・ハニウェルは主人が約束した額よりはるかに多くをせしめようとしていることがわかりました。でも主人がいつも言うように、皆が公平にやるべきだし、アミーニア・コンサート・オーケストラが二十五ドルで演奏しようとしているのに、ヒューバート・ハニウェルがリードするというだけでそんなにもらうのは間違ってます。

わたしはヒューバートにバイオリンを渡すつもりでバイオリンケースの留め金を押し、大声で「ほらバイオリンだぞ、ヒューバート、それからそうガツガツするな」と言ったところ、すべてがいちどきに起こったのです。

アナベルは金切り声を上げて枕カバーを落とし、ヒューバートはさっと振り向きましたが、わたしのいた場所が暗かったため、最初は見えていませんでした。そのときバイオリンケースが手の中で開いたので、わたしは床にバイオリンが落ちないようにぱっとつかみましたが、それはバイオリンなどではなかったのです。変てこな型の銃で、まん中あたりが特殊なシャフトのように奇妙にふくらみ、ライフルのような銃床とピストルのような握りがついていました。

ヒューバートはオートマティックを持っていて、二度発射しました。わたしの十フィートほど左にあった玄関の大きな鏡は、新しいガラスを入れない限り元通りにけならないでしょう。

わたしは「ヒューバート、撃つな。俺だよ、ピートだ」と言いましたが、彼はわたしの声のした方を向き、奴が本気だということがわかったので、射撃名人のわたしは手にしていた銃の引き金に指をかけ、これ以上ないってくらい見事に彼の右肩を撃ち抜きました。

彼はオートマティックを取り落とし、女性たちは悲鳴を上げるやら気を失うやらの騒ぎを始め、そしてわたしもこの頃までには、ヒューバートが倹約家ではないんじゃないかと疑っていました。というのも、駐車する時エンジンを切らず、ガソリンを大量に浪費するのにかけっ放しにしておいたからです。「ヒューバート」わたしは言いました。「訓練を積んだ探偵なら、九十九人はそのまま素通りさせても、百人目の男には手錠をかけるんだ。ヒューバート、畜殺場で働いていたことはあるのか?」

肩が痛むので彼は左手で押さえていましたが、「ああ」と言いました。

「どこで?」

「シカゴの家畜置き場だ」

「仕立て屋だったことは?」

「ああ」

「どこでだ?」

「ジョリエットの刑務所で仕立ての仕事をさせられた」

「それでお前の本名は？」

彼は答えようとしたのですが、あの赤毛のアナベルが彼の首に抱きついて言ったのです。「もうそれ以上答えちゃだめよ、ハニー」そしてわたしの方を振り向きました。「ピート、この人の名前はジョン・ドウよ」

それを聞いた時の驚きといったら、爪楊枝《つまようじ》でつつかれてもぶっ倒れるところでしたが、その夜はいろんなことを切り抜けてきたので、後で皆がわたしにお金を集めてくれた時、ミスター・グリムショーが言ったように、「ピーターの人知れぬ射撃の腕と、冷静さと、危険をかえりみない勇気が、我々全員を救った」というわけです。

わたしは「誰だって？」と尋ねました。

「ジョン・ドウよ」

「菓子職人だったことはあるのか？」わたしは聞きました。

彼は「ああ」と答えました。

「どこで？」

「ミズーリ州のコロンビアで、刑務所に入った時だ」

それでわたしは言いました。「ジョン・ドウ、年貢の納め時だな。大富豪リチャード・ロウの謎の殺人犯として逮捕する。一緒に本署まで来い」

奴が逃げようとしたのは、アミーニア・コンサート・オーケストラが到着して、ピアノ奏者のヴィンス・ダドリー保安官が奴を車に乗せにかかった時です。しかしわたしは奴のオートマティックで鼻に一発お見舞いしてやり、そんなわけで奴の鼻は折れたのです。

電報

ニューヨーク州ニューヨーク、AP通信、UP通信、INS通信御中

コネティカット州サリーの大富豪、R・B・マクレイ邸での大胆不敵な強盗事件を未然に防ぎ、ジョー・コステロ、またの名ジョー・カステリ、またの名ジョー・コスタンツェ、またの名ジョー・カストルッチォを逮捕したピーター・モーランは、ニューヨーク州サウス・キングストンのアクミ・インターナショナル探偵通信教育学校の生徒です　マル　学校案内のパンフレットや広告類はご要望に応じ無料にて進呈　マル　受講費は格安　マル　学習中でも収入を得られます　マル　この魅力的かつ売り手市場の仕事について学ぶなら、今をおいてありません

アクミ・インターナショナル探偵通信教育学校
主任警部

コネティカット州サリー　ミスター・R・B・マクレイ気付
探偵P・モーランより
ニューヨーク州サウス・キングストン
アクミ・インターナショナル探偵通信教育学校　主任警部殿

まったくあなたの電報のせいで、本当に大騒ぎになってしまいましたよ。今日は金曜日で、記者たちがひっきりなしにやってくるのですが、主人が「ピーター、もう宣伝は多すぎるくらいだ」と言うので、わたしは彼らに「もう取材は受けない」と言い渡しました。でも彼らが撮った、わたしやわたしと主人、わたしとカトラー夫妻、わたしとグリムショー夫妻、わたしとヴィンス・ダドリー保安官と残りのアミーニア・コンサート・オーケストラ、それからわたしとジョー・コステロのフラッシュ撮影写真を載せるのまでは止めようがないんです。

でもあなたには、ニューヨーク・ミラー紙やニューヨーク・ニューズ紙、そしてニューヨーク・ヘラルド紙、そしてニューヨークPM紙の記者たちに語ってやったことを教えてあげましょう。こういった新聞はどれもお読みじゃないかもしれませんからね。特に学校があるサウス・キングストンに地元の新聞があるとすれば。

ヴィンス・ダドリー保安官と主人とその他二、三人が証拠を集め終えると、わたしは彼らのために論理してやり、彼らはただ突っ立って聞いては何度もうなずき、自分で論理できたら良かったのにと思ってたってわけです。

例の赤毛のアナベルは、ボーイフレンドのジョー・コステロとポキプシーに潜んでいた時手に入れた新聞で、マクレイ夫妻が催すダンス・パーティの記事を読んだんです。ジョーのあごの下に赤いへこみがあるのは、テキサスで絞首台につるされた時ロープが切れたからです。それで彼らはサリーに来て、赤毛のアナベルは屋敷の様子をうかがえるような職を得て、ジョーに朝飯前の仕事だと伝えました。ホールドアップは夜の十時半がいいだろうと彼らは考え、ジョーはマシンガンを持っていくはずだったんですが、アナベルが奴に会って、必要ないだろうと言ったのです。彼女はわたしが車で出て行くのを見て、てっきりパーティから逃げ出したと論理し、数時間は帰ってこないだろうと踏んだのです。それでジョーは外の車の中にマシンガンを置いていったのですが、今は悔やんでいると言ってました。奴はたくさん経験を積んでいたので、オートマティックで十分だと思い、確かにその通りだったでしょう。もしわたしが予想外の時に帰らず、ニューヨーク・サン紙の言葉を借りると、状況を一瞬にして悟った彼が、優れた決断力をもって行動していなければ。ニューヨークPM紙に載っていたように、コステロの共犯者がすでに集めていた略奪品の価値は十万ドルを超えており、その中身は現金、時計、指輪、宝石でした。ニューヨーク・ミラー紙に書かれていた通り、強盗犯は逃走を邪魔されないよう計画を立て、故に株式仲買人R・B・マクレイの豪華な屋敷（一面写真参照）に通じる電話線を切断したのですが、その事実が発覚したのは、当時コネティカットにおり、従って自分の管轄区域外にいたヴィンセント・ダドリー保安官が、州警察を呼ぼうとして電話が通じないのに気づいた時だったのです。電報局はレイクヴィルにあり、サリー宛ての電報を受けた時、彼らはここに送ろうとしたんですが、日曜の夜ジョーが電話線を切った後で送れなかったので、月曜まで届きませんでした。あなたは単に手紙をくれていれば、お金を節約できたんですよ。

ジョーは、ブッチ・クリーガーが馬鹿な金髪女についてわたしに忠告したのは正しかったと言っています。七つの海を航海し潮の香のしみついた船員とは似ても似つかない、医者の処方箋に従って薬を調合する薬剤師に、ヘナ染料を教えられる前は、アナベルも金髪だったんです。そして彼が言うには、彼女が間違った方へ自分を手引きした、でなければ先週の金曜に自故を装ってわたしを撃っていただろうし、そうしたらこの話はめでたしめでたしだったろうってことです。彼女は血を見たくなかったので、彼を説き伏せたのです。でもジョーは話のわかる奴で、撃たれたのが右肩で良かった、前にもそこを撃たれたことがあるので大して気にならないと言い、また鼻についても同様で、あまりにしょっちゅう折られていて、何回目だか覚えていないほどだそうです。彼によれば、人生にはいい時も悪い時もあるからあきらめが必要で、それにまだコネティカットの刑務所に入ったことがないので、どんなところか、またバイオリンを持たせてもらえるか知りたがっていました。バイオリンをあてがうのにちょうどいいへこみがあごの下にあることから、彼はバイオリンを弾きたがっており、これから行く場所では練習時間がたっぷりあるだろうと思っているのです。でもおとなしく務めることで何年刑期が減らされるかわからないうちは、将来の計画は立てられません。そしてあの赤毛のアナベルに二度と会えなくても、それはそれで構わないとのことです。

昨夜、豪花な栗色の髪の娘が、郵便局の外の通りでわたしを呼び止めました。「すみません、見ず知らずの方に話しかけるなんて初めてですけど、もしかしてミスター・モーランじゃありません？　写真を見たのでわかったわ。ミスター・モーラン、ご存じ？　あなたはわたしの英雄なの」

わたしは「いや、知りませんでしたね」と答えました。

「そう、そうなのよ。特にレイクヴィル・ジャーナルであなたの記事を読んでからはね」

わたしは言いました。「今夜は休みで予定もないんです。君の行きたいところに連れていってあげられますよ」

「まあ、ほんと？　別に急いで行かなきゃならないこともないのよ」

わたしがギアを入れると、彼女はグッと近寄ってきました。「ワクワクしちゃうわ、ミスター・モーラン、本物の英雄がわたしを送ってくれるなんて！」

わたしは言いました。「君がこれを、官能的なドライブと言ってくれるかわからないけど」

彼女は「まあ、ミスター・モーラン！」と仰天したように叫び、それからさらにぴったりくっついてきました。「英雄なら」と彼女。「何をやっても許されるのよ」

第三講　P・モーランと放火犯

ニューヨーク州サウス・キングストン
アクミ・インターナショナル探偵通信教育学校　主任警部より
コネティカット州サリー　ミスター・R・B・マクレイ気付
探偵P・モーラン殿

重要な課目である銀行強盗第一講、すなわち初級のレッスンはこれが最後です。以前のレッスンを丹念に勉強していれば、すべての犯罪は三つの段階、即ち計画、実行、逃亡に分かれることを覚えているでしょう。このレッスンを読み返し、銀行強盗が最も注意を必要とするのは、この三つのうちどれか考えなさい。銀行強盗が企てられる時、あるグループが計画を立て、別のグループが実行の責任を負い、そして三つめのグループが逃亡を手助けすることがあるのはなぜだかわかりますか？　この三つがほぼ同じくらい重要な犯罪を他に挙げることはできますか？

なぜ新人の探偵は、銀行強盗について丹念に学ばなければならないのか？　正しい答えを見つけるヒントを上げましょう。探偵が事件を解決すると、戻ってきた金額の歩合で報酬を受け取ることがよくあります。さあ鉛筆を取り出して計算してみましょう。婦人のハンドバッグとともにひったくられた十ドルの一パーセントと、銀行から盗まれた十万ドルの一パーセントでは、どちらが多いか？（一パーセントを割り出すには、百を掛けて右から二桁ずつコンマで区切ることを二度繰り返します）。このような実際的な問題に目を向ければ、我々が生徒たちに用意している高給かつ魅力的な職業において、いかにすみやかに前進できるかわかるでしょう。

J・J・O'B

追伸　レッスンの提出を前回よりもっと早く、次回の代金とともに送ってください。次回のレッスンは非常に面白く刺激的で、その名も『ホテル探偵の仕事』というものです。君はすでに『強盗・初級』を終えているので、その後『強盗・中級』で準備をし、『強盗・上級』に臨むことになります。これはレッスンを通して六十点以上を取り、特別の資格を得た生徒に対して、修了後提供される課程です。

電報
ニューヨーク州サウス・キングストン
アクミ・インターナショナル探偵通信教育学校　主任警部殿
銀行強盗を飛ばし、放火・初級、放火・中級、放火・上級を送られたし。
探偵P・モーラン

受取人払い昼間割引電報
コネティカット州サリー　ミスター・R・B・マクレイ気付
ピーター・モーラン殿
電報拝受　マル　課程の調整は多くの学習と経験を積んだ後にすべし　マル　レッスン十四で初めて放火のレッスンが出てくるが、それはまだ放火・初級である　マル　放火・中級、上級はともに修了後の課程で君にはまだ早いが、追加料金を前払いすれば、そちらの責任において提供可能　指示を待つ　マル
アクミ・インターナショナル探偵通信教育学校
主任警部

コネティカット州サリー　ミスター・R・B・マクレイ気付
探偵P・モーランより
ニューヨーク州サウス・キングストン
アクミ・インターナショナル探偵通信教育学校　主任警部殿

ええと、あなたがなぜ「電報拝受」という余計な四文字を使わなければならなかったか、さっぱりわかりませんね。だって受け取らなければ返事のしようがないわけだし、返事が来ればあなたが受け取ったとすぐに論理します。あの四文字には追加料金がかかって、九セント払うはめになったんですよ。それとなぜ最後に、これまた余計な「マル」を入れなければならないのかもわかりませんね。だって「マル」と入れなくても、電報の交換手は文が途切れたところ、つまりメッセージの最後で止めることになるわけです。それ以上言うべきことは残ってないんですからね。

さて、わたしがなぜ『銀行強盗・初級』や、それから『中級』『上級』をやりたくないか、そしてなぜ放火について習いたいのか、言わなければならないでしょうね。この放火（Arson）って言葉は最初、セーターを着た女の子が言った時、秘素（Arsonic）を縮めたものだと思ったんです。そうは口に出しませんでしたが。電報なんかに無駄遣いせず、最初っからこの手紙を書いていれば、お金を節約できたんですがね。

主人夫妻は、奥さんのお母さんのところに一週間か十日ほど行ってます。そんなの休暇とはいえないと思いますが、世の中にはいろんな人がいますからね、主人さえそれで良けりゃわたしの方は別に構いません。主人がいない時はたいてい、ノース・メイン・ストリートの肉市場とサリー・ナショナル銀行の間にある、ハーヴィー・リンクが借りている店で、ぶらぶらしています。そこはかつて、床屋のブレッド・ハインケルが女房から逃げ出す前には理髪店だったんですが、ハーヴィーは自分のひげを剃るにも喉を切ってしまう始末だと自分でも言ってたくらいなので、配管工事の店を開くか、家や納屋の塗装を商売にするか決めるまで、赤と白の柱を外しておくことにしたんです。奥の部屋にはビリヤード台があり、というのもそこはかつてビリヤード場だったからで、ハーヴィーに言わせるとわたしに必要なのは練習で、そうすればビリヤードで彼に負けて有り金取られることはないそうです。ハーヴィーがわたしとはやりたくない、わたしの金を巻き上げるのはもうあきあきした、でも仕返しの機会を与えないといけないと言うので、わたしは夜な夜な、そして他にやることがない時は昼間もそこに入り浸り、金を使い果たす前にハーヴィーをやっつけてやるつもりです。でも昨日は車庫でタイヤを二つ入れ替えていて、というのも主人は最後に「ピーター、この手順にある通りタイヤを交換しておいてくれ。これがタイヤを長餅させる節約法なんだ」と言い残し、やるべきことを山のように書いていったので、いずれにしろ昼間ビリヤードはできなかったんです。

その時車が外で止まる音が聞こえ、床の上に影が見えました。ズボンを履いていて脚が二本、頭が一つある人間が、その影を落としているとすぐに論理し、顔を上げて観察すると、それは女の子でしかもお色気たっぷりで、その時のようにしゃれたセーターを着ていたらなおさらでした。

「悪いけど、とっとと明かりの前からどいてもらえませんかね。俺が働いてるのがわかんないのか、この間抜けめ」と言いかけたところで、相手が女の子だと気づきました。しかも銅色の髪とオレンジ色の口紅を塗った唇、爪先が開いている靴を履いた可愛い足と、さらにその親指の爪が唇と同じオレンジ色であることを見てとった時には、その言葉のほとんどを言い終えていたようなので、「失礼しました」と三、四回繰り返し謝りました。

　彼女はニッコリ笑って言いました。「ああごめんなさい！　本当に本当に悪かったわ！　ああ、あなた《ユオール》がそんなにお忙しいとは思ってもみなかったの！　ああ、あなたに一目会いたくて何マイルも車を飛ばしてきたんだけど、帰ってまた別の時に出直すわね」

　相手が男ならまさにそうしてくれと言うところでしたが、あなたにとっては意外かもしれませんけど、こと異性に関しては、わたしは冷淡というわけではないのです。わたしは言いました。「どうか忘れてください、お嬢さん。ええと何かご用ですか？」

彼女は「ああ、あなたがミスター・モーランなの?」と言い、わたしが「僕がそうです」と答えると、さらにニッコリして言いました。「ああ、偉大な探偵ミスター・ピーター・モーランとお話ししてるなんて、本当なのかしら?」

まあ嘘をつくわけにもいきませんから「その通りですよ、マダム」と言うと、彼女は「ああシビレちゃうわ! ああゾクゾクしちゃう! ああ、あなたの目がわたしをまっすぐ射抜いているのがわかるわ! ああ、その目がここであたしに突き刺さって、そのまま二本の錐《きり》みたいに進んでいくのを感じるの! ああ、すっごくシビレちゃう、本当よ!」

我々偉大な探偵は、大衆に対して寛大かつ謙虚でなければいけないと、どこかで読んだことがあったので、わたしはただこう言いました。「落ち着いて、マダム。僕はたいてい、人々にそういう効果をもたらすんですよ」

彼女は近寄ってきて、わたしの目をまっすぐ覗き込みました。「ああ、わかるわ、ミスター・モーラン! ああ、おっしゃることすべて信じられるわ! ああ、ちっぽけなあたしのことを、あたし自身よりよくご存じなのね!」

わたしは答えました。「いや今回はあまり論理できませんね。あなたが南部人で、庭いじりが好きだということ、ご主人は陸軍大尉で、結婚して間もないけれどあなたを愛しているということくらいだな、論理できたのは」

彼女は飛び上がりました。「論理ですって？　『推理』ってこと？　いえ、ユオールが『論理』って言うなら『論理』よね。でもハニーチャイル、ただもう驚きだわ！　ああ一体どうして、そこまで論理できるの？」

そう、ちょっと説明してやっても悪くないだろうと思いました。「レッスン二に書かれていた通り、観察者であるよう訓練しているからね」

「続けて！　ああ、もっと聞かせて！」

「あなたが南部人だというのはね、『ハニーチャイル』とか『ユオール』とか言うのは、メイソン‐ディキシー線（北部と南部の境界、メイソン‐ディクスン線のこと）より南から来た南部の人間だからですよ」

「あなた《ユー》の、じゃなくてユオールの言う通りよ！　続けて！」

「外に停めてあるオンボロのシボレーに、ジョージアのナンバープレートがついていて、ジョージアは南部だから、やっぱりあなたは南部人ですね」

「ああ、ミスター・モーラン、超人的だわ！」

「あなたが履いているズボンの膝に土がついている。柔らかい庭土で、この車庫の床の土とは違いますよ」

「もちろんそうよ！　あたし、うちの庭を心から愛してるもの！　でも夫が陸軍にいるっていうのは？」

「セーターに、銀色の棒が二本ついたピンをつけているでしょう」それにはすぐに気づきました。というのも、わたしがセーターを射抜くように見ていると彼女が言った時、まさにそこを見ていたからで、そりゃあ本当に見通せればいいのにと思ったんですが、いくらわたしの目が良いといってもそこまでじゃないんです。「あなたには恋人が二人いて、両方とも中尉だという者もいるかもしれないが、僕はもっとわかってる。彼は大尉で、あなたが結婚していることは結婚指輪をはめていることからわかるんだ」

「そうよ！　ああまったくその通りよ！　でもどうして、ああどうして彼があたしを愛してるとわかったの？　早く教えて、ハニーチャイル！」

「それはね、あなたは髪をセットしているけどこの頃じゃそれも安くないし、今は月の初めだから、国からあなたに入るお金の他に、ご主人が小切手を切ったんだろうと論理して、愛してなければそんなことはしないと思ったんだ。でもあなたみたいな女の子と結婚してる男なら誰でも、愛さずにはいられないから、これは易《やさ》しい問題だね。もっと難しいことを聞いてくれなくちゃ」

「ミスター・モーラン、ユオールには千里眼か何かが備わってるのね。彼があたしを愛してくれていて、本当に良かったわ。でなきゃ今この瞬間に倒れて死んじゃうわ。誓って本当よ！」こう言った時の彼女は、口の端を下げて今にも泣き出さんばかりでとても可愛らしく、それからニッと笑いました。「どうしてあたしが結婚して間もないとわかったの？　髪にお米でもついてたかしら、ハニーチャイル？」

　彼女が「ハニーチャイル」と呼んでくれるのは気分が良かったです。それまでそんな風に呼んでくれた人は、誰もいませんでした。でもわたしはただこう言っただけです。「米はついていないですね、マダム。食べるのにはいいけど、近頃じゃ古い靴同様、投げる人なんていませんよ。でも結婚して間もないと言ったのは、あなたがとても若いからで、そんなことは一目見ただけですぐにわかるし、苦労したってほどのこともないですね、はっきり言って。遠慮なくあけすけな言い方をしたけど、気にしないでくださいよ。生まれつきこういう男なんでね」

　彼女は気を悪くはしませんでしたが、それはわたしが女性の扱いを心得てるからです。彼女がその小さな手をわたしの腕に置くと、心臓が二、三回余計に打つのを感じました。「ああ、ミスター・モーラン、ミスター・モーラン、想像以上にすばらしい方だわ！　ああ、ユオールに会いに来て本当に良かった！　ミスター・モーラン、内密のお話をしてもいいかしら？」

　あたりを見回しましたが、他に誰の姿も見えませんでした。それからわたしはある雑誌で読んだことを思い出しました。それは奥さんが州刑務所の囚人たちに送るため、どっさり渡してくれた雑誌の一冊で、囚人たちは、自分で人殺しをしていない時は、他人が殺しをした話を読みたがるものなんです。そこでわたしは言いました。「どうぞお続けください、マダム。全身耳にして聞いてますよ」

まあ彼女の言葉通りにお伝えしようとは思いません。一言ごとに「ああ」と声を挟むし、大部分の話は「ああミスター・モーラン、あなたの目を見ると、本当に恐くなっちゃうわ。あなたって超人的で神秘的で、何とかかんとか……」といったたぐいの、ごくごく個人的なことだったからです。とにかく彼女の名はダイアナ・ダービーで、古いバーゾール邸が放火されないよう、日曜まで毎晩八時から朝六時の間家を見張る仕事にわたしを雇い、前金で十ドルくれました。

さて、例のレッスンの件はどうですか?

受取人払い電報
コネティカット州サリー　ミスター・R・B・マクレイ気付
ピーター・モーラン殿

受取人払い速達で放火・初級、中級、上級を送付。九ドルなり。

アクミ・インターナショナル探偵通信教育学校

主任警部

コネティカット州サリー　ミスター・R・B・マクレイ気付
探偵P・モーランより
ニューヨーク州サウス・キングストン
アクミ・インターナショナル探偵通信教育学校　主任警部殿

　あのう、十語で言えるところなのに、十一語で言わずにはいられなかったんですね。そして電報局が数えた言葉のうち二つは、くどくど書かれた「受取人払い」だったんですよ。それにレッスンが届くなんて電報を打つ必要はなかったんですよ。だって速達係のチャーリー・ダニエルズが、電報の着いた直後に代金引換でレッスンを配達しにきたんですから。それでわたしはひどく頭に来て、すぐに送り返してしまおうと思ったんですが、チャーリーによると、わたしが支払いをすませる前に包みを開けることもできるそうなので、だったら彼が自分で開封してしまうかもしれないと考えてやめました。チャーリーみたいな奴が放火について読んで、狭い村の中をおしゃべりしてまわりだしたら大変ですからね。

　というわけで、あなたは九ドルを手に入れ、わたしはレッスンを受け取りました。で、最初に勉強した『放火・上級』に出てくる男が、自分が家を出ていった六ヶ月後に日光が通ってかんなくずを焦《こ》がすよう、凸レンズを据えつけて家に火をつけた話には、何と抜け目がないんだろうと感心し、保険会社がいかにしてその男の仕業だと見破ったかには、度肝を抜かれました。でも保険会社の連中は皆頭が良くて、『放火・上級』を学んでいるんでしょう。でなきゃ商売上がったりですからね。

ダイアナは保険会社に勤めていて、だからこそわたしのように頼りになる経験豊富な探偵を求めているんです。彼女の会社は村の南の外れにあるバーゾール邸について心配しているのです。なぜってそこには多額の保険金が掛けられていて、誰かが火をつけようとしているという情報を得ていたからなんです。で、それを止める頭のいい男を探していて、もちろんわたしのことを思いついたってわけです。

ダイアナは言うのです。「ああ、ミスター・モーラン、あたしたち放火を恐れているの」

わたしは「僕もですよ」と言ったものの、前に書いた通り、彼女が最初に放火と言った時には、その意味がわからなかったんですが、わたしだってそれを正直に言うほど馬鹿じゃありません。

「ここだけの話だけど、バーゾール邸ってどんなところかご存じ?」

「何でも知ってますとも」

「ああ、あなたを選んで正解だと思ってたのよ！　教えてちょうだい、ハニーチャイル！」

それでわたしは、その屋敷がどのようにしてバーゾール兄弟――金持ちのアブナーと貧乏なサイラス——のものになったかを話しました。彼らは父親が二人を仲良くさせようと考えて、家屋敷を兄弟に遺して死んだ時から憎み合っているのです。アブナーは屋敷を絶対に売りません。そんなことをすれば、サイラスが金の半分を手に入れるだろうからです。またアブナーが承諾しない限りサイラスが売ることはできませんが、アブナーは断じて承知しないのです。そしてサイラスは維持する金がないので住むことはできず、アブナーは住めばサイラスが直ちに越してくるから住もうとしません。そんなわけで十五年近く誰も住む者がいないまま、そこは荒れ果てているのです。

ダイアナは言いました。「その通りよ。兄弟の貧乏な方はあの家を燃やして、お金をせしめようとしているの。それじゃ放火だわ。ユオールに止めてもらいたいのよ。ミスター・モーラン」

ちょっと変だと思いました。「サイラス・バーゾールが、保険金目当てで自分たちの家を燃やしたいと思えば、何だって十五年も待ってるんです？　それにサイラスはいい爺さんで、アミーニア・ユニオン・ロードの小屋に住んでますけど、八つの部屋と浴室のあるきちんとした邸宅どころか、鶏小屋だって燃やしやしませんよ。それにこれだけ待ってたなら、どうして彼があと十五年待つかもしれないとは思わないんです？　たぶん彼は、誰かさんほど頭の回転が良くはないんでしょう。誰とはこの場では言いませんがね。だから決心するまでまだしばらくかかるでしょうよ」

彼女は言いました。「ああ、ミスター・モーラン、ピーターって呼んでいいかしら、いきなりだけど。でもユオールがいきなり好きになっちゃったのよ、今まで言えなかったけどね、ピーター。でもこれだけは言えるわ、ハニーチャイル。保険は今度の日曜で切れることになっていて、そうなったらもううちの会社では更新しないことにしているの。だけど手紙が来て、極秘だからここでそのまま言うわけにはいかないんだけど、誰かが日曜までの間に、あの家を燃やそうとしてるっていうのよ。で、あそこで五日間、夜寝泊りして周囲に目を光らせ、怪しいことを見かけたらあたしに知らせて、夏時間で夜八時から朝六時までその場を動かず、会社の利益のために見張り続けるという仕事をいくらでやってくださる？」

わたしは答えました。「ミセス・ダービー、ダイアナと呼んでいいかな。ねえダイアナ、当然のことながらたっぷり支払ってもらえれば、何とかなると思うよ」

「ああ、うれしいわ！　本当にうれしいわ！　きっと満足させてあげられるわ！」

「で、どうやって行き来すればいいんだい？　今いじっているこの車は主人のもので、僕を信用してくれているから使えないし、その上、出発前にメーターの数字を書きとめていったんだ」

「自転車に乗ればいいわ、ピーター。車庫の壁に立てかけてあるのを見たし、バーゾール邸まではせいぜい二、三マイルよ」これを聞いてわたしはちょっぴりがっかりしました。というのも六年物のシボレーはそう魅力的とはいえないものの、自転車よりはましだからで、彼女はわたしの考えを読み取りました。「わたしの車を貸してあげたいけどハニーチャイル、今週はずっとサリー・インに泊って、何かと使わなければならないのよ。保険会社のために保険の調査をしたり、ほかにも髪のセットやら爪の手入れやら……」

「わかった。自転車は特別料金だ。その期間は夜中ずっと起きてなきゃならないのかい？　というのもそれも特別料金だからね」

「いいえ、ずっと起きている必要はないわ、あなたが眠りの浅い人で、軽く眠る程度ならね」

「よし、それこそまさに僕のことだ。軽く踊るように軽く眠る男だからね。それでどのくらいの時間、休憩をもらえるのかな？」

「休憩ですって？」

「主人と奥さんが町にいない時は、毎晩ノース・メイン・ストリートのハーヴィー・リンクの新しい店に行って、奥の部屋にあるビリヤード台で、ハーヴィーとビリヤードをすることにしてるんだ。もし僕が寄らなかったら、ハーヴィーは変に思うだろうな」

「今週はあきらめてもらうしかないわ、ハニーチャイル。ああピーター、あたしのためにやってくださるでしょ？」

こう言って彼女はわたしをまっすぐ見つめ、わたしたちの顔は六インチと離れておらず、もしわたしがキスしようとしたら、彼女はものすごい速さで身をかわさなければならなかったでしょう。でもバーゾールで五晩泊るのにいくら要求できるのか、保険会社は最高でいくらまで払ってくれそうか、週末まで彼女を信用していいものか、今すぐいくらか都合してくれるのかどうか考えていたので、わたしは偉大な探偵にふさわしく鋼鉄のように厳しい態度で臨みました。

「ダイアナ、僕がずっと仕事をやってるとどうしてわかる？　ハーヴィー・リンクと何ゲームかやりに、自転車で出かけてしまうかも……」

これは単なるはったりでした。もちろんそんな気はありません。村の南の外れのバーゾール邸から、ノース・メイン・ストリートにあるハーヴィーの店まではたっぷり四マイルはありましたし、わたしが自転車に乗った時はストロークが乱れるからすぐわかるとハーヴィーが言いますから。でも彼女はみなまで言わせませんでした。「ハニーチャイル、あたしが保険会社の代表として、あなたが日曜まで極秘の任務についているとミスター・リンクには言っておくし、バーゾール邸にはちょくちょく寄って、あなたがちゃんと仕事しているかどうか見せてもらうわ」

今度はこっちが「ああ！」と言う番でした。

「あの密告の手紙に書いてあった通り、サイラス・バーゾールが真夜中に家を燃やしにやってきたら、小柄なあたしが見張っていても、力では太刀打ちできないから何の役にも立たないけど、ピーター、あなたなら止められるわ。そしてあなたがちゃんとお金を稼いでることを確かめて報告を聞くために、勤務中あたしは前触れなく訪ねるってわけ。さあ、いくらになるかしら？」

ええと、わたしたちは取引きをし、その中身は秘密なので、保険会社がいくら払ってくれるかここで書くわけにはいきません。とにかく保険会社とわたしとダイアナだけしか知らないことなのです。でも彼女は車庫でズボンの右の尻ポケットから十ドル取り出してそっとくれました。ズボンの前にはポケットが全然なく、なぜならそのような作りだったからです。そして日曜の朝に二十ドル札四枚と十ドル札をもう一枚、それまでにバーゾール邸が燃やされていなかったらくれると言い、こいつは今までに稼いだ中で一番楽な仕事だとわたしは思いました。

そして一昨日、つまり火曜はバーゾール邸で見張りをした最初の夜でした。家は鍵が掛かっていてドアや窓を試しても中に入れなかったんですが、毛布も枕も懐中電灯も持ってきていたので、ダイアナがやってきた時には横のベランダでぐっすり眠っていて、暗闇で彼女がわたしにけつまずくまで目を覚ましませんでした。

「止まれ！　そこを行くのは誰だ？　こっちへ来い、そして合い言葉を言え」とわたしは言いました。

彼女は「撃たないで、ピーター。あたしよ」それから「ああ、かわいそうに、どうして家の中で寝ないの？　その方が楽だし、それに雨が降ってきそうよ」と言いました。

わたしは「いや、鍵が閉まってるんだ。最初の調査はそれだったがね。もし無理やり入ったら、アブナー・バーゾールは僕をブタ箱にぶち込むに違いない」と答えました。

彼女は「ああ！」と言いましたが、まさに例の「ああ！」でした。

「窓が一枚でも破れていれば家の中で眠れるんだろうが、自分で割ったらレッスン五にあった通り、家宅侵入だ」

彼女はじっと考え込んで、わたしの手を取りました。「ピーター、あたしに窓を割ってほしい？」

わたしは答えました。「いや、僕は見張りをするのが役目だし、それに法を守る市民だからね」そして枕をまた直し、おそらく夢を見ていたんでしょうからここで誓おうとは思いませんが、誓わなければならないとしたら、眠るために毛布をあごの下まで引き上げて身体を落ち着けた後、ダイアナがお休みのキスをしてくれたと誓うでしょうね。

でもどんな夢を見たかは話しておきましょう。日曜日、絵のようにきれいなダイアナがあのしゃれたセーターを着て、オレンジ色の口紅をつけ、靴の開いたところからオレンジ色の爪先を覗かせながら小道をやってきて、その小さな手をいっぱいに伸ばしてわたしを迎え、二十ドル札四枚と十ドル札一枚を片手に持ち、あるいは片手に二十ドル二枚、もう一方に二十ドル二枚と十ドル一枚を持っているのです。

電報
コネティカット州サリー　ミスター・R・B・マクレイ気付
ピーター・モーラン殿
うさんくさい話　マル　放火を恐れる保険会社はすぐ契約を打ち切るはず　マル　会社の名前と住所を知らせよ
アクミ・インターナショナル探偵通信教育学校
主任警部

コネティカット州サリー　ミスター・R・B・マクレイ気付
探偵P・モーランより
ニューヨーク州サウス・キングストン
アクミ・インターナショナル探偵通信教育学校　主任警部殿

昨日、つまり金曜に来たあなたの電報には返事を出しませんでした。わたしはあなたが思っているほど馬鹿じゃないんですから、そんな風に考えてるなら間違ってますね。仕事を始める前、ダイアナが前金で十ドル払ってくれたと書いた時、あなたはレッスンの値段を一つにつき一ドルから三ドルに引き上げましたね。三掛ける三は九で、チャーリー・ダニエルズに受取人払い速達料金を払った後十ドルから残った金額は、ハーヴィー・リンクとビリヤードをやってわたしの突き方がうまくいかなかった時に手元に残る金額と同じくらいで、しかもわたしが出した電報とあなたがよこした二通の受取人払い電報の料金は計算に入れていません。わたしがその全部を払わなければならなかったんですよ。それにもし保険会社の名前を教えたら、あなたは彼らに電報を打ち、わたしをのけ者にしてこの件を取り上げてしまうでしょう。だからわたしの答えは尊厳ある沈黙というやつで、それはわたしが保険会社の名前を知らないということとはまた別の話です。

今は土曜の朝で明日には仕事も終わり、そうしたら金が転がり込んできます。でもレッスンは面白く読んでおり、なかでも伝書鳩を訓練した男の話は忘れられません。その男がフロリダに行った時に鳩も一緒に連れていって、準備が十分できてから放してやると、鳩はマサチューセッツ州ノース・ウィルブラハムまではるばる戻り、それから鳩小屋の入口を入ると、電池と何かの化学薬品を仕掛けた電線があって、そうして家が焼け落ちた時には持ち主は一六八一マイルも離れたところにいたわけですが、それでも保険会社が彼の仕業と見抜いたのは、鳩小屋が焼け残っていたからで、連中はそこを見て「おい、この針金を見ろ！」と言ったんです。その男はさぞ苦労の甲斐がなかったと思ったことでしょう。だって、ノース・ウィルブラハムにいたって家にマッチを放るくらいはできたわけだし、どっちにしろ刑務所に入ることになったんですから。まあフロリダで休暇を取れたのがせめてもの救いですね。

それから、すごく燃えやすい映画のフィルムを一マイル買った頭のいい若者の話も気に入ってます。彼は自分が雇われていた倉庫を燃やすため、そこから、その店で飲んでいたというアリバイを作ろうとした酒場まで、ずっとフィルムをほどいていったんですが、フィルムの端にマッチをつけ、炎がモンタナ州ジョプリンの通りを倉庫に向かって走り出した時、彼は運に見離されてしまいました。というのは、フィルムを見つけた警官がベティ・グレイブルの脚の写真だと気づき、捨てておくには忍びなかったので大きく切り取ったのです。そして火が近づいてくると、警官は「これは裏に何かあるぞ」と言って、フィルムの灰を追って酒場のドアにたどり着き、それが頭のいい若者の運の尽きでした。また、春が来たら融けるように氷の固まりを用意して、爆弾がそれまで爆発しないようにしておきながら、水で火薬が湿ってしまうのを忘れていた男の話も好きです。そして電話のベルに大量のマッチをとりつけ、家を閉め切って遠く離れたシカゴから出る相手のない電話をかければ、家が焼けて三万ドルもうかる計画だったのに、交換手が間違った番号につないでしまったので、思いもよらない結果に終わってしまった男の話もいいですね。

昨夜バーゾール邸の周りをぐるぐる回ってみました。ベティ・グレイブルの脚の写真とか、いろいろ見つけないとも限りませんからね。その時ダイアナの車が、シリンダーが二、三本なくなったみたいにブスンブスン音を立てながら近づいてくるのが聞こえたので、道端の茂みに隠れて彼女が出てくるのを待ち構え、つかまえてそのまま押さえました。

低い声が言いました。「あたしよ、ハニーチャイル」

わたしは驚いたふりをしました。「ダイアナ！」

彼女は答えました。「その通りよ、ピーター。ユオールがちゃんと仕事をしているか調べに来たの」

わたしは「そうか、すごく暗いからよく見えないだろうけど、ちゃんとやってると も」と言って、懐中電灯で彼女を照らすと、オレンジの口紅とオレンジのペディキュアを塗って、銀色の線章が二本ついたピンを留めたセーターを着て、これまで以上に可愛かったです。「まだベランダで寝ているの、ピーター？」彼女は尋ねました。

「一緒に来れば、僕がどこで寝ているかわかるよ」わたしは答えました。

その納屋は家からせいぜい十フィートか十二フィートくらいのところにあり、ドアには鍵が掛かっていましたが、ほとんどの窓は割れていて誰でも入れるということに、前の晩気づいたのです。わたしは彼女の手を取り、窓から入って干し草の山の上に下りるのを手伝ってやりました。干し草は暖かくて心地よく、懐中電灯の電池を使い切らないようろうそくを点した時には特にそうでした。この頃じゃ電池が不足して買えませんし、切れてしまったらお先真っ暗ですからね。それで彼女と干し草の中に座ってから、わたしはレッスン三十五を見せ、もしお忘れであれば『放火・上級』ですが、マサチューセッツ州ノース・ウィルブラハムの男やモンタナ州ジョプリンの男、それに『放火・上級』に出てくる他の男たちの話をしてやり、というのも『放火・中級』や『放火・初級』まではまだ進んでいないし、半分も面白そうに思えなかったからですが、そうすると彼女の目は本当に飛び出しそうになりましたよ。「ああ」と彼女。「そんなに悪い連中がいるなんて！」

「そうさ、ダイアナ」とわたし。「そのうち君にも、人生の真実ってものがわかってくるよ」

彼女の手は偶然かどうかわかりませんが、わたしの手の上に置かれ、わたしが少し彼女の方に覆いかぶさると、彼女は避《よ》けませんでした。たちまち彼女は腕をわたしの首に巻きつけ、わたしは彼女の腰を抱きました。そしてわかったのは、オレンジの口紅は他のと比べてまずいわけじゃないってことで、彼女の小さくて可愛い鼻がずっと邪魔になっていたので、そのことを笑うと彼女も笑い、そしてわたしは『世界で一番きれいな女の子にキスしている時、どんな風に見えるか』という題名の絵の話をしてやったんですが、その絵は大きな目が二つある代りに一つだけで、彼女には二つあることは見てわかってましたが、その絵そっくりだったので、わたしたちはさらに笑いました。

そうするうちにわたしは「ダイアナ、君はほんとにあったかいね」と言いました。

彼女は「ああピーター、あたしが熱体のジョージア州モービルの生まれだってことを忘れたの、それから気をつけて、ハニーチャイル、ろうそくがわらの上に倒れたら、あったかくなりすぎちゃうわよ」

わたしは「ＯＫ」と言ってろうそくを据え直しましたが、自分が求めているものがあるかどうか、すでに確かめていました。というのも彼女がわたしを抱きしめてキスをし、たくさんの他の女の子たちがやったように、わたしの髪をまさぐっている間、わたしは彼女のズボンの尻ポケット二つ――ポケットはそれきりでした――に手を入れて、というのも約束通り二十ドル札四枚と十ドル札一枚を持っているか見たかったからですが、尻ポケットにはハンカチと車のキーと、取り出して開いたわけではないけど論理してわかったオレンジの口紅付きのコンパクトしかなく、コンパクトはあまりに小さくて十ドル札一枚と二十ドル札四枚どころか、十ドル札一枚さえ入らなかったでしょう。

そのうち彼女はキスするのを止め、わたしの耳の上に両手を置いて頭を挟み、わたしがさっとキスしようとすると身をかわし、またキスしようとするとひらりと逃げてしまいます。もう一度わたしは唇を突き出しましたが、今度は目にも止まらぬ早さでやったのでうまくいきました。映画を思い出すような長いキスで、というのは映画ではそんなに長いキスはしないからです。

彼女は溜め息をつき、「小さい頃ハロウィーンで、水に浮かべたリンゴをくわえる競争をした時みたいだわ」と言い、わたしも「そうだね」と言いましたが、その時考えていたのは彼女の尻ポケットと、彼女が約束してくれたのにそこにはなかった金のことで、わたしの心は鋼のように厳しくなっていました。

わたしは言いました。「ダイアナ、そろそろもう僕がどんなに働き者で、どんなに仕事を完璧にやり遂げてきたかわかったろう。ハーヴィーの店で二、三ゲームできるよう、乗せてってくれてもいいんじゃないかい？」

これは彼女をせっついて、話をお目当ての方へもっていくためにそう言ったんです。なぜってもう朝の二時で、サリーの人間は誰もそんな時間まで起きていませんからね。

「まあ、だめよ！」と彼女。

「どうして？」

「ハニーチャイル、ここにいてもらうことにお金を払ってるのよ」

「どうしてきちんと払ってもらえるとわかる？」

「ああピーター、約束したじゃない」

「じゃ、金を見せてくれよ」

彼女は妙な目つきでわたしを見つめ、ろうそくの灯りでもそれは見てとれました。

「ああ、だからあたしのポケットを探ってたのね。気づいてないとでも思ったの？　すぐにそうとはわからなかったけど」

彼女は立ち上がって笑い、今までやってきたことのために唇にはオレンジの口紅はほとんど残ってなかったにもかかわらず、笑った彼女は相変わらずきれいでした。

「ああピーター、あたしは若くて何も知らないけど、ずっと暮らしてきた南部のモービルにいる昔気質《むかしかたぎ》のママがいつも言ってたのよ。干し草の山に誘われそうな時は、現金を無造作にポケットに入れておくのは不用心だってね。だから安全な場所にお金をしまっているから、日曜の朝には確実にあなたのものになるわよ」

「安全な場所って？」

「ああ、車の中に隠してるの」

「ダイアナ、それこそ現金を隠しちゃいけない場所だよ。僕の金ならなおさらだ。もしなくなったら……」

「心配しないで、ハニーチャイル。まだたくさんあるんだから。でもこれだけは言えるけどハニーチャイル、愛を交わす段になると、あなたのやり方って今まで会った男の子たちとは全然違うのね」

まあ女の子はみんなわたしにそう言いますから、初めて聞く話というわけではありませんでした。そして彼女は二、三回お休みのキスをしてくれ、わたしはもっとうれしいはずなのに、なぜか心は上の空でした。

彼女は「お休みなさい、ハニーチャイル、いえ車まで見送らなくてもいいわ。でも明日同じくらいの時間に来て、もしいい子にしてたらまた干し草の山に上がるかもね」と言い、わたしは懐中電灯をつけて、まだ割れたガラスの残る窓を抜けていく道を照らしてやりました。

もう月は高く上がっていて、わたしは道路まで歩いていく彼女を見ながら、どこか妙なところがあると考えていましたが、彼女が村へと出発するまでそれが何だか気づきませんでした。それからある考えが一トンの煉瓦のように頭上に落ちてきたのです。最初に会った時、自宅での庭仕事で新しく柔らかい土が彼女の膝についていました。そして今夜も同じところに新しく柔らかい土がついていたんですが、彼女が自分で言う通りずっとサリーにいて、人の家の庭で働いていたのでなかったとしたら、どうしてついたのでしょう？　他にもおかしなことがあります。だって彼女はわたしが干し草の山で寝ているとは知らなかったのに、どうしてそこに誘うとわかってたんでしょうか？　そうしてわたしがろうそくを消して寝ようと振り向いたところ、何かまぶしく銀色に光るものがろうそくに照らし出されており、それは彼女がセーターにつけていた二本の銀の線章がついたピンで、干し草の中でわたしを抱きしめた時に落ちたのだとわたしは論理しました。

ピンを見ながら入ってくる金のことを考えているうち、あるアイディアが浮かびましたが、この次の手紙でそれについてはお知らせできるでしょう。

受取人払い夜間電報
コネティカット州サリー　ミスター・R・B・マクレイ気付
ピーター・モーラン殿

モービルはジョージアにはない　マル　南部ではリンゴは育たないため南部の子供たちはハロウィーンにリンゴをくわえない　マル　膝についた土は、ダイアナが埋まった宝を昼間に掘り出し、屋敷の夜間の警備に君を雇ったと思われる　マル　地面をくまなく調べ、新しく掘り返された箇所を探した方がよい　マル　援助必要なら至急連絡乞う

アクミ・インターナショナル探偵通信教育学校
主任警部

コネティカット州サリー　ミスター・R・B・マクレイ気付
探偵P・モーランより
ニューヨーク州サウス・キングストン
アクミ・インターナショナル探偵通信教育学校　主任警部殿

　えー、サリーへ電報を配信するレイクヴィルの交換手は「この夜間電報は受取人払いよ」と言いました。

　わたしは「もう受取人払いの電報はここのところ嫌というほど払ってきたよ。払うと決める前にまず内容を聞きたいな」

　彼女は言いました。「いいえ、それは社の規則に反するからダメよ。でもこれは主任警部からで、ピーター、あなたが知っておいた方がいい話から始まってるわよ。それにちょうど五十語でそれ以上の語数はないわ」

「そうか、それじゃさっさと読んでくれ」とわたしが言い、彼女が読み終えた後で「僕が知っておいた方がいいことって何だったんだ?」、と聞くと、彼女は「ピーター、地理を知る必要があるわね」と言って電話を切ってしまいました。

　これはわたしの弱みにつけこんだ卑劣な引っかけで、なぜならモービルがフロリダにあることくらいわたしだって知ってるし(実際はアラバマ州)、そこでリンゴをくわえたとダイアナが言った時嘘をついていたとしても、他の子供の遊び、特に郵便局ごっこ（郵便が来ているといって異性を別室に呼んでキスをする遊び）をしていたに違いないんだから、どんな違いがあるっていうんです？でも彼女が干し草の山でわたしに夢中になった後、「ユオール」と呼ぶのを忘れてからはピンときましたし、あなたの電報の残りの部分については言わぬが花なので何も言いませんが、埋まった宝というのはなかなか良い勘だったとだけ言っときましょう。埋められてはいなかったんですがね。

もう今日は月曜日で事件も解決したので、例のアイディアについてお話ししましょう。といっても実行する機会はなかったんですが。

わたしは女性というものを信用していません。特に貸しがある時には。それで土曜の夜、干し草の山に座って『放火・上級』を長いこと勉強し、始めた時には新品だったろうそくが残り数インチにまでなりましたが、心は放火から離れていました。ダイアナを待ちうけ、金を払ってくれるまで行かせないつもりだったので、午前二時近くなるとこっそり道端に出て、自転車を茂みに隠して自分も隠れました。納屋のろうそくの灯りが見え、ダイアナもこれを見るだろうと思いました。彼女が約束通り干し草の山に行こうと車から出てきたらすぐ、どれかタイヤのキャップを外し、例の銀色の線章がついたピンで空気を抜き、村まで戻れないようにすれば、わたしがタイヤを交換してやる前に彼女は金を払ってくれるだろうし、もしかしたらタイヤを替えたことで二十五セント余計にくれるかもしれません。

村の時計が二時を打ったのに彼女が現れなかったので、わたしは心配になりました。そして三十分の鐘が鳴り、それは二時半だったんですが、月が輝きはじめ、干し草の山に残してきたろうそくの灯りを除くと、一人きりで待つのは何とも心細いものでした。

その時、プスンプスンと音を立てながら、彼女のポンコツが丘を上ってくるのが聞こえ、以前よりましな音になっていたので新しい点火プラグを買ったに違いないと論理しつつ、わたしは茂みに隠れて待っていました。

彼女は二十フィートほど離れたところで車を停めました。

ドアを開け、顔を出しました。

ろうそくははっきり見えたはずです。というのはまっすぐそちらを見ていたからで、干し草の山に行く前にちょっと時間をとって、鼻と唇と頰の化粧を直すのだろうとわたしは論理しました。しかし女性を信用してはいけませんよ。というのは突然彼女は再びギアを入れて車を出したからで、バックしないでも曲がれるくらい道が広くなったところに出ると、向きを変えるのが月明かりの中に見えました。わたしはそのことをよく考えました。というのも車の向きを変えたら止まるだろうと思っていたんですが、実際にはそうしなかったんです。再び目の前を通り過ぎていった時、スピードを落としもしませんでした。車の窓は開いていて、彼女の笑いの発作が高笑いになっていくのが聞こえると、わたしは自転車に飛び乗って追いかけました。

まあ、いくら時速三十から四十マイルしか出せないようなポンコツでも、自転車で追いつけるわけもなく、わたしは気をもんでいました。彼女はライトをつけるのを忘れていましたから、車を見失わないようにするのも楽じゃありませんでした。でも道は村まですっとまっすぐだったので、時々前方に彼女の車を確認できました。

彼女がサリー・インを通り過ぎてそのまま走り続けるのを見ても、少しも驚きませんでした。わたしは彼女が振り返っても見つからないよう、道路の片側に寄って追いかけ、そして彼女は古ぼけたポンコツが飛ばせる限り早く、村を駆け抜けました。

一マイル以上先で、彼女はノース・メイン・ストリートに入り、わたしは独り言を言いました。「ピーター、お前の金が逃げてくぞ。永遠におさらばだ」しかし曲がり角まで行って、二度と彼女の姿を目にすることはなかろうと思いながら大急ぎでそこを曲がると、ハーヴィー・リンクの店の真ん前に彼女の車が停まっていました。ジョージアのナンバープレートがサリー・ナショナル銀行の大きな照明にはっきりと照らされていましたから、見間違えようがありません。

わたしはペダルを思いきり逆にこいでブレーキをかけ、もう少しで落っこちるところでした。ダイアナがまだ車内にいるのか、何をしてるのかわからなかったからですが、ちょうどギリギリのところで物陰に身を隠すことができました。なぜならハーヴィーの店のドアが開いて彼女が現れ、車に何かを積み込むとまた店の中に戻っていったのです。さしずめあれはわたしのために用意すると約束してくれた金で、あれだけ一生懸命働いたんですから、彼女はわたしをだます気はなく、約束を守ろうとしているのでしょう。そして車に忍び寄って中にあったものを懐中電灯で照らしてみると、自分が正しかったことがわかりました。というのも高さ一フィートはあろうかという五ドル札の山が、十ドル札の山二つと二十ドル札の山一つの側にあったからです。

約束は約束ですから、わたしが取ったのは十ドル札一枚と二十ドル札四枚でしたが、それだけの現金の山を目にした時には、もっとふっかけておくんだった、彼女がそんなに大金を持っているのであればなおさらだと思いましたよ。でも探偵であってもわたしは正直者ですし、銀の線章のついたピンが手元にあり、それは彼女の持ち物だから返したかったので、置く場所を探しました。床に置いたらなくなってしまうでしょう。座席に置けばきっと彼女は暗がりでその上に座ってしまい、長く鋭いピンで怪我をしてしまうでしょう。わたしが車のイグニッション・ロックを見るとキーはささっていなかったので、彼女が嫌でも気づくその場所に、銀の線章がきちんと見えるようピンをしっかり差し込み、物陰にすばやく隠れると、再び彼女がハーヴィーとともに出てきて、今度は二人とも包みを運んでいました。わたしは「やあ、ハーヴィー」それから「やあダイアナ、どうして君たちが友達だって教えてくれなかったんだい？」と声をかけるところでしたが、ただ彼女がそんなに金を持っているなら、もう少し気前よくしてくれてもバチは当たるまいと腹を立てていたので、話しかけなかったんです。

彼らが中に入るとわたしは自転車で角を曲がりました。報酬に見合うだけの働きはしました。というのもあと二、三時間ほどで午前六時だったからです。

わたしは家に向かって走りました。

あたりはシンとして穏やかで、考えることがいろいろあったので、ゆっくり行きました。その上、月が雲に隠れていて道がよく見えなかったのです。

わたしは疲れていました。でなければまずバーゾール邸に寄って、放火についての教本を取ってきたでしょうが、十分寝た後で日曜の午後か月曜の朝に寄ることにしようと考えたのです。その時火事を知らせるサイレンが鳴り響き、村中で明かりがつきはじめ、見ると南の方が赤々と輝いており、どんどん明るさを増していきました。

その頃にはメイン・ストリートから外れていたわたしは、自転車を降りて眺めました。最初車が二、三台南に向かって通り過ぎ、それから大穴の開いたマフラーをつけた消防車が猛然と走っていき、その後たくさんの車が続きました。というのもニューイングランドの村で火事があると誰もが駆けつけますし、それが夜であればきちんと着替える時間さえ惜しむんです。皆レインコートやガウンや何かしら手近にあるものをはおり、冬であれば人が集まっていて暖かい火の側に立つのです。子供や男たちを乗せた自転車もたくさん南を目指しており、わたしがパレードに合流した時には一番後ろ近くにいたのではと思います……。

そうです、そこはバーゾール邸で、サリーでこれまで起こったうちでも最高の火事でした。最初に燃え出したのは納屋だったので、消防士たちはホースをそっちに向け、干し草の一部を火から救いましたが、そうしているうちに火は母屋に燃え移り、全焼してしまいました。

有志の消防団の団長であるハンク・プルーイットがわたしに言いました。「ピート、こいつをどう思う?」

「どういう意味だ、ハンク、僕が何をどう思うって?」

「そりゃお前は探偵だって話だからさ。どうして誰も住んでいないボロ家から火が出るんだ? 十五年も閉まっていた納屋がなんで燃えるんだ? 誰かがそこで火をつけたんだよ、ピート。おおかた納屋で寝ていた浮浪者かなんかで、灰が冷えたらそいつの死体を見つけることになるだろうよ。お前はどう見る?」

答えかけてわたしはふいに黙りました。なぜなら学校に通っていた頃、騒いだ時には先生から「沈黙は金」と百回書かされたからで、これを言った人はうまいことを言ったものです。わたしは言いました。「ハンク、僕は優秀な探偵で当て推量などしないんだ。僕の口からはこれ以上は言わないよ」

それからレイクヴィル・ペイパー紙の切り抜きを貼りつけておきます。

銀行強盗、サリーにて失敗に終わる

日曜の早朝、真夜中から数時間の間に、サリー・ナショナル銀行から現金を奪おうとした大胆不敵な企ては、ケイナン兵舎の州警察官アロンゾ・プラットの機敏な対応によって未遂に終わった。古いバーゾール邸の火事に出動するところだったプラット警官は、ジョージアのナンバープレートのついた車を出そうとしていた二人組が、彼が近づくと車から飛び出して逃げるのを目撃。彼らは暗闇に消えたが警官は疑いを抱いた。彼は車を調べ、札束が山と積まれているのを発見した。「こんな大金を見たのは生まれて初めてだったよ」とプラットは語っている。

車が銀行の前に停まっていたのでプラットは警笛を吹き鳴らし、それに答えた市民が呼んできた頭取のH・O・バスコムと支配人のハリー・テフトによる緊急調査が行われた。そこで発見されたのは隣接した店の裏手から銀行の金庫室に通じるトンネルで、総額四一七八三・四七ドルもの現金が運び出されていたと判明。プラットと町の巡査であるハバードとフィスクがリボルバーを構えて警備する中、ミスター・バスコムとミスター・テフトは金を銀行に戻しながら数え、総額が四一六九三・四七ドルであり、犯人たちがわずか九十ドルを奪って逃げたことがわかった。

本紙記者は店と銀行の金庫室を結ぶトンネルに潜入する許可を得た。驚くほど巧みに作られたもので、柔らかい土を掘り進めながら崩落しないよう実に器用に支柱で支えており、完成するには長い時間がかかったと思われた。

プラット警官によればその店は最近、ハーヴィー・リンクと名乗る男が借りたばかりで、土曜日以降彼の姿を見た者はいない。プラットはこう語った。「あのトンネルを掘ったのはハーヴィー・リンクだ。よくそんな暇があったものだ。彼はあの店で何の商売もしていなかったが、奥の部屋にはビリヤード台があり、連日連夜友人たちが彼とビリヤードをするために立ち寄っていたはずだよ。一週間ほど前、奴の店の前を深夜通りかかったが、奴はまだビリヤードをしていたね」

プラットは自分が近づいた時、車から飛び出したうちの一人はハーヴィー・リンクとして知られる男だったと断言。リンクの共犯については、セーターを着た女だったと述べた。リンクとその女は、サリー駅に午前四時五十三分に停まる牛乳運搬列車に乗って逃亡したと考えられている。警察ではすでに例の車がさる陸軍大尉の所有物で、その夫人から十日前にマサチューセッツ州ウスターで盗まれたものであることを突き止めている。

本紙記者はリンクの店の前にある溝で、陸軍大尉の線章をミニチュアで表したピンの壊れた破片をみつけた。裏側に彫られた「ジャックからアイリーンへ　一九四五年六月」という銘が強盗たちの身元の手がかりになるかと期待されたが、すぐにピンも車と同時に盗まれたものと判明した。注目すべき偶然により、ピンの尖った方、つまり先端が車のイグニッション・ロックで見つかった。「そのせいで奴らは発車できなかったんだ」とプラット警官。「ピンはあまりに深く差し込まれていたため、我々はペンチではつかむことができず、別の道具を使ってみたら、さらに押し込んでしまった。ガソリンスタンドから来た修理工たちがロックを外すまで取り出せなかったよ」

銀行の頭取ミスター・H・O・バスコムは本紙に以下のような声明を出した。「いかなる場合も連邦預金保険公社によって預金が保証されているサリー・ナショナル銀行にとって、九十ドルなどという金額は、ものの数ではありません。当行は強盗を威嚇して追い払い、もう少しで逮捕するところであったプラット警官に感謝し、コネティカットの州法が許せば惜しみなく謝礼を差し上げたいと存じます。近日中に当行は、友人や近隣の皆様とのお取引きを継続してお願いするため、特に現代的な金庫室に守られた預金保安部門についてお知らせいたします」

銀行がサリーや近隣の村の工事契約業者たちに対し、新しい補強コンクリート床を金庫室に設置する工事への密封入札を呼びかける広告については、別のページを参照されたい。

サリーの住民たちは日曜の真夜中過ぎ、村の南端にある古いバーゾール邸がほぼ同時刻に全焼したことで、非常な興奮を味わった。損害は保険にて補塡される。

さてわたしは二と二を足して、誰にも負けないくらい見事な答えを出すことができます。あのトンネルを掘るには四、五晩はかかっただろうし、わたしは前にも書いた通りちょくちょく店に立ち寄ってましたから、ハーヴィーはわたしを遠ざけておきたかったのです。なぜならわたしが奥の部屋で大きな穴を見たら論理を始めるから、わたしのように頭の切れる探偵にそうさせたくなかったんです。わたしを遠ざけておくには金を払う価値があるとハーヴィーは判断し、だからこそダイアナはバーゾール邸で寝泊りする仕事にわたしを雇い、わたしから目を離さなかったんです。というのも彼らは店に立ち寄ったわたしに、ハーヴィーが穴掘りしているところを見つかりたくなかったんですよ。でも彼らが考えていたよりわたしの方が頭が良かったってわけです。とりわけダイアナのズボンに、彼女も穴掘りを手伝っていることを示す、柔らかく新しい土がついていたのを見つけた時はね。もし謝礼が出るのなら今すぐ要求するところですが、謝礼は出ないので、もらうにふさわしいとされたアロンゾ・プラットと争う気はありません。

追伸　保険会社の男がたった今、会いに来て言いました。「あんたは地元の私立探偵だって話だが、バーゾール邸の火事を調査してもらいたいんだ。あそこにはうちの保険が掛かっていたんだけど、あの火事は事故じゃなかったんだよ」
「どうしてそう思う?」わたしは尋ねました。
「これは納屋の灰の中から我々が見つけた紙切れだ。大部分が焼けているが、残った部分は読めるだろう」

火をつける……もっとも簡単なやり方の……放火魔が火をつけたずっと後で……ろうそくを可燃物で囲み……木毛、木片、紙類、火薬、……ろうそくをつけます。ろうそくがあらかじめ決められた場所まで燃えて初めて火事が起こり……長さ、厚さ、周りの素材により……それまで一、二時間、あるいはもっとかかります。
この方法が一般的である理由の一つは……証拠となる……燃え尽き……何も残らず
……

えー、わたしはこれを読んだことがありません。たぶん『放火・中級』か『放火・初級』なんでしょうが、ご存じの通りわたしは『放火・上級』から始め、そんな易しいものまで程度を下げることはなかったので。そして今はそれらのレッスンに払った九ドルをふいにしてしまいました。チャーリー・ダニエルズに払った受取人払い速達料金を別にしても。

男は言いました。「ホースの水がこの紙切れを直撃してね。それで端っこは燃えたが真ん中が残ったってわけさ」

わたしは「それはそれは」と言いましたが、こう言っとくのが一番いい時があるんです。

「ミスター・モーラン、銀行はあの山のような大金を救った警官に報奨を与えることはできないだろうが、保険会社はそうはいかないんだ。ああ、そうだとも！　バーゾール邸に火をつけた連中は、うちに多額の保険をかけていたわけじゃない。あんなボロ家には二、三千ドルの保険金がいいとこだからね。でも彼らを捕まえる手助けをしてくれたら、相応の謝礼はするよ」

わたしはよくよく考えてみました。「彼ら？　彼らだって？」

「もちろん！」

「一人じゃないってことかい？」

「ああ。そして二人とも捕まえたいんだ。火をつけた奴が一人。そいつは小物で重要じゃない。でも指示を出した奴がいて、そっちが親玉だ。そいつを捕まえられたら一味をつぶせる。わかったかい？」

「わかったよ」わたしは言いました。

「その紙は大切にしてくれよ」彼は言いました。

「そうするよ」

「これが名刺だ。何か見つかったら電報を打ってくれ」

「わかった」

彼は車で去る前にわたしと握手しました。「これが依頼料だ」と彼は言い、手のひらを見ると金がありましたが、いくらだったか教えるつもりはありません。だってこれはわたしの稼いだ金で、一セントに至るまでわたしのものですからね。

それからわたしは紙切れを片づけ、それも注意深く片づけたので、たぶんどこにやったか思い出さないでしょう。わたしは物覚えがいいですが、時には同じくらい物忘れもいいんです。

あなたもそうであるよう願っています。

第四講　P・モーランのホテル探偵

ニューヨーク州サウス・キングストン
アクミ・インターナショナル探偵通信教育学校　主任警部より
コネティカット州サリー　ミスター・R・B・マクレイ気付
探偵P・モーラン殿

きっと賛成してもらえることと思いますが、ホテル探偵（一般には「ハウス・ディック」という呼び名で知られています）の仕事は興味深く、かつ刺激的なものです。こういった仕事についての質問に、君はもう答えられるでしょう。レッスンの中にすべて答えが出ています。答えを書いたらレッスンに戻って、正しい答えを書けたか確かめましょう。

一、なぜホテルは探偵（あるいは「ハウス・ディック」）を雇うのか？
二、ホテル探偵にとってどちらがより重要か――犯罪発生後に犯人を捕らえることか、あるいは犯罪を芽のうちに摘み取ることか？（ヒント：ホテルはスキャンダルを望むだろうか？）

三、なぜホテル探偵は何でも見て、何でも知っていながら口をつぐみ、目立たず控え目にして、他の泊り客たちの一人のように見えなければならないか？

四、泊り客から部屋で盗難があったといわれたらどうするか？

五、ベルボーイから、着いたばかりの客が「軽い荷物」を持っていると報告されたら、それは何を意味し、どう対処すべきか？

六、「女たらし《ラウンジ・リザード》」とその手口を書きなさい。「空き巣狙い《プラウラー》」とその手口は？　女詐欺師とその手口とは？

七、結婚していない男女が夫婦として宿帳に記名したらどうすべきか？

八、州知事を招いたディナーが催されるという時、ロビーに悪名高い無政府主義者がいるのに気づいたら、どんな行動を取るか？

九、ホテル探偵はなぜ従業員や客室係のメイド、ウェイター、ウェイトレス、ベルボーイ、エレベーター運転係などと密接に接触する必要があるのか？（ヒント：彼らは探偵が時として見落としたものを見ている）

十、見慣れない者、それも女性と話し、夜中に廊下をうろつき、泥棒の道具や飲み物に入れる麻酔剤や、クロロフォルムの缶のはいった安物の鞄を持った客に、疑いを抱くべきか？
上記の質問への答えは、まず自分で確かめるまで送らないこと。

J・J・O'B

コネティカット州サリー　ミスター・R・B・マクレイ気付
探偵P・モーランより
ニューヨーク州サウス・キングストン
アクミ・インターナショナル探偵通信教育学校　主任警部殿

えー、ホテル探偵の任務を書くなんて、今回のあなたは確かに的外れじゃないですね。そのわけをお教えしましょう。サリーには一軒、サリー・インというホテルがあり、大きい宿です。三階建てでサリー唯一のエレベーターがあって、日本での戦闘で右腕を失ったセス・ウィリスが動かしており、彼はホテルで働いているドット・カースンと婚約したんですが、結婚しようとはしないのです。「右腕をなくした男なんて、何の役に立つか知りたいもんだ」というのがその理由ですが、ドットは彼が両腕と脚の二、三本なくしたとしても結婚すると言っており、彼の方ではドットは頭がおかしいんだ、だから彼女が馬鹿な真似をしないよう気を配ってやらなくてはと言うのですが、彼女は気を配られるなんてまっぴらと言って、とにかく二人は結婚許可書の代金を払ったという成り行きです。

さてホテルはこの夏、すべての部屋に客を泊めることにしていますが、というのは客は皆どんなところでも寝泊りできれば満足し、それにどれだけ払うことになるかは気にも留めないからなんです。それからホテルの経営者、ミスター・アシュミードはわたしを呼びに人をよこし、「そこに立ってくれ、モーラン、じっくり眺めたいからな」と言いました。

わたしは「かしこまりました」と答えました。

彼は穴の開くほどわたしを見つめましたが、綾織《あやおり》の制服に黒い革のゲートルを身につけ、運転手の帽子を持ったわたしが、よっぽど目を楽しませたんでしょう。帽子を手に持っていたのは、我々がミスター・アシュミードの部屋にいて、そこは室内だったからです。「モーラン、お前についてはずいぶんいろんな話を聞いている」

「はい」

「お前のことでは言い争いまでしたぞ。友人たちは、お前が見た目通りの馬鹿だと言うんだが、わたしはそんなはずはないと言ったんだ。お前個人の考えはどうだ、もしあればだが。どう反論する、あるいは酸性するか？」

「いいえ、旦那様」

「良い答えだ、モーラン。肯定も否定もしないのだな。お前の単純きわまる雄弁さを聞いていると、わたしが何を言わんとしているか、少しは気づいているんじゃないかと思えてくるが……」

「いいえ」

「……だが結論を急いではいかんな。友人たちはお前のことを、間抜けでも運はいいと言う。わたしは何かもっともな理由がない限り、幸運は同じところに二度も三度も訪れるもんじゃないと言ったよ。たぶんトリントンでマリファナの密売組織をつぶしたのは単なる幸運だったかもしれんが、ミスター・マクレイのダンス・パーティで強盗が客をホールドアップさせているところへ、銃を持って入っていったのはまぐれではないし、その強盗に弾をぶち込んで皆の宝石や金を守ったのもまぐれじゃない」

「いいえ、じゃなくて、はい」

「意見が合ったな、モーラン？　さてわたしは幸運な奴が好きだから、一か八かに賭けてみることにした。お前さんは休みの夜、ちなみに仕事の夜よりはるかに多いようだが、ホテルの裏口あたりでうろうろして、女の従業員と仲良くしているな」

まあ、これには一本取られました。去年とおととしの夏にいたウェイトレスたちは大柄でがさつで、皿を山と積んだトレイを軽々と運べ、ほとんどが三十五にもなろうという歳で、一日の仕事を終えてちょっと女の子と遊びたいって気分の時に、見てそそられるようなタイプではなかったんです。わかってもらえるでしょうが。でもこの頃ではそういうたくましい女たちは、車やトラックの部品を組み立てて月二百ドルも稼いでいます。さらに賃金を上げるために、ストライキをしていなければの話ですが。そしてホテルで働いている女の子たちは小柄で可愛らしく、手を柔らかく保っておきたいもんだから、こっちがキスしようとしても顔をしたたかにひっぱたくことはありません。歳は二十か十九か十八かそのくらいで、わたしのような様子のいい男が通りすがりにちょっと挨拶すると、彼女たちは「あら、ミスター・モーラン」とか「まあ、どうしましょう」とか「ねえちょっとガーティ、彼の言ったこと聞いた？　勇敢よねえ」などと大騒ぎするのです。彼女たちとは全員とても仲良くしていますが、セス・ウィリスと婚約しているドット・カースンだけは別で、でもそれはわたしがセスのような真の英雄を出し抜こうとは思わず、またわたし自身結婚するタイプの男ではないからです。そしてわたしの休みの夜が多いとミスター・アシュミードが言ったのは正しく、というのもわたしの主人、ミスター・マクレイは倹約家を自認していて、この頃では官能的ドライブでなければ車を出させないので、午後七時になるとたいてい仕事は終わり、それから自転車に乗っててレッスン二にあったように観察して回るのですが、いろいろ観察できるのはサリー・インの裏口なんです。

「さてと、モーラン？」

「はい」

ミスター・アシュミードはニヤリとしました。「モーラン、わたしは何も使用人たちとデートをするのを叱ろうというんじゃないぞ。もしそう覚悟してるならな。その逆だ。女の子たちはお前が時々連れ出してやらないと、突然辞めてしまうのだ。サリーではろくな産業がないから、ボーイフレンドになるような男たちは常に不足している。セス・ウィリスは別だが、あいつはドット以外に目もくれないから、お前が女の子たちを楽しませてやれば、入れ替わりが少なくなる。たとえ彼女たちの話通り、お前が飲み物代を払わせているにしても、わたしの方では一向に構わん。いや、そんなことを話したいのではないのだ」彼は立ち上がり、わたしの周りを歩き回って頭をボリボリ掻きました。「モーラン、これは無茶な話かもしれんが、探偵はボーイフレンドよりさらに不足してるんだ。サリー・インでホテル探偵をやる気はないかな？　いや、ミスター・マクレイの仕事を辞める必要はない。わたしがもちかけているのは、単に一時的な仕事だからな。だがお前さんは夜はほとんど休みのようだし、いつもホテルに出入りしているから、誰もわたしのために働いているとは疑わんだろう。どうだ？」

そう言われた時は爪楊枝《つまようじ》でつつかれてもぶっ倒れるくらい驚きました。なぜってそんなことを言われるとは思ってもいなかったし、一方わたしは犯罪の芽を摘み取るホテル探偵として、特にレッスン六を読んで質問に実才完璧に答えた後では、うってつけの人間だということがわかっていたからです。でもわたしはその場で決断を下す男ですから、こう言いました。「考えてみます、ミスター・アシュミード。特にいくら払っていただけるのか、また決まった週給をいただけるのか、それはいくらかを伺った後で、明日かおそらくあさってにはお返事しますよ。それでよろしければ」

「急いではいないよ、モーラン。初め雇おうとしたが人手不足で断念したハートフォードの一人前の探偵と、同じ給料をやるというわけにはいかんが、悪くない額だ。毎週サリー・ガレージ&ガソリンスタンドの向かい側にある学校の裏で支払おう。夏休みの間、校舎は閉まってるし、わたしの個人事務所にいるところをこれ以上見られてはまずいからな。だがこんな眠気を誘うような古いニューイングランドの村で、起きることといえばホールドアップと銀行強盗と、これまでに考え出されたもろもろの犯罪くらいなのに、なぜホテル探偵を必要とするのか言わなくてはならんだろうな」彼は声を潜めました。「モーラン、我々のこの夏最上の客はニール・ハドスン夫妻だ。どう思う？」

いや、これにはびっくりしました。七十五歳から七十七歳くらいで、この界隈で最も裕福な人物ミスター・ニール・ハドスンは、ニューイングランドで一番の金持ちとも言われています。オア・ヒルにある鉄鉱やウォーターベリーにあるボルトとナットの会社、そして銀行に保険会社も所有していて、サリー郊外数マイルのところには、サリー・インが丸ごとすっぽり収まってガタゴト動く余裕があるくらい大きな家を持っているのです。そして息子の一人は軍の少将で、もう一人は上院議員、もう一人は教受で、そして娘が数人、孫はたくさん、そして皆の話ではひ孫が何人いるか彼はもう気にもしていない、それぞれ平等に百万ドルずつ分け与えるから、ということです。

「どう思う、モーラン？」

「なぜ彼は自分の家で過ごさないんでしょう？」

「そう、誰でもそう聞くだろうな。まあ一つには思い通りに切り盛りできるだけの人手が集められないことと、所得税が所得額を越えてしまい、税金を払うのに何か売ればさらに税金を払わなければいけないことから、この夏は家を開けられないのだ。それで彼は運転手、夫人はメイドだけを連れて、ホテルの最上の部屋と個人用応接室を押さえたというわけさ。たとえ家には住めなくてもサリーで過ごしたいんだ。もう五十年以上も毎年サリーで夏を過ごしているからな。わかったか、モーラン？」

「ええ」

「さて、蠅《はえ》は蜜の一番濃いところに集まるという。ハドスン夫妻は別に何千ドルもの札束でポケットをふくらませて、金を落としながら歩くわけじゃないが、夫妻をつけ狙うおかしな奴らがいるかもしれないからな、二人の安全には万全を期したいのだ」

「はい」

「本音を言うと、想像が過ぎるのかもしれない。夫妻を身代金目的で誘拐する奴がいると本気で思っているわけじゃないよ。銃を突きつけられて無理やり小切手を書かされるとも思っていない。だがたっぷり支払ってくれるのだから、前もって警戒しておきたいのだ」

「すみませんが、ミスター・アシュミード、夫妻の宝石はどうなんです？」

彼は笑いました。「彼らは飾らない人たちだし、サリー・インも飾らない場所なのさ」

「ミセス・ハドスンがたいそうな価値のダイヤモンドを何個も持っていると、主人から聞いたことがありますよ」

「町の保安金庫に預けてくるだろう。いやモーラン、盗みに遭う心配をしてるわけじゃないんだ。ただ不快な思いをさせたくないんだよ。二人はお年寄りだし、ここで楽しく夏を過ごしてもらいたい。そしてお前さんがやってるように使用人たちと付き合い、夕方に立ち寄っては噂話を聞いていれば、わたしよりもいち早く情報を得られるだろうという気がしたのさ。何か悪事の企みがあれば、お前はわたしより先に気づくだろう。そうしたら校舎の裏で会いたいと、電話か手紙で知らせてくれ。一緒に話しているところを二度と見られてはいけないからな。さあモーラン、この仕事を引き受けるかね？」

わたしは言いました。「ミスター・アシュミード、いくらいただけるか教えてもらえれば、証言を吟味した上で、最初の手紙でお答えします」

彼は笑いました。「うまいぞ、モーラン！　お前が口を開く前から、すでに給料を上げなければならないだろうと覚悟していたよ」

それでわたしは「いいお考えですね」と言い、翌朝彼がいくら払ってくれるか書いてある手紙が届き、それが予想以上に多かったので、一日待ってからハガキに「O．K．P．M．」つまり仕事を引き受けると書きました。というわけでこれから、ホテル探偵の仕事をとりわけ懸命に勉強するつもりですが、夕方サリー・インの裏口をぶらついて、ブルネットのエステルや同じくブルネットのミリーや、やはりブルネットのスージー、そしてブロンドのつもりでいるけど根元が黒くなり始めているコリーンとおしゃべりするのを仕事とは呼べませんね。でも本物のブロンドのドット・カースンとは、セス・ウィリスと婚約しているので話そうとは思いませんし、彼以外の誰も彼女には手を出さないでしょう。ただセスは、自分は独身となるべく生まれ、そのまま死ぬんだと言ってますが。

ニューヨーク州サウス・キングストン
アクミ・インターナショナル探偵通信教育学校　主任警部より
コネティカット州サリー　ミスター・R・B・マクレイ気付
探偵P・モーラン殿

忠告しておきますが、もし面倒に巻き込まれた場合、責任は君自身で取ってください。君は一人前の探偵として雇われましたが、決してそうではありません。本校の生徒に過ぎませんし、レッスン課題と一緒に小切手か郵便為替——安全な送金方法はそれだけです——をすぐに送ってこなければ、卒業は保証しません。

君は誰かを逮捕することはできません。相手に黙ったまま了承を得ずに尾行することもできません。電話の盗聴もだめです。疑わしい荷物の検査もできません。犯罪が起こった、もしくは起こりそうだと思ったら、電報をわたしに打つことです。君が正しかったら報酬の一部が受け取れるよう取り計らってあげましょう。もし報酬があった場合の話ですが。くれぐれも、ホテル探偵は人々を厄介事に巻き込みやすいことを忘れずに。しかもその人物が不注意で、かつホテル探偵でもないのに不正にそう名乗っていたとしたら、彼はさらにひどい面倒に巻き込まれるでしょう。

J・J・O'B

コネティカット州サリー　ミスター・R・B・マクレイ気付
探偵P・モーランより
ニューヨーク州サウス・キングストン

アクミ・インターナショナル探偵通信教育学校　主任警部殿

えー、引退した監督教会のスロックモートン牧師の部屋から日曜に毛布がなくなったのは、彼が盗んだわけではないとミスター・アシュミードに報告した時、あなたの手紙を見せました。盗んだのはベルボーイ長のチェスターで、一枚五十セントで売りつけてきた時にそのことを発見したのですが、わたしはミスター・アシュミードに同じ値で売り戻して一セントも儲けませんでした。わたしはミスター・アシュミードに言われた通り学校の裏で会いたいと手紙を出し、彼がやってくると最初に毛布を渡し、次にあなたの手紙を渡しました。

ミスター・アシュミードは大笑いして言いました。「アハハ、プロの嫉妬だな！　だが腹を立ててるんじゃないぞ、モーラン。お前は空いた時間でわたしのために働いているんだから、身分を偽っているわけではないし、特に一目見ただけでお前が一人前の探偵なんかじゃなく、半人前もしくはそれ以下であることは誰でもわかるんだからな。それに誰があの毛布を盗んでいたか見つけてもらって喜んでいるんだ。これまでたくさん盗《と》られていて、ずっと安い卸売りで買ってもずいぶん費用がかさんでいたからな。ところでモーラン、土産用の銀メッキのフォークとナイフをくすねていたのは誰だかわかるか？　以前は新品一ダースにつき二ドルだったのが、この頃じゃ磨《みが》き直したものが三ドル七十五セントもするし、いくらであろうと手に入れれば御の字なんだが」

「ええ、旦那様」

「チェスターか？」

「はい、でもこれまでのところ、フォーク八本とナイフ三本しか買い取ってません。一本につき五セントです」

「よし、一ダースになるまで待つ必要はないぞ、モーラン。その場で買い取ってやるからな。お前は知らないかもしれんが、世界中のどんなホテル備品の供給会社も、お前さんの値段には太刀打ちできないよ」

「ええ、旦那様」

「チェスターはクビにしたいところだが、ベルボーイは不足しているし、それに他のベルボーイだって台所のストーブや、清掃主任の入れ歯を盗むかもしれないからな。それから主任警部への手紙でこう書いていいぞ。わたしはお前を雇ったことを喜んでいる、なぜなら賃金以上に金を節約させてくれそうだから、とな」

「ありがとうございます、ミスター・アシュミード。桃の缶詰めは買いますか？」

ええ、彼はそれも買いました。一缶あたり五セント、つまりチェスターにわたしが払ったのと同じ額で、しかも言わせてもらえればかなりお買得です。

「ところでモーラン、ハドスン夫妻をどう思う？」

そこでわたしは話しました。彼らの姿は何度も見かけましたが、金持ちだと知らなければとてもそうは思えないでしょう。なぜならミスター・ハドスンはループタイを締めて安葉巻を吹かしている小柄な老人で、その葉巻は百本で五ドルするものかもしれませんが、とてもそうは見えません。ミセス・ハドスンは小柄な老婦人で、誰にでも微笑みかけ、従業員全員に「お願いしますね」と言い、そして夫妻は他の人たちと同じように一般の食堂で普通の食事をするのです。ミセス・スチュワートという清掃主任が話してくれたところによると、サリー・インの最上の部屋に泊っているハドスン夫妻は何の問題も起こしたことがない、ハドスン夫妻の払う額には遠く及ばない何人かについては、とてもそうとは言えないが——とのことです。天気のいい午後には、ハドスン夫妻はよくちょっとしたドライブに出かけ、彼らの運転手ヘンリー・ミードが言うには、夫妻は車を停めてただ木々や田舎の風景や緑の丘を好んで眺め、それからサリー・インに戻るのだそうです。夜は時々ポーチを歩き、誰かが「こんばんは」と挨拶すると夫妻は「こんばんは」と返事をして、ミスター・ハドスンはちょっと帽子を上げ、まるで一千万ドル、おそらくは二千万か三千万ドルなど持っていないかのようです。そして一度ホテルの前を車で通りかかったよそ者が、ミスター・ハドスンに向かって「ようビル、ソールズベリにはどう行きゃいいんだ?」と怒鳴った時、ミスター・ハドスンはこの上なく愛想よく答えましたが、それを見ていた人々がもしそんな風に怒鳴られたら、軽蔑されたかのようにツンとして立ち去ることでしょう。

ですからわたしは言いました。「ミスター・アシュミード、ハドスン夫妻はまったく問題ありません。もし彼らがクラブや婦人クラブ、オーダー・オブ・レッド・メン（インディアンの生活向上を目的とした慈善友愛団体）、キングズ・ドーターズなどに入会したいと思ったら、異を唱えるような人はいないでしょうね」

彼は「夫妻にそう言っておくよ。きっと喜ぶだろう」と言って車に戻り、わたしは一緒にいるところを見られないように、しばらく校舎の裏で待ちました。

でもハドスン夫妻が来た最初の夜、ミセス・ハドスンが親しげにわたしを見てにっこり笑い、「前に会ったことがあるわね？」と話しかけてきたことは言いませんでした。

「ええ、ミセス・ハドスン。ミスター・マクレイのところで働いています」

「ああ、やっぱりそうだわ。ピーター・モーランでしょ」

「はい、ミセス・ハドスン」

その時彼女が言ったのはそれだけでしたが、数日後の夜、隅に隠れようとしたのに彼女はわたしを見つけ、微笑んで会釈し、三度目にはまっすぐこっちに来て言いました。

「ピーター、わたし二と二を足してみたの。でも言いつけたりしないわ」

「ミセス・ハドスン、どういう意味でしょう？」

「よくわかってるくせに、ピーター。あなたがどんな風にミスター・マクレイのダンス・パーティで強盗をつかまえたか、いかに機転を利かせたかを読んだし、ここで人々を観察してはノートに鉛筆で書き込んでいるのを見てきたわ。探偵って面白いでしょうね。わたしもあと五十歳若かったら、あなたにいくつかトリックを教わるんだけど。ピーター、サリー・インで犯人を捜してるの、それともただの訓練なの？」

わたしは「本当に、ミセス・ハドスン、誤解していらっしゃいますよ。だってわたしはただの運転手で、あなたが考えておられるような人間じゃありません」と言いかけたんですが、彼女はまるでわたしの母親みたいだったので、微笑んでいるその目をまともに見て嘘をつくことができず、こう言いました。「ミセス・ハドスン、内緒ですよ。誰にも言わないでください」

「言わないと言ったでしょ、ピーター、でもいつかの夜、すっかり教えてくれなきゃだめよ」そして突然彼女は「シーッ！」と言ってさっさと歩み去り、わたしにはそのわけがわかりました。ハドスン夫妻がいるからサリー・インに泊っているという人々は大勢いて、今度の冬にはその連中は「可愛らしいミセス・ハドスン、わたし彼女とは親友なの」とか「ニール・ハドスンがわたしに言ったんだがね、あのニール・ハドスンだよ」などと言うのです。そしてミセス・アーバスナットはミセス・ハドスンに面と向かって「愛しい方」なんて手紙の書き出しみたいに呼びかけ、銀行家のミスター・ウィラード・スペンサーは「おや、これはこれはミスター・ハドスン、いや実にいい夜ですなあ」と、暑くて雨になりそうな、良くも何ともない夜でもそう言うのです。それからミス・タビサ・ナイトという、大きな鼻と耳を持った五十歳くらいの女性がおり、いろんな新聞に社交界の情報を送っては時々買ってもらっているのですが、いつもミセス・ハドスンを追いかけ回してもっと情報を引き出そうとしていて、ミセス・ハドスンが「シーッ！」と言ったのは、ミス・ナイトがこっそり近寄っているので、盗み聞きされたくないということだったんです。

わたしはセス・ウィリスが非番の時にこのことを話しました。というのも彼なら信用できるからで、彼はそれをドット・カースンに、やはり彼女を信用しているので話しました。そしてドットはこう言いました。「カミソリみたいに切れるわね、あのミセス・ハドスンは！　ミスター・ハドスンが金持ちになったのは、ひとえに彼女の内助の功があったからよ。男に必要なのは良妻だわ、たとえ腕が一本なくてもね。セスが馬鹿でなければとっくの昔にわたしと結婚してるはずなのに」

セスはかすかに笑って言いました。「ピート、腕一本の男が何の役に立つ？」しかしわたしが何か気の利いた答えを考えつく前に、ドットが割り込みました。「わたしには十分役に立つの。それよりピート、そろそろ裏口に行かないと、あなたがいなくて女の子たちがじりじりしてるわよ。わたしはセスを送っていくけど、もし彼の姿を二度と見かけなかったら、わたしがこん棒で殴って洞穴に引きずり込んだと思ってちょうだい。だってわたしもじりじりしてるんだもの」

それでわたしはお休みを言って彼らと別れ、裏口へぶらぶらと向かい、そこではフローリーが待っていてスージーも待っていて、コリーンは待ってなんかいないと思わせようとしていましたが、わたしを見たとたんひどく熱烈に「ピーティー」とささやきました。だからもしわたしが、ドット・カースンが目指しているような良妻を持ったら、運転手としては良くなるでしょうが、ホテル探偵としては、これ以上良くはなれないでしょう。だってわたしは、この仕事のために生まれてきたような男ですからね。

ニューヨーク州サウス・キングストン
アクミ・インターナショナル探偵通信教育学校　主任警部より
コネティカット州サリー　ミスター・R・B・マクレイ気付
探偵P・モーラン殿

君は探偵術の基本中の基本、即ち「目立つべからず！」を侵しています。ミセス・ハドスンはすぐに君の正体を見破り、探偵であることを否定しなかったことで、君はそれを肯定してしまいました。

君はセス・ウィリスに自分が何をしているかしゃべりました。セス・ウィリスはそれを恋人に話しました。

一人の人間が秘密を持っている時は、こういう状態です。一。
二人が知るようになると、一と一で一一です。
三人の知るところとなると、一と一と一で一一一にもなってしまうのです。
いっそ「ホテル探偵」と前にデカデカと書いた制服でも作ったらどうですか?

J・J・O'B

コネティカット州サリー　ミスター・R・B・マクレイ気付
探偵P・モーランより
ニューヨーク州サウス・キングストン
アクミ・インターナショナル探偵通信教育学校　主任警部殿

えー、あなたが書いてきた制服を作るという件をミスター・アシュミードに話したところ、彼は「その主任警部はいったい何を運営してるんだね、探偵学校か、それとも精神病院か?」と言い、わたしは「時々わたしにもわからなくなるんです、ミスター・アシュミード」と答えて、ベルボーイ長のチェスターがくすねてわたしが買い取った魔法瓶二本とフォークとナイフをさらに数本、コーヒー五ポンドと杏《あんず》の缶詰を売ると、ミスター・アシュミードはそれらを取り戻すことができてとても喜びました。

彼は「今回は毛布はないな、モーラン？」と尋ねました。

「ええ、ありません。チェスターはしばらく毛布をくすねるのは止める、なぜなら清掃主任がいつ何時《なんどき》数えるかもしれない、そうしたらなくなったのがバレるからと言ってました」

ミスター・アシュミードは笑いました。「そうか、奴がむやみに欲しがらないのはうれしいよ。それにチェスターがあの杏につけた値段はお買得だ」そしてわたしに給料を払うと車で去っていきました。

夜になってわたしはミセス・ハドスンに尋ねました。

「ミセス・ハドスン、前に二と二を足すことができたとおっしゃいましたね。一と一を足すことはできますか？」

「ええピーター、二でしょ」

「そう思ったんですが、わたしが受け取った手紙には、一と一で十一、一と一と一で百十一と書いてあったんです。ずいぶんと妙な算数ですよね」すると彼女は笑って「ピーター、全部話してくれた方が良さそうね」と言いました。

そこでそうしてからわたしは言いました。「ミセス・ハドスン、ホテル探偵は犯罪者を芽のうちに摘み取らないといけないので、女たらし《ラウンジ・リザード》からは目を離さないんです。そういう連中はサリーにはいませんがね。それから部屋に入りこんで目についたものを片っ端から盗むために、夜中に廊下をうろついて鍵を掛け忘れた者がいないか見て回る空き巣狙いも見張るんです。ここにはそういう者もいませんが。ホテル探偵はこそ泥も見張ります。というのも犯罪者が罪を犯した後に追いかけるより、犯罪が起こる前に防ぎたいからで、わたしはたくさん防いできたと思います。ベルボーイ長のチェスターから盗んだ品々を買い取って、ミスター・アシュミードに売り戻し、彼は卸《おろし》で買うより安いと言って喜んでます。でもよかったら秘密をお教えしましょう、ミセス・ハドスン。誰にも言わないと約束してくださるなら、わたしは未婚のカップルに絞って追っているんです」

彼女はハッと息をのみ、「まあピーター、それはどういうことなの?」と言いました。

「ミセス・ハドスン、夫婦だと言ってホテルに泊っても、それが真っ赤な嘘ということがあるのをご存じですか? ええ、ミセス・ハドスン。その人たちはスミス夫妻と宿帳に書くんですが、本当は夫婦なんかじゃないのです。男性がミスター・スミスで、女性がミセス何とかという場合もあれば、男性がミスター・スミスでなく、女性がミス・スミスという場合もあるわけで、まったくけしからんことです。コネティカットでは重罪に当たり、刑務所に送られて十年か、ことによると二十年も重労働をさせられるんです。ここはニューイングランドで、不道徳なことがあってはいけませんからね」

「まあそんな、ピーター!」

「それこそわたしが力を注いでいることです、ミセス・ハドスン。でも秘密にしてくださいね。サリー・インに泊っているすべての人間を調査しているんです」

「ピーター、泊り客に結婚証明書を見せろなんて言えないわよ！」

「ええミセス・ハドスン、ホテル探偵はそこまでぶしつけかつ軽率であってはならないのです。確かめる方法はほかにあるんですよ」

「どんな方法？」

「秘密のやり方ですよ」

「どんな秘密のやり方なの？」

「そりゃたくさんあります」

「教えてピーター、お願いだから！」

「だめなんです」

「どうしてだめなの？」

「どうしてもです」

「ピーター、死ぬほど知りたいの！」

「ミセス・ハドスン、あなたのような洗練されたご婦人の耳には入れたくないことなので……」

「ピーター、わたしは七十一歳よ。小娘じゃないわ。世間もいろいろ見てきたのよ」

「いいえミセス・ハドスン、お教えできません。それにこれはわたしと主任警部との専門家同士の秘密ですから」

「主任警部って誰なの？」

「彼はこの件でわたしとともに調査してるんですが、表には出てこないんです。それが彼の好むやり方なので。我々はこのホテルに泊っている一人一人を調べており、もし何事もなければそれに越したことはないんですが、何事かあれば、そう、夫婦だと偽っている未婚のカップルにとっては運の尽きだし、我々が調べ上げた後には心底後悔することでしょう……。そしてホテル探偵がもう一つ気を配らなければならないのは、客室係のメイドやウェイトレスで、というのも彼女たちと親しく接していなければいけないからで、実才に毎晩グリーン・ランタン亭やブルックサイド・タヴァーンで、わたしがその仕事をしているのをご覧になれば……」

彼女は口を挟みました。「ピーター、未婚のカップルの話をもっと聞かせて。その人たちは確実に牢屋に行くの？　みんながみんな？　たくさんのカップルを逮捕したの？　判決はどう出たの？　全部教えて……」

わたしは「気をつけて、ミセス・ハドスン！」と言いました。なぜならミス・タビサ・ナイトが忍び寄ってくるのが見えたからで、わたしが何に絞って調査しているか知られるのはまずいのです。たとえミス・タビサ・ナイトがあまりにも不器量で、彼女とつき合わなくてはならないのなら、未婚にしろ既婚にしろカップルなんてなくなってしまうだろうとしても。

わたしはミス・タビサ・ナイトが好きじゃありません。ミセス・ハドスンはあたりを見回して「そうね、ピーター」と言い、わき目も振らずまっすぐ前を向いて歩いていき、ミス・タビサ・ナイトがわたしの隠れていた場所にやってきた頃には、わたしもミセス・ハドスンと同じく立ち去っていたので、そこにはいなかったんですが、ただわたしはホテル探偵にふさわしく後ろを振り返りながら行きました。

翌日セス・ウィリスにあった時、わたしが「セス、ミス・タビサ・ナイトのどこがいけないんだろう?」と聞くと、彼は「情報をかぎつける鼻を持ってるところさ」と言いました。

「ああ、でっかい鼻だ」わたしは言いました。

「彼女は歓迎されないところにいつもその鼻を突っ込むんだ。まっとうな情報は大都市の新聞に送り、先方は時々それを買い取る。そしてちゃんとした新聞なら十フィートの棒でも触らないようないかがわしい類の情報なら、自分の知ってる別の新聞に送り、すると連中は他の新聞以上に払うんだ」

「セス、どうしてそんなことまで知ってるんだ?」

「彼女は毎朝郵便が来る前、ベッドで朝食を摂《と》るんだ。郵便が来て仕分けされると、俺は彼女宛ての手紙を部屋に持っていって、ドアの下から押し込む。それが彼女の望むやり方で、週に五十セントくれるんだ。今週は忘れてるがね。それで誰が彼女に手紙をよこしたか見て、小切手の入った細長い封筒があれば、エレベーターの明かりにかざして金額を見るのさ。昨日はニューヨークの格式ある新聞ニューヨーク・ヘラルド・トリビューンから、二ドルの小切手を受け取っていた。でもクズのような三流紙からは十四ドル八十五セントもの小切手を受け取っている。連中は臭《にお》うものなら何でも買い取り、大いに臭ったら特別料金を払うのさ」

わたしは「セス、お前は探偵になった方がいいよ」と言いました。

「探偵にはなりたいんだ。左手でもすごくうまく撃てるし、エレベーターの運転係より儲かるからな」

「もし探偵だったらセス、ドットと結婚できるよ」

「くどくど言って何になる、ピート？　腕が二本あった頃はうんと稼げたもんさ。でも夏が終わったら俺はどうなるんだろう。それが知りたいよ」

えー、彼にわたしの通信講座課程を貸してやろうかと思ったんですが、それがあなた方の規則に反していることは知ってます。秘密の内容ですからね。その時誰かがエレベーターのベルを鳴らしたので、セスは応えるためすっ飛んでいきました。

ミセス・ハドスンはその夜、またもやわたしを追いつめました。

「ピーター、もっと聞きたいわ」

「ええと、客室係のメイドやウェイトレスたちと親しく接しなくてはいけないというのは……」

「いいえ、そんなことを聞きたいんじゃないの。ピーター、未婚のカップルの話をもっと聞かせて」

彼女が嘘を暴く秘密の方法について聞き出そうとしているのがわかりましたが、教えるような秘密の方法なんてありはしません。それでわたしは言いました。「ミセス・ハドスン、大変申し訳ないんですが、これ以上の情報は明かせません。ここにはいない主任警部から送られてくることになっていて、彼は今この瞬間にも本部にいて、記録を調べているんです」

彼女は「まあ！」と言いました。

「彼はとても用心深いので、決して間違いは犯しません。もし間違った場合には、人々はホテルを訴えることができるんです。でも彼は、連中がフロントで記入した名前の写しを持っていて、そういった名前をしらみつぶしに調べてると言ってました」

彼女は「まあ！」と言い、また「まあ！」と数回言ってから、「ピーター、そういったことは慎重にやった方がいいわ」と言い、わたしは「ええ、ミセス・ハドスン」と言いました。

そこであなたは、秘密のやり方をいくつか教えてくださらなくちゃいけません。なぜならレッスンを読み返してもそういうところは何も出てこなかったし、この次ミセス・ハドスンに会ったら、わたしには答えのわからない質問をたくさんしてくるだろうし、アクミ・インターナショナル探偵通信教育学校の評判を落とすのは、わたしにとっては不都合だからです。特に二、三ヶ月前、あなたが新聞各社に「ピーター・モーランは誉れとなる生徒です」と送った後ですから。

電報
コネティカット州サリー　ミスター・R・B・マクレイ気付
ピーター・モーラン殿
今朝開かれた教職員の特別会議で君を退学処分にした　マル　当校の生徒と名乗った場合、損害賠償訴訟を起こす

アクミ・インターナショナル探偵通信教育学校
主任警部

コネティカット州サリー　ミスター・R・B・マクレイ気付
探偵P・モーランより
ニューヨーク州サウス・キングストン
アクミ・インターナショナル探偵通信教育学校　主任警部殿

えー、あなたからの電報にはうろたえましたよ。だって「ピート、電報会社が電話に出てくれってさ」とベルボーイ長のチェスターに言われて、出てみると交換手は「ピーター、悪いニュースだと思うけど、受取人払いだったらもっとひどいことになってたんだから、気にしないでしょ」って言ったんですよ。でもわたしは気にします。そして交換手から「ピーター、わたしは英語熟達法の通信講座を受けてるけど、どうしてそういう退学にならないような講座にしなかったの?」と尋ねられて、こう言ってやりました。「たぶん僕は英語熟達法は知らないかもしれないけど、とにかくこれだけは言えるよ。口をつぐんでどこかに行っちまえってね」

でもこの手紙を読んだ後、おそらくあなた方はもう一度教職員特別会議を開いて、やったことを取り消すでしょう。そうせざるを得ないと思いますし、わたしにもう一度チャンスをくださるでしょうよ。なぜならわたしは生まれながらのホテル探偵なんですからね。

昨晩チェスターは「今度は食料品だ」と言って包みを数個くれ、わたしは二十五セント渡しましたが、ミセス・ハドスンが来るのが見えたので、彼は逃げ去りました。

彼女は「ピーター、一緒に来て」と言いました。

「ホテルの中へですか、ミセス・ハドスン？　この運転手の制服のままで？」

「まさにホテルの中よ。わたしの部屋にね」

えー、わたしは包みを抱えていたんですが夫人と一緒にエレベーターに乗り、個人用の応接室に入って彼女がドアを閉めると、そこにはミスター・ハドスンとその隣にスロックモートン牧師がいました。

ミセス・ハドスンは言いました。「ピーター、わたしたち二人ともあなたを友人だと思ってるわ。だからわたしたちの秘密を教えるけど、この間どうしても教えてくれなかった秘密と同じように守ってくれるわね」

わたしは「ええ、ミセス・ハドスン」と言いました。

「ピーター、五十年以上前にわたしと出会った頃、ニールはただの若い労働者だったの。スコットランドから移住してきたばかりで、必死に働いていたわ。そして彼の知らないことがたくさんあって、わたしもそうだった。わたしたちは仲良くなり、ある日彼は『ポニー、ミセス・ハドスンになってほしいんだ』と言ってわたしは『ええ、ニール』と答え、そして……そして……残念ながらそれですべてだったの。というのもニールは事業を起こすお金を貯めていたし、スコットランド人だから普通の教会でやる普通の結婚式に、それを使ってしまいたくなかったのよ。わかってもらえるかしら、ピーター？」

わたしにはよくわかりました……ただわかりたくはなかったですが。

「わたしはずっとニールを夫と思ってきたわ。彼もわたしを妻として見てきたの。五十年間ずっとそんな調子だったのよ――そして子供ができたわ、立派な息子たち。そして孫たちもひ孫たちも――そして彼らは疑いもせず……わたしたちも教えようとはしなかった。でも過ちを改めるのに遅過ぎるということはないし、この間の夜あなたが言ったことが、ピーター、背中を押してくれたの……」

わたしはミスター・ハドスンを見ました。二千万ドル、もしかしたら三千万ドル持ってるかもしれない人物、かつてはスコットランドから移住したばかりの若い労働者だった人物を。そして彼は何も言いませんでした。つまりじっとミセス・ハドスンを見つめて小さくうなずき、その様子はまるで、彼女が何か望むならそれが何であろうと構わない、なぜなら自分が必ず彼女に与えるからと言っているみたいでした。

ミセス・ハドスンが「ピーター、わたしたちの証人になってほしいの」と言うと、スロックモートン牧師は目を閉じ、というのも誓文をそらで覚えてたからでしょうが、式に取りかかりました。「親愛なる皆様……」

さてわたしはすっかり胸がいっぱいになっていたので、いつ式が終わったのかも覚えてないのですが、その後ミセス・ハドスンがやって来て、ただのホテル探偵に過ぎないわたしにキスをしてくれ、ミスター・ハドスンは握手をした時に、折りたたんだお札を持っていて、それをわたしの手に握らせてくれましたが、それは初めて目にした百ドル札でした。わたしは「おめでとうございます」と言い、二人が「ありがとう」と応えると、「お任せください、誰にも言いませんよ」と請け合いました。

わたしは回れ右して立ち去ろうとしました。チェスターから買い取った包みを拾い上げてドアを開けると、廊下をはさんでそれほど遠くないところにあるエレベーターが止まり、例のミス・タビサ・ナイトがもったいをつけながらわたしの方にまっすぐ出てきたのですが、その様子はまるで何かを嗅ぎつけたみたいでした。ただ、そうでないことはわたしにはわかってましたが。わたしがドアを急いで閉めようと振り返ると、包みのひとつが腕から飛び出し床で破れて中身が飛び散り、そこらじゅう米粒だらけになりました。ミス・タビサ・ナイトがニヤリと笑うのが見え、お気の毒なミセス・ハドスンのささやくような声が聞こえました。「まあ、大変だわ！」

レッスンの中に「ホテル探偵は状況を支配しなければならない」と書いてありましたが、まさしくわたしこそホテル探偵P・モーランです。わたしは「そこにいてください。ミス・ナイト。お待ちしていたんです」そして「セス、エレベーターは放っといてこっちに来るんだ」と言いました。それから階段を一度に四段ずつ駆け下りて、ドット・カースンをつかまえましたが、ホテル探偵は使用人たちと親しく接しているからこそ、必要な時は彼らをどこで見つけられるかがわかっており、簡単に彼女をつかまえることができたのです。そして部屋に戻ったのですが、後でドットは、わたしが彼女を食料袋のように抱えてあの階段を上ったと言い、おそらくそうしたんでしょうが、そのことは何一つ覚えていません。

わたしは「お入りください、ミス・ナイト。ちょっとした新聞ネタがあるんですよ。こちらがセス・ウィリス、片腕を失って勲章をもらった正真正銘の英雄ですが、ドット・カースンと結婚する勇気がなかったんです。『片腕しかない男がどうやって生計を立てられる？』というわけです。するとミスター・ニール・ハドスンは、なに、簡単なことだとおっしゃいました。なぜならボディガードを探しているから――そうですよね、ミスター・ハドスン？――そしてセスが片腕でもその腕一本で上手に撃てるのなら一向に構わないと言われたのです。そうでしょう、ミスター・ハドスン？」

「そうだとも」とミスター・ハドスン。

「ミスター・ニール・ハドスンのような方のボディガードなら、お給料もたっぷりもらえて……」

「そうだ」

「奥さんを養っていける……」

「そうだよ」

「……そしてミスター・ハドスンとしては彼を結婚させたい、なぜなら結婚した男は安定して信頼が置けるからと……」

「……そして一般的に頼りになりますからね」と察しのいいミセス・ハドスンが言いました。

「そうですね」とこれまた鈍《にぶ》い方ではないスロックモートン牧師。「さて通常、花婿は花嫁の反対側に立つんですが、ミスター・ウィリスは御国のために勇敢に戦って右腕を失くしていますから、例外としましょう」牧師はわたしに微笑みかけ、ほんのわずかにウィンクしたのがわかりました。それからさっきやったように目を閉じました。「親愛なる皆様……」

つまり、こういうわけです。で、ミスター・アシュミードに包みを売った時、米が一箱欠けていたんですが、実才ハドスン夫妻とスロックモートン牧師とミス・タビサ・ナイトがつまんでセスとドットに投げつけた後では、使い物にならなくなってしまったので、その米の分は自腹で買わなくてはなりませんでした。でもミスター・マクレイはセスとドットが新婚旅行に行っている数日間、わたしがエレベーターを動かしていてもいいと言ってくれ、ミス・タビサ・ナイトは長々しい記事を新聞各社に送り、ミスター・

アシュミードはセスとドットのこんなロマンティックな結婚にサリー・インが一役買って、無料の宣伝ができたことに笑いが止まらず、泊り客たちは口々に「ハドスンさんご夫妻がこんなに慈善家でいらっしゃるのは、素晴らしいことじゃありません?」と言い合いました。

いまではわたしもエレベーターを動かすコツを覚えつつあるので、二、三フィート以上床がずれることはありません。そしてミスター・ハドスンは、エレベーターの中でわたしと二人きりになった時にこう言いました。「モーラン、君は探偵学校の卒業生なんだね」

「いいえ」とわたし。

「卒業していないのかい?」

「ええ、ミスター・ハドスン。わたしは一人前じゃありません。半人前ですらないんです」

「そうか、わたしはこれほど迅速かつ臨機応変に対応できる生徒を育てた学校に、何らかのお礼がしたいんだ。もしモーラン奨学金を設立して、君が推薦する者なら誰でも無償で学べるようにしたら、君は喜んでくれるかな? 最初のモーラン奨学生として、君はセス・ウィリスの名を挙げるだろうね。ボディガードは探偵と通じるところがあるし、彼にとっても学ぶところが多いだろうよ」

わたしは言いました。「ミスター・ハドスン、二、三日考えさせていただいてもいいですか?」

「もちろんだとも、モーラン! もちろんだ! だが決まったら教えてくれよ」

わたしはまだ決めかねています。

教職員の特別会議を開いてはどうでしょう?

第五講　P・モーランと脅迫状

ニューヨーク州サウス・キングストン
アクミ・インターナショナル探偵通信教育学校　主任警部より
コネティカット州サリー　ミスター・R・B・マクレイ気付
探偵P・モーラン殿

……筆跡は手ではなく脳で形作られるので、ごまかすのは困難、あるいは不可能です。ものを書くには万年筆や鉛筆や絵筆が用いられ、またインクや黒鉛、あるいは血が使われることさえあるでしょうが、指示を出すのは常に同じ頭です。頭は個々の特徴を振り捨てることができず、そうした特徴こそが、その頭を他のすべての頭と違うものにしているのです。匿名の手紙を書く者、ゆすり屋、「中傷の手紙」を書く変質者は、文字の普段の傾斜を逆にしたり、文字を大きくしたり（なぜなら普段は小さいので）、あるいは小さくしたり（なぜなら普段は大きいので）します。通常の筆跡を見分ける特徴を消そうとして、活字体で書くことさえありますが、しかしどんなことをしても、その人間自身の特性は残り、その筆跡は世界中の他の誰でもない彼自身のものと認定されるのです。

君はきっとあることに思いいたるでしょう。書き手は自分自身と知的能力の異なる人間を装うだろうということです。教育を十分に受けた者なら、綴《つづ》り間違いや下手な英語という手段に頼るでしょう。小学校までしか行っていない者なら、自分に足りない教養を真似て大仰な言葉や複雑な文章を書きたがりますが、文法や修辞法の知識が欠けているため、必ず馬脚を現すのです。しかし訓練をつんだ探偵なら、見せかけは容易に見破ることができます。幅広い教養を持った人なら、もっともらしい無学な英語は書けませんし、少年院を出た者は自分の理解をはるかに超える文体をいつまでも真似ることはできません。水はそれ相応の高さに落ち着きます。遅かれ早かれ思考も同じことになるのです……。

匿名の手紙が書かれている用紙を調べてみましょう。安い紙ですか、それとも高価なものですか？　光にかざしてみて透かしを確認しなさい。製造業者を突きとめ、手紙が投函された市中のどの店がそのタイプの紙を売っているのか探し当てるのです。文字を調べなさい。先のとがったペンで書かれたか、丸くなったペンか、硬い鉛筆なのかそれとも軟らかい鉛筆か？　タイプライターでもごまかしは効きません。その反対です。まったく同じ文字を打つ機械は二つとないのですから……。
もっと頻繁に外国語の文章の構造を研究してみましょう。書き手の国籍はどこか考えてみることです。消印を調べ投函されたポストの場所を割り出しましょう。送り主の家の近くではないはずです。指紋を探しなさい。これは重要です。ねじ曲がった精神の持ち主を扱っていることを覚えておくように。忘れてはいけません……。

J・J・O'B

コネティカット州サリー　ミスター・R・B・マクレイ気付
探偵P・モーランより
ニューヨーク州サウス・キングストン
アクミ・インターナショナル探偵通信教育学校　主任警部殿

えー、六〇・〇一点、つまり実才完璧な成績で合格したわたしが、どこでレッスン七に引き返したか、あなたにもおわかりでしょう。サリーにあるサリー・ナショナル銀行の支配人ミスター・ハリー・テフトが、専門職の雇用契約を結ぶため、わたしの事務所である車庫にやってきたからです。ユージーン・ドブズは銀行の副支配人なんですが、数ヶ月前メソジスト教会のパーティでジーンに会った時、わたしは「ジーン、こっちに少し仕事を回してくれないか。もし儲けになったら、お前にも分け前をやるからさ」と言い、ジーンは「たぶんなピート、約束はできないけど」と応え、わたしは「頼んだぞ、ジーン」と言っておいたので、なぜミスター・テフトがここに来たのかすぐに論理でき、彼の言うことに片方の耳を傾けている間、もう一方の耳ではジーンにいくら払わないといけないないか、それより少ない額で納得してくれるだろうかと考えていました。

ミスター・テフトは夕方の午後五時三十五分にやってきました。声の大きい小男で、ごま塩頭に角氷のような目をしており、こう書くのはわたしが観察してるってことを示すためですが、とにかく彼は宙で封筒をヒラヒラさせ、車庫の床を踏み鳴らして言いました。「モーラン、わたしはこのいまいましい奴をこいつにふさわしいごみ箱によっぽど捨ててやろうかと思ったんだ、というのもいまだかつてこんな目に遭ったことはないからだつまり今朝の十時まではな、それでこのいまいましい奴を捨てちまおうかと思ったんだがリンが、というのはリネットを縮めた名でわたしの女房だが『ハリー、最後まで読んでみなきゃ』と言うし毎日わたしに会いにやってくる会衆派教会のストラットン牧師、彼がなぜ会いにくるかといえば焼け落ちる前はカジノがあったウェスト・メイン・ストリートの角に集会所を建てる計画があってその寄付金の会計係をわたしがやっているからなんだがその彼も同じことを言うしジーンというのはユージーン・ドブズを縮めたもので奴は鼓膜《こまく》が破れていて靴の中には土踏まずの支えを入れた兵役免除者だから銀行の副支配人をしてるんだがそいつが『私立探偵のピート・モーランを雇って助けを求めてはどうです？　まあそんなに切れ者とは聞いてませんがね』と言うのでいまいましいこいつを持ってきたんだがわたしの以降としては当然こいつにふさわしい場所のごみ箱に投げ捨てたいところでこれは前にも言ったかもしれんがあまりに怒っとるもんで何を言ったか覚えておらんのだ、これ以上怒ったら肝臓がいつものように悪化するかもしれんし胆石も痛みだすかもしれんがこのいまいましい事件について話しはじめた時にこのことを言ったかどうかも覚えておらん始末だ」

体重が優に二百八十ポンドはありそうなミセス・テフトは、手作りのファッジの箱を小脇に、マシュメロウの箱をもう一方の小脇に抱え、「ハリー、よくやったわ」と言ってマシュメロウを一つ食べ、彼が「やったって何を？」と尋ねると、彼女は「そうよ」そしてわたしも「そうですよ」と言い、彼は「そうか、それなら」と言って、わたしは「ミスター・テフト、お座りになりませんか？」と言いました。

わたしは車庫の片隅に、屋敷の方ではもういらなくなった古い椅子を並べていて、それから座り心地の良さそうな大きなソファもあるんですが、ただスプリングが出ているのでやはりお屋敷の人たちにはいらなくなったものなんです。それを、わたしが車庫の上にある自分の部屋に入れなかったのは、ドアを通り抜けるには幅が広すぎたからで、巻尺で測ってみてそれがわかったんですが、その前にドアを通そうとして幅が広すぎるため入らなかったんです。ミセス・テフトは「ありがとう、ピーター」と言ってソファの片方の肘掛けを選び、というのはもう一方には機械油がベットリついていたからで、その肘掛けの上に座ると、自宅の台所で手作りしたファッジの箱を開けました。

「ハリー、わたしなら座るわね」彼女は言いました。

「立ってる方がいい」

「わたしなら座るわ、ハリー。肝臓のことを考えなさいな」

それで彼は座り、わたしは普通の探偵と死体とおそらくはシェットランド・ヤードの警部たちが出てくる普通の探偵小説で言われるように、「どうぞ続けてください」と言いました。

「始める前にハリー、ニューヨーク州ウィルシャー、というのはここよりずっと大きい村なんだけど、そこのファーストナショナル銀行の支配人にという、願ってもない申し出があったことをピーターにお話しなさいよ」

ミスター・テフトはひどいしかめ面《つら》になりました。「そうなんだモーラン、でもそんなことはどうでもいい。モーラン、このいまいましい奴は今朝郵便で届いたんだ」

「ちょっと待った！　それは月曜のことですね」

ミセス・テフトはファッジを一つ食べると言いました。「すごいわピーター、レイクヴィル・ジャーナル紙に書いてあった通りね。今日は月曜で今は月曜の五時四十五分で、サマータイムの真夜中、火曜になるまで今日はずっと月曜で、それからしばらくの間は火曜が続くもの」

わたしはそれをノートに書きとめました。「それでミスター・テフトに奥さん、何が問題なんです？」

彼はまたも変な顔をし、ミセス・テフトは「教えてあげてハリー、マサチューセッツのマインヴィル、鉱山のあるところだけど、そこの新しいマイナーズ・アンド・トレーダーズ銀行の副頭取にっていう話も来てることをね」と言いました。

「黙ってろ、リン」彼は言うと官製ハガキと封筒をこちらによこしました。「このハガキはこの封筒に入ってきたんだ」

さて、その官製ハガキはまったくきれいなもので消印はなく、一セント切手のついた封筒に入ってましたが、郵便局が単に私書箱に手紙を入れ、受取人がそれを取りに行く場合、サリーで必要なのはそれだけなんです。表書きには「コネティカット州サリー　サリー・ナショナル銀行　ミスター・ハリー・テフト」と印刷されていました。

ミスター・テフトはまたマシュメロウを食べて言いました。

「住所は印刷されてるのよ、ピーター」

「すぐわかりましたよ」

「ストラットン牧師は不本意な《インヴォランタリー》（「ヴォランタリー＝自発的な」の間違い）寄付、つまり好きな額を寄付すると名前が公表されることになるんだけど、そうやって集めたお金で集会所を建てたいという手紙を出した時に、主人の宛名を印刷した封筒をたくさん作ったの。彼は会計係のミスター・テフト宛てにお金を送ってほしいと皆に書き送ったんだけど、そのミスター・テフトは、ヴァーモント州リトル・フォールズにあるセキュリティバンク・アンド・トラスト社の会計係になるかもしれないのよ」

ミスター・テフトはまるでガラガラヘビをつかむみたいにハガキをつまむと、ひっくり返しました。「これを見ろ、モーラン！　これを見ろ！」

それで見てみると、普通のハガキの片面に鉛筆を使って活字体で書かれており、もう片面は真っ白でした。文面はこうです。

SHELL OUT OR GET OUT!
PUT SS 500 IN THE SURREY
ELM BEFOR MUNDAY NITE
OR I WILL BEAR
YOUR PAST!
U NO HOO!

金を払うか、さもなくばうせろ！
五百ドルを用曜のヨルまでにサリーのニレに置いとかなければ、お前の過去を赤す！
お前《ユー》の知る《ノウ》もの《フー》より！

わたしは三、四回読み返しました。「ハガキには『U NO HOO』とサインしてあるけど、わたしの論理では、『You Know Who』の意味でしょう。ただこの男は無教用なもんで綴りを知らないんです。さて『フー』って誰です？」

「誰《フー》が？」

「『フー』ですが？」

「だから誰のことを言ってるんだ？」

「『ユー・ノウ・フー』ですよ」

「そう言われてもわからんよ、モーラン」

「そいつはあなたが知ってると書いてますよ。このハガキを書いた人物はね」

ミスター・テフトは今にも爆発しそうに顔を歪めました。「それを突きとめるためにお前を雇おうというのだ、モーラン。誰が書いたかわかってたら、今ごろそいつの首を絞めてるわい！」

ミセス・テフトは言いました。「肝臓に障《さわ》るわ、ハリー、肝臓よ！」そしてマシュメロウを食べました。

「書き文字に心当たりはありますか？」

「書き文字じゃない、活字体だ」

「じゃこの活字体を以前見たことは？」

「見たことがある人はどこにもいないはずよ、ピーター」とミセス・テフト。「測ってみたの。『I』と簡単符以外の文字は、全部ぴったり四分の一インチ四方だから、何かから四分の一インチ四方の穴を切り取って、それに沿って軟らかい鉛筆で書いたものよ」

「ええ、そのようですね」

「ということは四分の一インチ四方の穴と軟らかい鉛筆さえあれば、誰でもこんな字が書けるんだから、誰が書いたかなんてわからないのよ。ブリッジには使わないジョーカーに穴を空けて、得点記入帳の紙にハガキの文字を書いてみたわ。どっちがどっちだか区別がつく？」

わたしは「いいえ、つきませんね」と言いましたが、それは本当につかなかったからです。

「だからあなたの仕事は、誰がこのハガキをこの封筒に入れて、主人に送ったのか見つけ出すことだけ。簡単でしょ?」

　ミスター・テフトは「こいつはゆすりだ！　ゆすりそのものだ！」と言いました。

「そうですね」

「五百ドル払わなければ、わたしの過去を明かすというのだ！」

「ええ、それに奴は『明かす』の綴りを知りませんね」

「ああ、だがいずれにせよ奴はやるだろう。モーラン、これは脅迫だ！」

「ということは、過去を公にされたくないんですか?」

　ミセス・テフトが割り込んできました。「ピーター、主人の過去には何の隠し事もないわ。開いた本みたいにね」

「ええ奥さん、でもおそらくその本には何かしら書いてあるでしょう」

「ピーター、よくもまあそんなことを！」

　わたしは言いました。「奥さん、本には普通何かしら書かれてますよ。安物雑貨店で買えるような安い真っ白の本は別ですが、それにしたってすぐ何か書くでしょう。そして優秀な探偵はいつも、すべての人を疑うところから出発しますから、わたしもいつもそのように始めるんです」

「ピーター！」

　ミスター・テフトにも意見がありました。「腹を立てるな、リン。これが奴の話し方なんだ」

「そうでしょうね、でも気に入らないわ。それに主人はコネティカットのノース・エルズワースの銀行で、ずっといい職を提示されているっていうのに」

「リン！……続けてくれ、モーラン」

さて今度はわたしの番です。「ミスター・テフト、サリーのニレと呼ばれている木をご存じですか？　村の外れを過ぎたところの野原に立ってる大きな木で、サリーのニレと呼ばれてるわけは、かつてコネティカットで戦争があった時、誰かがその中に文書を隠したからです」

「ああ、サリーのニレは知ってる」

「サリーのニレの中に五百ドル置きたくはないんですね？」

「ああ……それにこう言ってもいいが、あんな紙切れ一枚のために五百ドルもの金を作るなんて、やりたくても無理だし、やりたくもない」

「そして町から出るのも嫌だと？」

ミセス・テフトは「答える前に考えて、ハリー」と言いましたが、ミスター・テフトは顔をしかめて言いました。「ああ、絶対に嫌だ」

「で、どうするか決めるまでちょうど一週間しかないんですね？」

ミスター・テフトはさらに渋い顔をしました。「どうもちょっと誤解があるようだな、モーラン。お前が仕事を片づけるのにちょうど一週間ということだぞ」

さて今夜、ユージーン・ドブズと話をしようと思います。というのはもし彼がわたしを紹介しなければ、ミスター・テフトは他の探偵を雇うか、黙って町を出ていたかもしれないからです。そしてストラットン牧師とも話します。ミスター・テフトの名が印刷された封筒を持ってたからです。そして郵便局長のハーヴィー・ダンとも話そうと思います。ハガキに書かれていることなら知らなくていいことまで知ってますからね。それからレッスン七をもっと勉強します。そのハガキには透かしはありません。よく見てみたけど見当たらなかったんです。そして製造業者を探すのは簡単でした。政府だからです。このようなハガキはどこでも買えますし、みな似たような形です。そのハガキを書き写したら、この手紙を書き終えてから同封して送ります。

受取人払い夜間電報
コネティカット州サリー　ミスター・R・B・マクレイ気付
ピーター・モーラン殿

レッスン七をもっと注意深く勉強していれば、教養のある人間のみが綴りを間違えるということを覚えているはず。どの郵便ポストからその手紙が出されたか見つけ出すべし。封筒の消印を調べること。封筒と切手に指紋がないか調査せよ。依頼人に敵のリストを提出してくれるよう頼むこと。報酬が十分であれば、適任の者を送って担当させる。

アクミ・インターナショナル探偵通信教育学校

主任警部

コネティカット州サリー　ミスター・R・B・マクレイ気付

探偵P・モーランより

ニューヨーク州サウス・キングストン

アクミ・インターナショナル探偵通信教育学校　主任警部殿

えー、電報を受け取る前にあなたの言ったことはほとんど済ませており、残りもやり終えた今、教養ある人だけがつづり間違いをするとわかって実にうれしいです。以前は確信が持てなかったんですが、それならわたしにも教養があるということになりますからね。それからあなたが思いつきさえしたら、きっと提案したであろうこともやりました。もしジョーカーに四分の一インチ四方の穴を空ければ、誰でもあのような活字体を書けるとミセス・テフトが言っていたことが正しいか確かめたくなり、実才同じことなので、スペードのキングに四分の一インチ四方の穴を空け、というのもわたしのピナクル一式にはジョーカーがなかったからで、そしてあのハガキを六、七回写しました。もちろん一枚一セントもする普通のハガキは、高くつくので使いません。ミセス・マクレイが通心カードと呼んでいる、同じくらいの大きさのしっかりした紙を持っていて、夫妻がパーティを開く際に奥さんがそれに招待状を書くのを思い出したんです。居間を覗いてみると、奥さんの机の上に封筒の大きな山と並んで、カードの大きな山と小さな山が一つずつあったので、わたしは奥さんの椅子に座って、カードの何枚かにスペードのキングを使って活字体で書きました。そう、ミセス・テフトが言ったようにとても簡単で、もし偶然にもある単語のある一文字を間違えなければ、どれがどれだか区別がつかなかったでしょう。その間違いが気に入ったので、そのままにしておきました。それからこんなことは普通ないんですが、最初に車の音がしなかったのに奥さんが正面玄関を入る音が聞こえ、見つかりたくなかったのでわたしは、ポケットに入れておいた一枚を除いてカードを全部大きな山の下に隠し、うやうやしく立ち上がったのと奥さんがこう言ったのがちょうど同時でした。「ピーター、ここにいてくれて良かったわ！　サイドブレーキを直してほしいの。かけっ放しにしておいたら、いまじゃただのお飾りで使えないのよ。ピーター、車は入口近くの平らな場所に置いてきたから、直し終えたらわたしのところに来てね。今夜必ず出してほしい手紙がいっぱいあるから。それにピーター、あなたが車庫入れした方がいいわね。サイドブレーキなしじゃわたしには恐くてできないし、この前、後ろの壁にぶつけて車をへこませてしまった時、ミスター・マクレイが何と言ったか覚えてるでしょ。ピーター、あなたがいてくれていつも心強いわ！」

それでわたしは奥さんに言われた通りにして、郵便の時間になると五十通から六十通の手紙を出すように渡され、郵便局に着くと局長のハーヴィー・ダンがいたので「ハーヴィー、脅迫状のことで何か知ってるかい？」と尋ねると彼は「シーッ！」と言いました。

「『シーッ！』ってどういう意味だい？」

彼はまた「シーッ！」と言いました。「ピート、俺たち二人きりじゃないんだぞ」あたりを見渡しましたが、郵便局の中にはいつもの連中がいるだけで、女の子たちに流し目を送ったり、笑いながら冗談を飛ばしたり、おしゃべりしたりしていて、我々の話を聞いてはいませんでした。

「わかったよ、ハーヴィー、こっそり教えてくれ」

彼は口をわたしの耳に近づけてささやきました。「先週の土曜の午後、ここに届いたんだ」

「土曜の午後？　じゃ、なんでミスター・テフトは土曜の夜に受け取らなかったんだ？」

「受け取ることはできたさ。だって銀行の私書箱にはちゃんと届いたんだから。ただ土曜には銀行は早く閉まるから、最初の郵便の後で何か来ても、月曜の朝に業務を始めるまでそのままここに放置されてしまうんだ」

「ふうん……ハーヴィー、日曜に投函されたのかもしれないぞ」

彼は首を振りました。「それなら月曜の消印が押されたはずさ。いやピート、土曜に立ち寄った人間が、正午の笛が鳴って我々が正午の消印を取り替えた後、町の時計が三時を打ってまた消印を替える前に、投函したんだ。たぶんそいつは自分の郵便を取りに来て、その間に差し出し口から封筒を滑り落としたんだ。ちょうど今お前さんが、その手紙を落としているようにね」

「ハーヴィー、誰がそんな汚い真似をすると思う？」

彼は肩をすくめました。「ピート、ここには毎日大勢の人間がやってきて、あの封筒と同じようにミスター・テフトの宛名が印刷された封筒を、たくさん投函していくんだぞ」

「つまり気づかなかったってことか……」

彼はさらに声をひそめました。「ちょっと気がとがめるよ、ピート。ミスター・テフト宛ての手紙が来たら、たいてい明かりにかざして誰が集会所に寄付し、額はいくらか見るんだが、土曜日は忙しかったんだ……。ピート、何か考えはあるかい？」

「ああ、いっぱいあるとも」

人をああでもないこうでもないと考えさせておくには、こう答えるのが一番で、その間にわたしも考えているんです。そして映画が終わった後、ユージーン・ドブズを見かけたので合図を送り、彼といっしょに通りを歩きました。

ジーンは言いました。「お前に仕事を回したことを忘れないでくれよ、ピート、それでお前に報酬が入ったらその一部は俺のものだからな！　いやあミスター・テフトから今朝、あのハガキを見せられた時には、羽でさわられてもぶっ倒れるくらいだったよ！テフトも気の毒に！　明かされたくない過去って何だろうな！　誰にもわからないよ」

「ジーン、消印には気づいたかい？」

「もちろん、すぐに見てみたよ」

わたしは封筒を取り出し、メイン・ストリートとウェスト・メイン・ストリートの角にある街灯の下で、二人して見ました。

ジーンは封筒を裏返しました。「確かに同じ封筒だ」と彼は言いました。「『サリー八月二十五日　午後三時　一九四五年　コネティカット州』ピート、こいつはまさにこの小さな村から出されたんだ」

「そのようだな」

「人口千八百人の中からだ」

「地方無料郵便配達ルート沿いに住んでる人たちも入れればな」

「入れたっていいだろう？　千八百人のうちの誰かが出したんだ。お前の仕事はその誰の仕業か見つけるだけさ」

わたしはじっと考えました。「ジーン、土曜の午後郵便局に行った時、誰か怪しい奴らを見かけなかったか？」

「いや、行かなかったからね。銀行はカナーンにある抵当を抵当流れ処分にしていて、朝一番にミスター・テフトからカナーンに行って、弁護士と打ち合わせしてこいと言われたんだ。着いた時ミスター・テフトに電話したよ――十一時三十分にはなってたな、というのも弁護士から彼に質問したいことがあったんだ――それから弁護士と食事をし、その後映画に連れていってもらい、バークシャー・インのバーで飲み物を何杯かおごってもらって、そんなことがどんどん続いて夕食に遅れてしまったから、家までずっと飛ばさなければならなかったよ」

わたしはまたじっくり考えて言いました。「ジーン、誰があのハガキを書いたのか心当たりはあるか？『ユー・ノウ・フー』って誰だろう？」

彼はあたりを見回し、誰も聞いてないことを確かめた後、ハーヴィー・ダンのように声をひそめました。「ピート、まだ見当がつかないっていうのかい？」

「ああ」

「ピート、よく考えろよ！」

「今日の午後五時三十五分からずっとそうしてるけど、これまでのところ頭が痛くなっただけさ」

「ピート、友達じゃなきゃこんな子供でも答えられるような簡単な仕事を回したりしないぞ。ピート、ミスター・テフトにサリーを出ていってもらいたがってるのは誰だ？」

「『ユー・ノウ・フー』だ」

「そうさ、でも『ユー・ノウ・フー』って誰だ？　彼にヴァーモント州リトル・フォールズやマサチューセッツ州マインヴィルや、コネティカット州ノース・エルズワースやニューヨーク州ウィルシャーに行ってもらいたがっていて、しかも彼の足からこの村の土を払い落とせるなら何でもやる女は誰だ？」

「まさか！」

「日に三度は必ず、歩くと疲れるからと言って郵便局に立ち寄り、その前後にいつも隣の店に寄ってチョコレートアイスクリームソーダを飲むのは誰だ？」

「ジーン、何かつかんだらしいな！」

「今のをよく調べてくれ。でも俺の名前は出すなよ。誰かが気の毒なテフトに教えてやらなきゃならないが、俺はやりたくないからな。俺は本当にあの間抜けなおっさんが好きなんだよ、ピート。わかったかい？」

「もちろんだ」

「じゃあな、ピート」

「じゃあな、ジーン」

ジーン・ドブズのような友達を持つのも、時にはいいものです。

会衆派教会を通りかかると暗かったのですが、隣の牧師館には明かりがついていました。中を覗くとストラットン牧師が机の前に座っており、紙の上にジョーカーを置いて、鉛筆で何か書いているのが見えました。

わたしはしばらく眺めてから正面のドアまで行き、ノックすると彼は入れてくれました。

ストラットン牧師は金髪で突き出たあごをした若い男性で、身のこなしが軽やかで、例の後ろでボタンを留めるカラーをつけたことはなく、最初見た時わたしはてっきりプロボクサーかと思ったものです。

彼は「これはこれはピーター！　ランプを一晩中灯し続ける七人の罪人より、悔い改める一人の罪人の方が天国での喜びを得られるのだ」とか何とか言いました。そして「ピーター、入りたまえ、君のために放蕩息子を死なせよう」とも言いました。

わたしは「ありがとうございます、牧師様、でも仕事で来たんです——探偵業のね」

「ああ、君が村の探偵だということを忘れてたよ」

「誰かがミスター・テフトに送ったハガキの件です」

「あのカードを誰が送ったと思いますか、牧師様?」

「ほう!」と牧師。

彼は言いました。「それがわかりさえすればなあ。密かに善い行いをする者もいれば、何とかして卑劣な行いをする者もまたいる。だがピーター、戸口に突っ立っていないでくれ。そこは子供たちが寄付を集めて大学を卒業する学費を稼ぐところだからな。わたしの書斎に来て寛《くつろ》ぎなさい。それでよかったらパイプを点《つ》けたまえ」

わたしは中に入り、彼の机までまっすぐ歩み寄っていくと、そこには四分の一インチ四方の穴の空いたジョーカーがありました。「牧師様、これは何です? この四分の一インチ四方の穴で何を書いてたんですか?」

「自分で見たらいい、ピーター」

見てみると彼は「神は愛なり」「RよりはGの方がBである(受けるよりは与える方が幸いである。使徒言行録二〇―三五)」「HにいるPはBである(心の貧しい人々は幸いである、天の国はその人たちのものである。マタイによる福音書五―三)」などとカードに書いていました。

彼は言いました。「ピーター、これはミセス・テフトが言った通りとても簡単な方法で、どれも似たり寄ったりになることは誰もが認めるだろう。ここに一ダースのカードがある。わたしは何枚か書いた。妻も書いた。八歳になったばかりの幼い息子ジュニアも一枚書き、もし彼がチョコレートケーキを食べておらず、この片隅を汚していなかったら、預言者ダニエルと彼のライオンたちでさえ、どれがどれだか区別がつかなかっただろう」

わたしは言いました。「牧師様、あのハガキをミスター・テフトに送りましたか？」

「つまり五百ドルを要求する文面を、わたしが書いたかということかい？」

「その通りです」

「わたしではないよ。だがどうしてわたしがやったかもしれないと思ったんだ、ピーター？」

「あなたには集会所用のお金が必要ですから」

「そうだ、ピーター、これまで君が言った言葉で最も真実に近いよ。わたしは金を必要としており、その金を調達するためならほとんど何だってするだろうが、神に仕える者でさえ非道には限度があるし、いずれにせよミスター・テフトは貧乏で五百ドルの現金などその辺に転がっているわけはないのだから、あの手紙は書いてないよ」

「牧師様、先週の土曜の十二時つまり正午から同じ日の午後三時までの間、どこにいましたか？」

「ウィンステッドだよ、ピーター。先週の日曜にそこで説教をしたからね。ウィンステッドの牧師と説教を交換し、彼がここで説教をしたんだ。君がもっとちょくちょく教会に来ていれば、知っていただろうがね」

「そんなにすごく離れてるわけじゃないウィンステッドで日曜に説教するために、土曜から行っていたと言うんですか？」

「わたしはウィンステッドの生まれなんだ、ピーター。ウィンステッドに住んでいる両親と昼食をともにして、暗くならないうちに息子を寝かせたかったから、早めに夕食を済ませたんだ。どうして質問ばかりするんだね？」

「わたしはすべての人を疑うことから始めました、牧師様。ですが今、木の上に追い詰められているんです」

「サリーのニレにかね？」

「そうでしょうね、牧師様」

彼は笑いました。「ザアカイ（背が低いためイエスを見ようとして木に登ったエリコの徴税人）も木に登ったよ、ピーター、そして彼は幸運だった」

「たぶんザアカイは、シエットトランド・ヤードから来た本物の警部だったんでしょう。わたしはそうじゃありませんが」わたしは言いました。

家に帰ると奥さんはハミルトン家のパーティに出かけていたので、わたしはカードの大きな山の下に隠した自分の書いたカードを探しましたが、そこにはなく大きな山も消えていました。それで少し考えてから、作業場のある車庫に行って働いているうち、他の事件ならどのように解決するかわかったんですが、といっても他の事件が来ていればの話で、今回の事件は難しく、投げ出してしまった方がいいのかもしれません。

受取人払い電報
コネティカット州サリー　ミスター・R・B・マクレイ気付
ピーター・モーラン殿
指紋がついているはずの封筒はどこにあるのか？　依頼人の敵のリストをなぜ持っていないのか？　依頼人はどの程度の謝礼を提示しているのか？　これらの質問、特に最後のものにはぜひ答えてもらいたい。
アクミ・インターナショナル探偵通信教育学校
主任警部

コネティカット州サリー　ミスター・R・B・マクレイ気付
探偵P・モーランより
ニューヨーク州サウス・キングストン
アクミ・インターナショナル探偵通信教育学校　主任警部殿

ええ、封筒には指紋がついてるでしょう。わたしのとミスター・テフトのとミセス・テフト、それからハーヴィー・ダンのともっといろんな人のがね。でもそこについてない指紋こそ、その封筒を送った人間のものでしょう。なぜならそいつが用心深ければ手袋をはめていたはずだからです。そしてわたしが送ったハガキに彼の指紋が見つからなければ、封筒からも見つからないと思いますよ。そこであなたの電報を受け取ってからまずやったのは、銀行にいるミスター・テフトに電話することでした。わたしは言いました。「ミスター・テフト、この電話で個人的なお話をしても大丈夫ですか?」

彼は「いいとも。誰も聞いてる者はいないからね、せいぜい電話交換局とたぶん他の電話に出ている二、三人のお節介くらいだし、連中の言うことなど本気にする者はいないから、構わず言ってみなさい」

「わかりました。ミスター・テフト、あなたの敵のリストを作っていただきたいのです」

彼は小さくため息をつきました。「わたしの敵だと?」

「一人もいないんですか?」

「いや少しはいる。だがどのあたりの敵が知りたいんだ? サリーの中の敵か、それともリッチフィールド郡の中か、コネティカット州か、ニューイングランドの中か、あるいは信託統治領とパナマ運河を除く合衆国全土にわたっての話か?」

「あらゆる土地にいるすべての敵のリストが欲しいんです」

「そうか、どの程度できるか考えておこう」

「今晩いただけますか？」

「まさか！　自分が何を頼んでるかわかってないな！　だがわたしにできることを教えてやろう。昼食時から取りかかって、でき上がったらすぐ持っていくよ」

わたしは「それで結構です。それからその人たちの住所も忘れずに入れておいてください」と言い、彼は今日の午後こちらに寄って、タイプした十一枚の紙を渡してくれました。

彼は「これが間違いや欠損を除いたAからJ・コンクリングまでの敵のリストだ。明日の朝早いうちにレナード・コンクリング、ルロイ・コンクリング、ルイス・コンクリングから始め、一日が終わる頃にはFまで行き着けるだろう」

わたしはアボット、アクトン、A・アダムズ、アルバート・W・アダムズ、B・アダムズ、チャールズ・アダムズ、ダニエル・G・アダムズから始まっているリストを見て言いました。「ミスター・テフト、どうしてこんなに多くの敵がいるんですか？」

彼は不機嫌な時の顔になりました。「わたしはこれまでずっと銀行で働いてきた。この連中は金を欲しがっていたが、わたしは『断る』と言い続けてきたんだ」

「金と言えばミスター・テフト、あの脅迫文を書いたのが誰か見つけられたら、いくらもらえるんですか?」

彼は例の角氷のような目で、わたしをじろりと見て言いました。「いくら欲しいんだ?」

わたしはあれこれと考えました。「それは『断る』ということですか?」

「そうであっても不思議ではないね、モーラン。銀行の支配人にとって『断る』はいわば反射的に出てくる言葉で、そうでなきゃ今すぐにでも別の仕事を探しているだろうよ。報酬はわたしの気前の良さに任せてもらってもいいぞ」

「そんな風に任せるのは絶対に嫌です」

「わたしもだ。それに敵のリストがモーランのところまできたら、『P・モーラン』と書かなくてはならないだろう。だが我々にとって幸いなことに『M』はアルファベットの真ん中にあって、来週にならないとそこまでたどり着かないし、それまでに『ユー・ノウ・フー』はわたしの過去を明かしており、そうなればすべての策は失敗ということだ」

彼はわたしが今まで作業をしていた仕事台に載っている物を眺めていました。「おや! お前さんが罠を仕掛けるとは知らなかった」

わたしが「それはサイラス・バーゾールのために直している、ジャコウネズミの罠ですよ。彼はジャコウネズミを捕まえてるんでね」と言うと、彼はため息をつきました。

「サイラス・バーゾールか、彼もわたしのリストに載っておる。金持ちの兄弟アブナーもそうだ」

もうそれ以上彼と話すこともなく、ミスター・テフトが車で去っていくのを眺めていると、奥さんが呼んでいる声が聞こえ、こう言われました。「ピーター、月曜の夜出すようにって渡したあの手紙、本当に全部出してくれたかしら？　六十通以上あったけど」

「ええ、ミセス・マクレイ」わたしは言いました。

「そう、変ねえ、今日の午後ミスター・シーモアが散歩をしているところに出会ったんだけど、『うちのカクテル・パーティにはいらっしゃいますわね』って聞いたら、ミスター・シーモアは『いいえ、お招きを受けてはおりませんが』って言うから、『そんな馬鹿な、もちろんお招きしてますとも。あなた抜きでパーティを開くなんて考えられませんわ。もちろんいらっしゃるでしょうね、でなきゃ本当にがっかりですもの』って言ったんだけど、ミスター・シーモアは『相当に気分が回復したら伺いますが、今のところはなはだ心持ちがすぐれないと申し上げてもよろしいでしょう』なんて言うのよ」

わたしは言いました。「ミセス・マクレイ、わたしにもさっぱりわかりませんね。とりわけミスター・シーモアはあんなに陽気な老紳士で、機会さえあれば使用人の女の子たちにちょっかいを出してるのに」

「あらそうなの？　たとえそうでもお年を召しているし、お年寄りは特別扱いしないといけないから構わないわ。でもピーター、あの手紙は確かに出したのね、六十通全部？」

「ええと、数えてはいませんが、ミセス・マクレイ……」

「いえ、そこまでする必要はないわ」

「……でも六十通くらいはありました。それに投函したのははっきり覚えてます。だって郵便局の狭い差し出し口には一度に五、六通以上入れられないので、全部なくなるまで繰り返しましたし、その上局長のハーヴィー・ダンがあの手紙を出すところを見ていて、その話をしましたから」

奥さんは「あなたを信じてるわよ、ピーター」と言い、そしてその翌日、つまり今日ですが、こう言いました。「ピーター、わたしがミス・オリファントに書いた招待状も届いてないらしいわ。だって村でちょっと彼女を見かけて『こんにちはスーザン、日曜にはいらっしゃるでしょ』と声をかけたら、それは恐ろしい目つきでにらんできて、一言も言わずにすたすた行ってしまったの。後から美容院で聞いたんだけど、ミス・オリファントは明日の朝大急ぎでサリーを離れて中国へ出発するんですって。それに家を貸すかどうかも気にしてないらしいんだけど、それってお金に関してはとにかく細かい彼女にしては珍しいことよね。どう思う、ピーター？」

「わかりません、ミセス・マクレイ。たしか彼女は本を書いてたんじゃありませんか？　それに戦争通心員として世界中を回ったんですよね？」

「ええピーター、でもどうしてわたしにとげとげしく当たるのかしら？」

「とても変わった人ですからね、ミセス・マクレイ。それに彼女に関しては、本物のレディの前では繰り返すのもはばかられるような話も、いくつか聞いてますよ」

　奥さんは笑いました。高く鈴を振るような気持ちのいい笑い声で、こちらにできるのは、自分では笑わずにその声にただ聞きほれることだけです。「ピーター、あなたのせいでいつか笑い死にしちゃうわ！　ミス・オリファントに過去があるって言いたいの？　もちろんあるでしょうよ。たくさんの素場らしい男女がそうだと思うわ。でもどうしてそんなにあわてて村を離れなきゃならないの？　来年の春に庭に植える苗木の話をしてくれたのは、ほんの一週間前のことなのに」

　わたしは「たぶん誰かに過去を明かされたくないんでしょう」と言いかけてから、突然全身が凍りつき、言葉が出なくなりました。というのもわたしには時々ひらめきがあるんですが、どうやってミスター・テフトのハガキをミセス・マクレイの通心カードに書き写したかを思い出したのです。そのうちの一枚を、今も胸の内ポケットに入れていますが、おそらく奥さんは残りをカクテル・パーティの招待状用に準備していたあの封筒に入れ、そうして手渡されたものをわたしが投函したのです。それでミスター・シーモアがそんなに元気がなかった理由も、またミス・オリファントがそこまで大あわてで荷造りし、そしてミセス・マクレイを嫌いになった理由も説明がつきます。特に表書きの字がミセス・マクレイのものだとわかったのならなおさらです。

奥さんは「ピーター、言いかけたことは最後まで言いなさい」と言いましたが、「いえミセス・マクレイ、何かが喉に詰まっただけです」とわたしは答え、これであなたへの手紙は終わりにします。たぶんちゃんとした探偵をすぐに派遣された方がいいでしょう。わたしは大変な問題にはまりこんでしまったので。そしてミス・オリファントがいい運転手を探していたら、いっしょに中国に行くかもしれません。それから「報酬は十分か」という質問に関しては、十分ではないだろうとお答えします。特にユージーン・ドブズと折半しなければならないのなら。

受取人払い電報
コネティカット州サリー　ミスター・R・B・マクレイ気付
ピーター・モーラン殿
蜜がなければ蠅は来ない。金がなければ探偵も送れない。以上。
アクミ・インターナショナル探偵通信教育学校

主任警部

コネティカット州サリー　ミスター・R・B・マクレイ気付
探偵P・モーランより
ニューヨーク州サウス・キングストン
アクミ・インターナショナル探偵通信教育学校　主任警部殿

あなたの電報が来て、日曜の朝レイクヴィルの交換手に電話で読み上げられた時、わたしはぶっ倒れるところでした。というのも親友を失ったような気がしたからで、それからレッスン七をさらに勉強しましたが、何の役にも立ちませんでした。そして自転車で村まで行ったのは、ミスター・テフトかユージーン・ドブズかハーヴィー・ダンか他の誰かと話したかったからで、ちょうどストラットン牧師が牧師館から出てくるところでした。

彼は「おはようピーター」と大声で呼びかけてきました。

わたしはその場で立ち止まり、「牧師様、助言が欲しいのです。心の底から」と言いました。

「ピーター、わたしに相談したければまず、説教の間座っていなさい。それから献金皿にボタンなんか入れたら、すぐさま拳固《げんこ》をお見舞いするからな。それが約束だ。これはつまらない冗談ではないぞ」

それでわたしは彼の説教を聞き、それは誰も捕まえることのできない悪いノミの話でした。それから彼が戸口まで来て、教会にいたすべての人と握手をした後で言いました。「ピーター、全部話しなさい」それでわたしはテフト夫妻が最初に車庫まで車でやってきた、月曜の午後五時三十五分以来起こったことを、何もかも話しました。わたしがやったこと、言ったこと、他の人たちが言ったことを余すところなく伝え、できることならその多くを忘れてしまいたかったのですが、できませんでした。

彼は耳を傾け、言いました。「ピーター、この時点では正直に言って見当もつかないが、お祈りをして神のお導きを求めてみるから、君も同じようにやるといい。そして今夜七時半に始まる祈禱会にまた来れば、その時お導きがあるかもしれないね」

わたしは「また五セントを皿に入れないといけないのですか?」と聞きました。

彼が「ピーター、良心の声に従いなさい」と言ったので、わたしは「牧師様、では必ずここに戻ります」と言い、祈禱会が終わった後で彼は「ピーター、お導きはあったかい?」と尋ねました。

「まだです、牧師様」

「そうか、ピーター、わたしには多少あったが、どれほど良いものかまだわからないんだ。あと二、三時間したらまた戻ってきてはどうだね？——そう、今夜十時半に——都合よく君が、サイラス・バーゾールのために修理していたちっぽけな道具を持ってね」

「ちっぽけな道具って？」とわたしは尋ね、それから思い出しました。「いったいあれで何をしようっていうんです、牧師様？」

「持ってくればわかるよ」

わたしは「わかりました」と言い、その後言われた通りに立ち寄った時、彼は言いました。

「ピーター、散歩に出よう。気分が晴れるよ」

「そういうお導きがあったんですか、牧師様？」

「そうだピーター、その上健康にもいいぞ」

初めて会った時、ストラットン牧師がいかにプロボクサーのように見えたかを以前書きましたが、その散歩の半分も行かないうちに、彼がすごくいい健康状態を保っていることがわかりました。というのもわたしは今にもタオルを投げて降参したいところだったのに、彼はずっとしゃべり続けていたにもかかわらず、息も切らしていなかったからです。

彼は尋ねました。「ピーター、今日の午後カクテル・パーティに誰が来たかわかるかね？」

「ええ、牧師様」

「いつもの人々だったろうね？」

「ええ、牧師様」

「でも欠席者も何人かいただろう？」

「どういう意味です、牧師様？」

「マクレイ家のパーティに来るだろうと思われていたのに、姿を見せなかった人たちがいただろう？」

「ええ、そんな人たちが何人かいたと思います」

わたしたちは丘を登り、きつい道のりでしたが牧師は涼しい顔でした。「いつも来る人で、来なかったのは誰だね？」

「そうですね、ミス・オリファントです」

「ああ、すでに中国へ出発しているからな。ミスター・シーモアはどうだ？」

「来ませんでした」

「特別に招待されたにもかかわらずだね？　他には？」

「ミスター・グリムショーもいませんでした」

「金融業者の？」

「ええ……。ソーンダイク夫妻もです」

「三度目の妻に去られた後、親友の二番目の妻と駆け落ちしたんじゃなかったかな？」

「確かそんな話です」

「君は四人の名を挙げたね。たぶん我々はもっと多くの名を挙げることができるだろうが、脅迫の手紙を受け取ったからといって、カクテル・パーティに出てはいけないという理由はない。君が指摘したように、ミセス・マクレイの仲良しが封筒の表書きを見て、彼女の筆跡とわかった場合は別だがね。その場合は君が間違いなく理解している通り、心理的な障害が生じるだろう」とそこで彼は足を止め、わたしはといえば止まって近くの石の壁にもたれて息を整えることができて、本当にうれしかったです。石の表面はぬれていましたが。

「ピーター、我々が今どこにいるかわかるかい？」

わたしたちは四、五マイルは歩いてきたと思いますが、振り返ってみて村の南端あたりまで来ていることがわかりました。「道に迷ったんですか、牧師様？」

彼はパイプに火をつけ、微笑んでいるのがわかりました。「迷ってなどいないさ、ピーター、神が導いてくださるのだからね。我々の前には大きな野原が広がっていて、わたしがひどく間違っていなければ、野原の真ん中にある大きな黒っぽいものはサリーのニレだ。今夜は晴れてるから月明かりではっきり見えるよ。君は言ってたね、ピーター——もし間違ってたら訂正してくれ——もともとの脅迫文を写した時、ある単語のある文字を変えたんだったな？」

「偶然にです、牧師様」

「それを言うなら神の摂理でだろう。綴りを直したいという自然な本能と、ゆすり屋が曜日のスペルを知らないことにいら立ち、君は『Munday』という言葉を『Sunday』に変えたんだ。そうしたことで君はもともとの文にあった締切りを、二十四時間早めてしまった。ピーター、村の時計が鳴ったのが聞こえたかい？　今は真夜中を過ぎ、日曜の夜は終わった。我々がサリーのニレを調べることに誰か反対すると思うかい？」

「そんな、誰が反対するっていうんです、牧師様？」

「本当に誰だろうな、ピーター」わたしたちは野原を横切って木のところまで行きましたが、牧師は何もかもあらかじめ考えに入れていたのです。というのはポケットに懐中電灯を入れていて、それを点けたのです。「尊い歴史を持つ尊い木だ、ピーター。詩はわたしのような愚か者によって作られる」

「牧師様は愚か者じゃありません」

「詩を暗誦したのだよ、ピーター……だが木をお作りになれるのは神のみ（ジョイス・キルマーの詩「木」の引用）……おやこれは！　いったい何だろう？」

「何ですか、牧師様？」

「どうやら木の中に封筒があるようだぞ。ほらこれを持ってくれ、ピーター。驚いたな、もう一枚、それに三枚目もあるらしい！」

「もっと探しましょう、牧師様！」

彼は懐中電灯でうろの中を照らしました。「三枚で終わりだ、でも文句を言うわけにはいかないな。我々に判断できる限りでは、君は六通の手紙を出した。すでにわたしがあらためた封筒の中身からして――最初のも確認するからこっちに渡してくれ――三通とも実に気前のいい寄付として持ってこられたものだ。ピーター、打率五割とはわたしより優秀だな。しかも信じてもらえるかどうか、わたしは卒業した新学校では作文で賞をもらったこともあるんだよ！　さあピーター、これでもう他の人間がこの木を調べる理由はなくなったわけだから、この上に『集会所への寄付金はありがたく拝受いたしました』という旗を掲げようと思うんだ。大事に運んできたその小さな道具をこちらにくれ。中に仕掛けるにはどうやればいい？」

さて牧師の思いつきについてはお話ししませんでしたが、それはわたしも知らなかったからで、それはサイラス・バーゾールのために修理していたジャコウネズミの罠を木のうろに仕掛けるというものでした。しかし牧師は実才の作業には向いておらず、まず口にした言葉は「ピーター、どうしたらジャコウネズミが罠をつけたまま逃げないようにできるんだい？」というものでした。その質問にはちゃんと答えがあり、さもなければジャコウネズミの皮は今よりずっといい値段で取引きされることになるだろう、でも現実にはそうじゃないということを教えてあげなければなりませんでした。

わたしは彼に、罠とそれにつながっている鎖と、もし必要であれば鎖の端の輪に通すラグねじを渡しました。

「ねじを締めるレンチを持ってきたかい、ピーター?」

「いいえ、思いつきませんでした。でもこの木は腐っているから、石で打ちつければ大丈夫です。この石でどうぞ」

「ありがとう、ピーター」

「わたしが罠を取りつけましょうか、牧師様?」

「それがいいようだな、ピーター……」

わたしたちは村へ戻りました。

牧師は言いました。「三人は支払った。一人は逃げた。二人は動じなかった。その二人にはこれといった過去はなく、非の打ちどころのない人生を送ってきたと思いたいが、福音を説く牧師としての経験から、人間性に過度の期待を持ってはいけないことを学んだよ」

「牧師様、その金はどうしましょう?」

「集会所だよ、ピーター。皆様のお金は尊い寄付となります、ということだ。それに木の中にあの封筒を置いた人たちは、返してくれとは言わないだろう。そして明日の晩には……」

そうしてわたしたちが昨夜、つまり月曜の晩にその場所に再び行くと、まだかなり離れたところから誰かがサリーのニレの側に立っているのが見え、しかもそいつはおとなしく立ってはいませんでした。

牧師は言いました。「ウッドチャックかジャコウネズミか、それともスカンクか何かをつかまえたぞ。あのスカンクは一体誰だろう？」

「わかりません、牧師様、あまり明るくないので」わたしは答えました。

彼は言いました。「地方無料郵便の配達箱に手紙を出すには、三セント切手を貼らなければならないことを誰もが知っているこの小さな村で、ある男が、一セント切手しか貼ってなかったミスター・テフトへの手紙を出したのは、千八百人のうち誰にでも可能性があると君に言った時、ピンとこなかったのかい？」

わたしはそのことを考え直しました。「おっしゃる通りです、牧師様、そしてどうして彼がそんな馬鹿なことを言ったのか、ピンとはきませんでした」

牧師はわたしの脇腹を小突きました。「愚かにも、事態をもっと難しくしてやろうと思ったんだ。どうせ君は気づくまいってね」

「でも気づきました！」

「もちろん気づいたとも！」

わたしたちが木の方へ近づいていくと、指を罠に挟まれた彼がいました。ものすごく痛かったに違いありません。というのも肩は震え、顔は真っ青で、わたしたちを見ると「助けてくれ！　一生のお願いだ！」と叫んだからです。

わたしは「いやまだだ、ジーン。この木のところで何をしてた？」と聞きました。

「テフトの金を取り戻そうとしてたんだ。それより助けて……」

「ミスター・テフトは金をここに置いたのか？　見せてくれ！」

牧師が懐中電灯をうろの中に向けると、ジーン・ドブズの指が罠に挟まっているのが見えましたが、封筒は見当たりませんでした。

「ジーン、嘘をついてたな！」わたしは言いました。

「ああわかったよ、確かに嘘さ。でも罠を外してくれ、ピート！　死にそうだ！」

「お前の腕越しには届かないから、罠を取り出さなきゃ開けられないよ。まずはラグねじを外さないと」

「早く外すんだ！　急げ！」

「それにはレンチが要るな。いいかジーン、できるだけ早く村まで戻って持ってくるよ。三十分以内には戻れるから」

それを聞くと彼はわたしの肩にくずおれそうになり、その顔はシーツのように真っ白でした。

「ピート、あと三十分もこんな状態じゃ狂っちまう！　もう狂いかけてるんだ！　ピート、レンチならコートの右ポケットにあるが届かないんだ。早くしろ、ピート！」

それでわたしはレンチを取り出しましたが、それは安物雑貨店で買えるような代物で、両端が使える四つの小さなスパナが、中心に開いた穴に通したボルトで一つに留められていて、バラバラに外すこともでき、外したくなければ回して使い、好きなサイズのスパナを選べるようになっているのです。わたしが合うスパナを選んでボルトを抜き取ったところで目に入ったのは、スパナの中心に開いている四分の一インチ四方の穴だったのです。牧師は懐中電灯を向け、口笛を吹いて言いました。「ピーター、四角い穴の内側に、黒い跡がついているのが見えるかい？」

「ええ、これは何ですか？」

「何でもない――単に匿名の手紙を書こうとした者が、柔らかい鉛筆の芯でつけたものかもしれないというだけだ」

「その通りです、牧師様、あなたに言われてしまいましたが、それはまさにわたしの頭にあったことです。言いませんでしたがね。なぜってわたしはそのように考えたからで、それに彼はスペードのキングか、あるいはジョーカーを使ったんだろうと思ってたんです」

「そりゃすごい、ピーター！」

わたしはジーンの方を向きました。「この鉛筆の跡を見ろ、ジーン！　牧師様、こいつがよく見えるようここを照らしてください！」

彼はもうおしまいだと悟りました。「わかったよ、お前の勝ちだ。俺はあの間抜けな老いぼれを追い出し、昇進して奴の仕事に就きたかったんだ」

「でも手紙が投函された土曜の午後は、町にいなかったんだろう」

「郵便局に郵便物の袋を持って行く小僧は、いつも銀行でぶらぶらしていくんだ。午前中その袋の中に手紙を入れておけば、他のと一緒に出してくれるとわかってたのさ」

それからわたしはあることに思い当たり、それも激しく思い当たりました。「ジーン、お前が書いた脅迫状をミスター・テフトが受け取った時、なぜ僕を雇うよう言ったんだ？」

「そりゃあ……犯人を捕まえられない探偵が世の中に一人いるとしたら、それはピート、お前だと思ったからさ……」そして彼はバッタリと気絶し、わたしたちは彼を自由にした後、意識を取り戻すまで待ってから、村まで歩かせなければなりませんでした……。

ミスター・テフトは言いました。「醜聞は駄目だ！　醜聞はな！　彼は今日自分から町を出るよ。行かせてやろう――そっとな！」

わたしは「はい」と答えました。

「モーラン、この事件はあまりに簡単そうだったから、戦時貯蓄債券が貼ってある綴《と》じ込み帳を謝礼にしようと思っていた。ストラットン牧師によると、わたしが思っていたより難しい事件だったようだし、いろんな経費がかかったそうだな。代りに戦時公債をやることにしよう。十年持っていたらもっと価値が上がるぞ」

「ええ、ありがとうございます」

「女房が聞いたら怒り狂うだろう。内緒にしておけよ……」

牧師は言いました。「ピーター、聖書を読んだことはあるかね？」

「いいえ、牧師様」

「聖書には、脱穀している牛に口籠《くつこ》を掛けてはならない（申命記二五―四）とある。君はこの事件を素場らしくうまく処理したから、誰からも牛とは呼ばれないだろうが、管財人たちに電話した後、我々は君の苦労に報いるため、十パーセントを払うことにしたよ」

今千五百ドルの十パーセントがいくらか計算しているところですが、答えが出たら教えましょう。それこそ、もしあなたが「蜜がなければ蝿は来ない」という電報を打たなければ、わたしと分け合うはずだった金額です。そこでまずわたしは、あなたがもらうはずだった半分の金を受け取り、次にわたしの分、そして戦時公債もわたしのものですからもらいます。「持っている人は更に与えられる」（ルカによる福音書一九―二六）と言った牧師は、よく物事がわかっていると思いますね。

第六講　P・モーランと消えたダイヤモンド

電報
ニューヨーク州サウス・キングストン
アクミ・インターナショナル探偵通信教育学校　主任警部殿
一ドルを電報為替で送ります。ダイヤモンドの探し方を教えてください。
探偵P・モーランより

ニューヨーク州サウス・キングストン
アクミ・インターナショナル探偵通信教育学校　主任警部より
コネティカット州サリー　ミスター・R・B・マクレイ気付
探偵P・モーラン殿

君の電報は曖昧で、こんな意味にもあんな意味にもまた違った意味にも取れてしまいます。十語分以上払っていれば、どういうことかわかったでしょうに。我々は君がダイヤモンドを見つけたいのだと論理しました。紛失したものなら、賞金をつけて広告を出しなさい。盗まれたのであれば、良い探偵を雇わなければなりませんが、誰も君を良い探偵と誤解することはなく、また雇うこともないだろうから、盗まれたのではないと論理しました。

たぶん君は、青いもの、黄色いもの、大きいの、小さいの、それこそどんなダイヤでも見つけさえすれば満足するんでしょうね。我々も同じです。ダイヤは高価ですからね。百科事典で調べてみました。ダイヤは南アフリカの鉱山で採れると出ていました。南アメリカでも採れます。サウスカロライナやノースカロライナ、ジョージアやヴァージニアでも採れます。観察していれば宝石店でも見つけることができます。またうちの秘書は、我々には我慢できないような耳鳴りのする音楽を良い音楽などと言うのですが、彼女によると、オペラの第二幕ではたくさんのダイヤが出てくるのを見ることができるそうです――どんなオペラでも。そして観察によって、コーラスガールや女優、サロンの主人、油田の持ち主、賭博師、競馬の予想屋、プロボクサー、大物政治家がそれをつけているのがわかりますが、それは賄賂《わいろ》をたっぷりせしめた連中が、地上四十階に、飛び降りるためでなく眺望を求めて事務所を構えているご時勢に限ります。景気が悪い時にはダイヤの紛失広告がよく出ますが、それは贋ダイヤかもしれません。
君が南アメリカか南アフリカに旅に出て、ダイヤを探すというのはいい考えだと思います。それも南アフリカの方がより遠いから望ましいですね。出発する時には知らせてください。

追伸　電報会社から渡された一ドルはもらっておきます。君の馬鹿げた電報に返事を書いて、浪費した時間への報酬として。

J・J・O'B

コネティカット州サリー　ミスター・R・B・マクレイ気付
探偵P・モーランより
ニューヨーク州サウス・キングストン
アクミ・インターナショナル探偵通信教育学校　主任警部殿

へえ、わたしの一ドルを取っておくだけの厚かましさは確かにお持ちのようですね。
なぜならあなたの手紙にはその価値もないし、あなたの時間も同様ですから。マリリン、というのは新しく雇われてお屋敷に来た女の子の名前で、働きながら大学に通っており、夏の間稼いだ金で冬の間やりくりしているんですが、彼女はあなたの手紙を読んで笑い、あなたが事典を引いたのは今回が初めてだということに、もう一ドル賭けてもいい、進水式を祝って船首の方に向けてワインを開け、その事典に名前をつけるべきだと言ってました（船の進水式で祝杯を上げ、船に命名するしきたりのこと）。マリリンは頭が良くて目から鼻に抜けるような女の子なんですよ。でもミスター・バートン・フィンドレイやミスター・ウィリアム・アンダーウッド・ジュニア、アーノルド・ゲイロード夫妻、ミスター・カトラー、ミスター・A・E・アースキン‐ベヴィン、それにその他のアメーバたちと、十一個のローズ・ダイヤモンドのことを話さないといけないでしょうね。

　日曜の朝、主人がわたしを呼びに人をよこしました。「ピーター」と主人。「入ってドアを閉めてくれ。内密の話だ」

「はい、ミスター・マクレイ」わたしは言いました。

「ピーター、ミスター・バートン・フィンドレイは知ってるか？」

「ええ」

「彼についてどんなことを知ってる？」

「そうですね、お金持ちでよく狩りをする人です」

　主人は独特のやり方で顔をゆがめました。

「ピーター、彼はハンターどころじゃない、アメーバだ」

ここサリーに長いこと大きな屋敷を構えているミスター・フィンドレイが、そうだとは知りませんでした。「ミスター・マクレイ、彼はいつも共和党員として選挙人名簿に登録してますよ」とわたしは答えました。

「そうかもしれんな、ピーター、共和党支持のアメーバは、民主党のよりさらにはびこっているからな。アメーバとは何だか知ってるか？　丸っこい生き物だ。何か欲しいものがあると、それを取り囲む――そしてこいつは目にしたものは何でも欲しがるのさ」

主人は灰皿を二つ机に置きました。「この片方がアメーバだ。どっちでも構わん。もう片方がその目標だ。アメーバはそっちに近寄っていく。そして身体の一部を左側に突き出す。それから右側にも突き出す。わかるか、ピーター？」

「ええ、アメーバは左利きに違いありませんね」

主人は笑いました。「そうかもな、確かに。だがどちらの部分が最初に目標に届いても、もう一方とくっついてその目標をつかまえるんだ。それが芸術作品でも、田舎の屋敷でも、他人の女房でもな」

「その目標の方はどうなるんです、ミスター・マクレイ？」

「早い話がアメーバの一部になっちまうんだ。そしてアメーバはいつも何かを欲しがってるから、また欲しいものを見つけ、未来永劫《アド・インファナイタム》――この二つのラテン語は、ずっと永遠にという意味だ――その過程を繰り返し、とても大きなアメーバになる。そういうわけでホビー・クラブは昨夜、ミスター・フィンドレイの家に集まることになったんだ」

わたしは彼が先を続けるのを待ちました。「ええ、旦那様」

「ホビー・クラブというのは物を収集する人たちの集まりだ。彼らは小さいアメーバたちだ。ミスター・フィンドレイの家に集まったのは、彼が最大のアメーバだからさ。ミスター・シーモアは切手を集めている。オークションで買った四枚を見せてくれたが、大変な価値がある。というのも飛行機は何年も逆さまに飛び続けてるのに、パイロットはまだ落っこちてこないからだ（誤って飛行機が逆さまに印刷された切手「逆さまジェニー」のこと）。ミスター・カトラーはボタンの収集家だ。ジョージ・ワシントンのものだというボタンをいくつか見せてくれたが、ジョージ本人がそう誓わない限り信用はできないね。ミスター・ウィリアム・アンダーウッド・ジュニアはエッチングを集めている。ホイッスラーが未完成のまま残した二作品を買ったが、未完成であるために完成させていた場合より今では価値が出ていて、このことは明日に延ばせることを今日やるなという教訓だな。株の売買をやっているミスター・ポムロイは、幸運を呼ぶためいつもポケットに入れている十一個のローズ・ダイヤモンドを見せびらかした。奴が首でも折って家に引っ込んでいりゃよかったんだが。ミスター・アースキン－ベヴィンは極めて珍しい初版本を持っていた。集めてるんだ。ミスター・ジョーンズもそうだ。彼も自分のコレクションを公開し、二人とも自分たちのことを良き好敵手だと言っていたが、それはつまり相手にナイフを突き立てはしないけれど、闇夜にはその限りではないってことだ。わたしの場合はスポーツ写真を持っている。お前もこの部屋で目にしたかもしれないが、それを持っていったよ。アーノルド・ゲイロードはフィンドレイの孫娘の一人と結婚した男だが、フィンドレイのひ孫たちがどんどん可愛らしくなっていて、その子たちに靴を買ってやるのに稼ぎが消えてしまうので、何も収集はしていない。フィンドレイは夏の間、彼らを食事付きで住まわせてやっている以外には、何も与えていないという話だ。彼らは他の人々に対する面白い冗談になると考えて、一番小さい赤ん坊を披露した。ゲイロード夫妻はアメーバじゃないよ」

「ええ、誰でもそれはすぐにわかりますよ」

「我々は皆で夕食を摂《と》った」

「赤ん坊もですか?」

「ああ――別々にだがな。食事の後赤ん坊はゴロゴロとのどを鳴らして笑い、ガラガラを振り回し、皆その子に夢中になったよ。それから切手にエッチング、絵画、初版本、株や国債は言うまでもなく、何でも集め、しかも優れたハンターであり釣り人でもあるミスター・フィンドレイがメキシコ湾流で魚を収集しているところを撮った映画を見せた。奴は湾流だって集めたいところだろうが、いかんせんちょっと湿りすぎてるからな。

映画には興奮したよ。その中に、鮫が惜しいところでミスター・フィンドレイを収集し損ねた一本があって、鮫が失敗した時にはがっかりしたもんさ。執事が映写機を動かしていた」

「ヒューイットですか？」

「知ってるのか？」

「彼は村の政治における大物ですよ」

「そうらしいな。そして明かりが再びついて我々は皆拍手をしたんだが、ミスター・フィンドレイの方にミスター・ポムロイが近づいて、他の展示物と一緒にテーブルの上にあった十一個のローズ・ダイヤモンドがなくなっていると、こっそり告げたんだ」

「なんと！」

「お前ならどうした、ピーター？」

「そのダイヤがわたしのものなら、黙っちゃいませんね、ミスター・マクレイ。大声で騒ぎ立てますとも」

「ミスター・ポムロイはウォール街で投機をしているから、損を受け入れるのに大騒ぎしたりはしないんだ。わたしが聞きたいのは、お前なら次にどうするかってことさ」

「ドアに鍵を掛けてホビー・クラブのメンバーを取り調べますね」

「我々もそうするかどうか話し合って、しないことに決めたんだ。まともな探偵小説ならそうすることになってるが、そのやり方で盗まれたものが見つかったためしがないからな。いやピーター、我々は原始的な方法は取るまいと決めたんだ。最初は罪を犯した人物が誰であれ、再び明かりを消している間に、ダイヤを隠した場所からテーブルの上に戻す機会を与えた。それが失敗に終わると、身体検査をするのは威厳にかかわるし、実を結ばないだろうということになったんだ」

「どうしてです、ミスター・マクレイ?」

「ミスター・ポムロイが我々を代表して言ったよ。『ダイヤを盗《と》った男は身体検査されることを見越していたはずだ。だから彼はそれを身につけたり、ポケットや、あるいはすぐ見つかるようなところに隠したりはしないだろう。お互いを検査しても何も出てこないだろうし、ご婦人方を困らせるだけだ。たとえ同性からでも身体を探られたくはないだろうからね。どうして時間を無駄にすることがあるだろう?』」

「わたしなら無駄とは言いませんね」

「その意見に異議を唱える者はいなかった。我々はあちこち探し回ったよ。敷物の下、家具のカバー類、テーブルの下もな。人間も一人だけ探ってみた。赤ん坊だ。誰かが暗闇の中で宝石を隠したかもしれないからな。その後できることといったら、ご婦人たちに赤ん坊の服をまた着せてもらうことだけだった。まだほんの五ヶ月で、赤ん坊とご婦人たちだけにしておいたら、一晩中でも赤ん坊の爪先を持って『このこぶたちゃん市場へいった』で遊んでいただろうな」

「ダイヤモンドは見つからなかったとみえますね、ミスター・マクレイ」

「お前の推理通りだ、ピーター」

「たぶんミスター・ポムロイがよく考えもせずポケットに戻していたんでしょう」

「誰かがそう指摘したので、ポムロイはポケットを全部ひっくり返したよ。何もかも礼儀にかなっていて威厳も損なわれなかった」

「そうでしょうね」

「残念なことにホビー・クラブには探偵がいない。もしミスター・フィンドレイが正規の探偵を雇ったら、新聞に格好のネタを提供してしまうのではと皆心配しているんだ。ひとっ走り彼に会いに行ってはくれんか？」

わたしはいつものようにすばやく考えを巡らせました。「報酬はありますか？」

「そのことはまだ話していないが、悪いようにはしないことは請け合うよ。でもわたしがお前の立場なら、ピーター、ミスター・フィンドレイに時間給で払ってもらうようにするね――成功しても失敗してもその中間でもな。十人以上の頭のいい男女があの宝石を見つけようとしてあきらめたんだから、お前が成功するとはまるっきり期待されてないさ」

わたしは言いました。「ミスター・マクレイ、おっしゃった通りホビー・クラブには探偵がいません。わたしはすでにこの事件を解決し、次にどうするかいろいろ考えてるんです」

「まさか！」と主人。

「ええ、旦那様。わたしの頭はそのように働きますから。特に観察がテーマのレッスン二で六十点を取った後ですからね」

　主人は疑わしげな目でわたしを見ました。「あの場にいたわけでもないのに、お前が何を観察できたのかわからんし、わたしが話して聞かせたのは自分なりの見方であって、間違いなく官能的《センシュアル》な（「センシティヴ＝微妙な」の間違い）細かい部分は抜け落ちているんだぞ。でもお前が言うように簡単なら、ぐずぐずしないでミスター・フィンドレイの家に急いだ方がいい。お前に会えたら喜ぶだろう」

「それはどうだかわかりませんが、すぐ戻ってきます」とわたしは言い、そう言ったのは冗談ではありませんでした。というのもその日の午後、つまり日曜日ですが、レイクヴィルのスチュワート劇場でかかっている映画に、マリリンを連れて行く約束をしていたからですが、主人はただ「お前がこれからそっちに向かうとミスター・フィンドレイに電話しておこう」と言っただけでした。

　さてジム・ヒューイットが招き入れてくれて言いました。「やあピート、お前が来てくれてうれしいよ。昨夜、全員の取り調べをするって話が出た時は、ゾッとしなかったな！」

「ジム、赤ん坊以外は調べなかったと聞いたが」わたしは言いました。

「その通り」

「ミスター・フィンドレイも？」

「なんでうちのご主人を調べなきゃならない？」

「じゃ、ミスター・ポムロイは？」

「彼はポケットを全部ひっくり返して、俺たちは皆確かにこの目で見ていたよ」ジムはわたしの脇腹を小突きました。「ミスター・シーモアが調べられなかったのは残念だったな。彼のところで洗濯している黒人女を知ってるが、彼のことを大変なしみったれで、下着がぼろぼろになるまで彼女に大きなつぎを当てさせて着続けるって言ってたぞ。俺はまるで違うね、ピート。週に一度は必要だろうがなかろうが全身着替えるし、下着には穴なんか一つも開いてないからな」

わたしは言いました。「そんなことはどうでもいい。さあ、ご主人のところに案内してくれ」

彼は「探偵になってからいやにお高くなったな」と言って鍵の掛かった居間のドアをノックし、「チェッ、何事だ、ええ？」というう
なり声が聞こえると、「ミスター・フィンドレイ、モーランが来ました」と言いました。

わたしは「ミスター・モーランだよ、この間抜けめ」と言いましたが、ヒューイットはわたしの向うずねを遇然を装ってわざと蹴りつけ、そして錠が開く音が聞こえてミスター・フィンドレイが「入れモーラン、入れ！　チェッ、隙間風が入るから戸口に突っ立ってるんじゃない！　入れ、そうしたらドアに錠を下ろすからな」と言いました。

さてミスター・バートン・フィンドレイはアメーバのようには見えませんでした。七十五歳くらいで背が高く骨張っていて、手は骨と皮ばかり、ふさふさの白い眉毛を、からまるんじゃないかと思うくらいひそめていました。そして一本一ドルはしそうな葉巻を吸っていましたが、外ポケットにまだ山ほど入っていたにもかかわらず、勧めてもくれませんでした。部屋はひどく散らかっていて、そこらじゅうに葉巻の燃えさしや煙草の吸殻だらけの灰皿や、汚れたハイボールのグラス、スコッチのボトルやサイフォンが置かれ、ボトルの何本かは封も切っておらず、映写機が部屋の一方の端に設置してあり、もう一方にスクリーンがあって、片隅には乳母車がありました。テーブルの上では丈の高い青緑色のグラスに生けてある花が少し萎《しお》れていて、サンドウィッチの載った銀の盆もいくつかありましたが、乾ききって角がめくれ上がり、あまりおいしそうではありませんでした。乳母車には赤ん坊の寝具やおもちゃが散らばり、別のテーブルにはボタンやら切手やら本やらミスター・マクレイの写真やらが、他のものと一緒に載っており、窓は閉め切られ空気はムッとこもっていたので、ナイフで切れそうなほどでした。そして部屋はまるで美術館のように、厚いじゅうたんが敷きつめられ、もっとたくさんの本や壺や花瓶や時計がガラスケースに並んでいて、さらに一糸まとわぬ姿の彫刻や絵もあったので、わたしはミスター・フィンドレイがこちらから目を離した時以外は見ないようにしていました。

彼は「入れ、モーラン。チェッ、フン！」と言い、二人で歩きまわる間、とうとうしゃべり続けました。「何もかも昨夜のままにしてあるのがわかるだろう。ただ客は帰宅してしまったがね、といってもここを出た後向かったのが家であればの話だが、何人かはちょっと飲んでおしゃべりするためにグリーン・ランタン亭やブルックサイド・タヴァーンに寄りかねないな。これはカトラーが見せたボタンだ。彼が置いていこうと言ったんだ。というのもネジを外して宝石を隠すために使われることがあったからな。外してみたが何もなかったのは、お前も見ればわかるだろう。これはシーモアの切手だ。切手にはダイヤは隠せないだろう？――それにもっと珍しい切手がわしのアルバムの中にあるしな。ここにあるのはマクレイのスポーツ写真だ。奴には黙ってて欲しいんだが、わしの方がもっといいものを持っとるよ。これはメンバーのうち二人が持ってきた初版本だが、お前の真後ろにある本棚にあるものとは比べ物にならん。時には麻薬を隠せるよう本の中がくり抜かれていることもあるが、これらは普通の本で、調べたからはっきりわかっておる。我々はご婦人方のハンドバッグも調べて、彼女たちが置いていこうと申し出たのを持って帰らせたよ。これは乳母車でわしのひ孫が入っていた。孫夫婦に置いていくよう頼んで、ここに残っているというわけだ。映画のスクリーンは昨日のままにしてある。映写機もリールにフィルムがはまったままだ。最初にヒューイットが見せたフィルムの缶もある。これも全部調べたんだ。映写機の側にあるものはスプライサーで、フィルムが切れたらその場で直すためのものだ。スプライサーの上の缶には接着剤が入っていた。開けてわずかに残っていたものを、それ以外何もないと確認するためこぼしてみたよ。空《から》っぽだってことはお前にも十分わかるはずだ」

わたしは言いました。「ミスター・フィンドレイ、わたしの論理では、あなたはヒューイットを疑ってますね」

彼は肩をすくめ、また下ろしました。「チェッ、わしらは全員を疑ってるさ、フン！」

「この映写機の側にある小石の山は何ですか？」

「植木鉢のどれかを空けたんだろうよ。どの窓でも植物を育てているのがわかるだろう」

「葉巻や煙草の吸殻は調べてみましたか？」

「いや、だが調べたかったら調べるがいい。チェッ、どうやったら葉巻にダイヤを隠した後で、その上に灰を載せられるというんだ？」

「サンドウィッチは調べましたか？」

「モーラン、気の済むまで食べろ。もしそれが言いたいのならな」

それでわたしは八個から十個のサンドウィッチを食べ、彼は話を続けました。

「客が帰った後、わしはこの部屋のドアに鍵を掛けてソファで寝た。ヒューイットは朝食を盆に載せてドアの外に置いていき、それを今食べ終えたところだ。半熟卵の殻があるだろう？　昨日この部屋に入ったもので出ていったのは人間だけだな。そしてミスター・マクレイから聞いたと思うが、皆の身体検査をしても意味がないということで意見が一致したのだ。あのドアは浴室に通じていて、わしはそこでひげを剃って、歯を磨きたいのだが、まだそこまで手が回らない。

さあモーラン、何か言え！　マクレイはお前が犯人の名を挙げられると言ってたぞ。誰がやった？」

わたしは言いました。「初めにいくつか質問があります」

「言ってみろ！」

「報酬はいくらですか？」

「フフン！　そうだな、十一個のダイヤはおよそ五千ドルの価値がある。ローズカットのダイヤは他のものほど価値がないからな。わしは彼に六でどうだと持ちかけたよ」

「ちょっと待ってください！　六でどうだと持ちかけたって……誰に？」

「そう……奴がなくした時にな……ポムロイだよ。口をつぐんでもらって醜聞を抑えるために、金を払うところだった。奴は断ったんだ」

「六千ドル以上欲しがったってことですか?」

「チェッ、奴は金など欲しくなかったんだ! 奴が欲しがったのはダイヤさ。迷信を信じてるんだな。何か買ったり売ったりする前、ポケットに手を突っ込んで宝石をいくつかつかみ、数えるんだ。奇数だったら直感に従い、偶数だったらその逆をやる。十一は奇数だから彼はたいてい直感に従い、だからたいてい金に困っているんだ……モーラン、ダイヤの五分の一の千ドルではどうだ、満足か?」

「結構です。ちゃんと書面にしていただければ」

彼がそうしている間に、わたしは部屋を歩き回って何百もの彼の持ち物を眺め、さらにサンドウィッチをいくつか食べました。「ここで捜し物をするなんて一年かかりますよ」

「そうとも、チェッ! そら、お前に報酬を払うという契約書だ。宝石を見つけられたらの話だが。さあ、そいつの名を言ってくれ」

わたしは注意深く書類をたたみ、安全な場所にしまいました。主人がアメーバについて言ったことを思い出し、ミスター・バートン・フィンドレイにその紙を囲ませたくなかったからです。

「あなたは物を収集してますね」

「そうだ」

「どんなものを？」

「そのことは話したし、お前もここで見ているだろう。絵画に彫刻に花瓶、本、写真……」

「ローズ・ダイヤモンドも？」

「何個か持っておる」

「一つ見せてください」

彼はヴェストのポケットに指を二本入れて、まるでビー玉か何かのように、大きな宝石をわたしの方に投げてよこしました。「これがローズ・ダイヤモンドだ」

わたしは彼の目をまっすぐ見つめました。「なるほど。で、他の十個はどこです？」

「どういう意味だ？」

「おそらく昨夜以前、あなたはミスター・ポムロイのダイヤを買おうとしたでしょう」

「いや、あれはそんなに良い石じゃない」

「彼がなくした時、また買い取ろうとしましたね」

「さっきも言った通り、醜聞を防ぐためにたっぷり払おうとしたんだ」

「映画を上映していた時、あなたなら暗闇でも彼が宝石を置いたテーブルを見つけられたでしょう。ここはあなたの部屋で、自分の手のひらみたいによくご存じのはずですからね」

「チェッ、モーラン、何が言いたい？」

「誰かが『全員の身体検査をしよう』と言った時、あなたは『いや、そいつはだめだ』と言いましたね」

「そう言ったのはポムロイだ」

「同意したのはあなたです。さあ白状なさい。探偵のいないホビー・クラブならだませたかもしれないが、探偵P・モーランはだませはしないぞ。さあ吐くんだ！」

一瞬、彼はわたしにかみつくのではないかと思いました。それから笑い出しましたが、それはまぎれもなく本当の笑いでした。「モーラン」彼は言いました。「お前が口に出す前に、何を考えているかわかっていてもよかったのにな。そうなるのは見えていたんだが、信じられなかったのさ。だがお前はとんだ見当違いをしているぞ！　カラットって知ってるか？」

「庭で育つものです」

「ニンジン《キャロット》じゃない。ダイヤの重さを量る時に使うんだ。ポムロイのダイヤは小さくて、それぞれ一カラットかそこらだ。こっちは優に九カラットはある。つまりポムロイのダイヤ全部合わせたくらいの重さだということで、その上これはさる枢機卿が五百年前に身につけていた有名な石だ。いやはや、それを証明してくれる専門家が一ダース以上いるんだぞ」

　時々人が真実を語っているとわかることがありますが、この時がまさにそうでした。わたしは「ああ！」と言いました。

「それだけじゃない、モーラン」彼は続けました。「映画の上映中、部屋は暗かったとお前は言ったな。まあ、ある意味ではそうだ。映写機から出ているのが唯一の光だったからな。だがわしはずっとスクリーンのすぐ脇に立って、画面についてクラブのメンバーに説明していたから、そこから動いたら部屋中の人間が気づいただろう。他の者は好きなように動くことができたが、わしには無理だったんだ」彼は大きなアメーバとしては精一杯の親しみを込めていたんでしょう。「気を落とすなよ、モーラン。わしらだってダイヤを見つけられなかったんだ。お前にそれができるなんて高望みというもんだ」

　わたしはひどくがっかりして言いました。「どうやら、あきらめた方がよさそうですね」

　ミスター・フィンドレイは近づいてきて、背中をピシャリと叩きました。「ナェッ、モーラン、弱音を吐くな！　わしを面と向かって責めるとは見直したぞ。天使も踏むを恐れるところにずかずか入り込むとは、よっぽど勇気のある奴だよ」彼は不気味な笑みを浮かべて続けました。「いろんな意味でお前はゴリラを思わせるよ。あまりにのっそりと人懐こく寄ってくるので、その哀れな動物を撃つのが恥ずかしくなってしまうところがな。だがわしがたとえ銀行や鉄道を盗むことはあっても、片手でつかめるほどのくずダイヤなどに目もくれないことは、わしの敵どもですらお前に教えてくれるだろうよ」

彼はわたしの手に余る人物でした。「ミスター・フィンドレイ」わたしは言いました。「正規の探偵を呼んできた方がいいと思います」

彼はさっと笑みを引っ込めました。「モーラン、汚い鼻面をここに突っ込んでくる奴がいたら、いの一番に撃ってやる、ああそうするとも！　この家には銃器室があるから、そういうプロの探偵がここに姿を見せたら、銅で被甲した弾を身体中にぶち込んでやる！　覚えとけ、モーラン！　表沙汰にしなければ、醜聞にもならん！　報酬はまだ生きてるぞ。もっといい考えが浮かんだら電話してこい。役に立つ考えということだがな。それはそうと帰る前に、わしの大きなローズ・ダイヤモンドを戻せ。お前は上の空でそれを持ってるんだろうが、その上の空のままで取り戻させてくれ」

そうしてわたしは屋敷からこそこそ出ましたが、もしわたしが犬なら尾は後脚の間に垂れていたことでしょう。前に書いた通り、マリリンを映画に連れていく約束をしていましたが、主人に「ピーター、何か予定があったら悪いんだが、午後鉄道の駅まで送ってくれ」と言われた時、わたしとしては全然構いませんでした。それから主人に「ああ、ところでミスター・フィンドレイのところでは、どんな首尾だった？」と聞かれて、わたしは「進展がありました、ミスター・マクレイ」と答えました。本当のことではなかったけれど、そう言うのが精一杯だったんです。
　正規の探偵をすぐによこすという電報を送ってください。

受取人払い電報
コネティカット州サリー　ミスター・R・B・マクレイ気付
ピーター・モーラン殿
撃たれるために？　御免こうむる。
アクミ・インターナショナル探偵通信教育学校
主任警部

コネティカット州サリー　ミスター・R・B・マクレイ気付
探偵P・モーランより
ニューヨーク州サウス・キングストン
アクミ・インターナショナル探偵通信教育学校　主任警部殿

ええと、報酬がもらえるかどうかはっきりしなければ、あなたが探偵を送ってきたり、自分で出向いてはこないだろうというのは、前もって察していました。でも当初より報酬は増えましたから、それを知ったらあなたも考えが変わるでしょうね。

あなたの電報は今日、つまり月曜日の午後遅くにやっと届いたんですが、その時わたしは奥さんを車で送っていたので、マリリンが電話で受け、わたしのためにメモを取ってくれました。メモを渡す際に彼女はいろいろ聞きたがったのですが、わたしはそれを三、四度読み返してから夕食を摂り、その後奥さんをパーティに送っていかなければならなかったので、車を戻した時には真夜中近くになっていたのですが、車庫ではマリリンが待ち構えていました。

彼女は言いました。「それで、ピーター？」そこでわたしが「マリリン、悩みがあるんだ。友達が必要なんだよ」と言うと、「どんな悩みなの？」と聞き返すので、わたしは「ローズ・ダイヤモンド問題だよ」と答えてすべてを話しました。

話している間、彼女は目を輝かせ、わたしがすっかり話し終えるまで何も質問しませんでした。というのも彼女はただひたすら「ピーター、続けて！　話を止めないで！　さあピーター、先を聞かせて！」と言い続けていたからです。

話し終えると彼女は言いました。「ピーター、なんて素晴らしい神様の思《おぼ》し召し、それになんて運がいいんでしょ！　あなたがこのささやかな問題を抱えてわたしのところに来たなんて。女の子ばかり集めたマサチューセッツ州のマウント・ホールヨーク大学で、去年二年生だった時、『探偵小説の芸術と技巧』という授業を取ったんだけど、これってわたしたち二年生がしょっちゅう受けていた抜き打ちテストにそっくりよ」

わたしは「そいつはいいね、マリリン。で、誰がダイヤを持ち去ったんだ？」と聞きました。

彼女は肩をそびやかし、また下ろしました。「初歩だよ、ピーター君、初歩的な問題だよ！」

「そうかい？　じゃ奴はどうやったんだ？」

「笑っちゃうわ、ピーター、簡単すぎてわたしの小さな灰色の脳細胞を使うまでもないわよ」

「ああ、そりゃ簡単だよ。僕にだってわかったからね。でも奴はどこに隠したんだ？」

「そこよ、ピーター、それが核心《クラクス》なの」これまでそんな言葉は聞いたことがなかったのですが、彼女は綴《つづ》りを教えてくれ、それから数分のうちにわたしに向かってポンポン言い放った名前の綴りも、同じように教えてくれました。「心の眼で何でも見えるの。そうよピーター、ごく単純だわ！　聞きたいことは一つだけよ」

「言ってくれ」

「誰が書いたお話なの？」

正しく聞き取れたのかわからなかったので、わたしは彼女にもう一度言ってくれるよう頼みました。

「誰が書いたお話？」彼女は言いました。

「マリリン、お話って何のことだ？」

彼女は笑い、感じのいい笑い声だとわたしは思いました。「ピーター、大学で三年間も勉強してきたわたしに、お話がひとりでにでき上がるなんて信じろというの！　クリスマスに煙突でサンディ・クローズを一生懸命探すのは、おバカさんな女の子だけよ！その話を書いたのが誰か教えてくれたら、ダイヤがどこに隠してあるか教えてあげる。コナン・ドイルならこの答え、ダシール・ハメットならあの答え、エラリー・クイーンならさらに別の答えがあるの。たとえば……ちょっと待って、ピーター！　ミスター・フィンドレイは銃器室を持ってるって言ったわね」

「その通りだ」

「銃もその中にあるの？」

「銃器室に何があると思うんだ？　ピアノか？」

「それに大砲もある？　もしエラリー・クイーンがその話を書いたとしたら、宝石はミスター・フィンドレイが夕方旗を降ろす時大砲に入れる弾に入っているはずよ。そして川の中にその弾を撃ち込み、あらかじめ準備していた共謀者《コンフエデレイト》がそこで待ち構えているのよ」

「ダイヤは弾の中に入れられていて、彼がその弾を撃ったというのか？」

「その通りよ、ピーター。すごい考えじゃない？」

　わたしは二、三秒考えました。

「いや、うまくないね、マリリン」

「どうしてよ？」

「ミスター・フィンドレイみたいな大きなアメーバなら、大砲だって持ってないとは限らない。それ以外の世の中にあるものはほとんど何でも持ってるからね。でも独立記念日でもないのに大砲なんて撃ったら、みんな騒音について抗議するだろうよ。ニューイングランドでは誰もがそんな風だからな。それにどっちにしろサリーには川なんてないし、メイスン＆ディキシー線のこっち側に南部派《コンフェデレイト》の人間はいないよ」

　それでも彼女は長くは黙っていませんでした。「ピーター、ミスター・フィンドレイはガチョウを飼っているかしら？」

「ガチョウだって？」

「白くて尾に筋の入ったガチョウなら、なおいいんだけど？」

　わたしは「いや、ガチョウは飼ってないよ。大砲を撃たないのと同じ理由で、飼鳥に消音器はつけられないからね」と答えました。

「まあがっかりだわ」と彼女。「だってもしガチョウを飼っていて、コナン・ドイルがその話を書いたんであれば、青いざくろ石――じゃなくてローズ・ダイヤモンド――は、さっき言ったガチョウの餌袋から見つかるんだけど。そのガチョウはもう一羽より三ポンドほど軽くて、つまり大きくて白い方の鳥は、クリスマス用に特に太らされたからなのよ」

わたしは言いました。「そんなことを話して何になる、マリリン？　ホビー・クラブの集まりでは丸っこい生き物で左利きのアメーバたちがいただけなんだぞ」

しかし彼女はもう話し始めていました。「ピーター、今すぐ答えて。炉棚には山猫の剝製はある？」

「銃器室の炉棚には山猫の剝製があるかもしれないさ。そこには入ったことはないけどね。でも居間の炉棚には真っ白な顔をした男の胸像が載ってるだけだったよ」

「残念だわ！　山猫の剝製がなかったなんて。だってもしジョン・ディクスン・カーが書いた話だったら、その中でダイヤが見つかるか、それともドイツ人の科学者の奥さんが窓越しに撃った弾こそダイヤで、その後彼女は夫を別の弾で撃ったのよ。ちょっと待って、ピーター！　わたしの小さな灰色の脳細胞にひらめいたわ！」

わたしは待ちました。

彼女は独特のすてきな笑い声を上げました。

「わかったわ、ピーター、言った通りはっきりした事件よ」

「前にもそう言ってたけど、何の役にも立たなかったぞ」

「わたしはこの事件を解決したって言いたいの」

「これまで二人の人物が解決したけど、長持ちしなかったよ」

「それはあなたが大学に行ってないからよ、ピーター。近くに手帳はある？　じゃ、わたしを教授だと思って、講義をする間ノートを取るのよ……」彼女は一時間以上話し続けたと思います。そして時折、休暇中勉強するために持ってきたという本の中から引用した部分を読むのです。「さあピーター、ミスター・バートン・フィンドレイはあなたが玄関のベルを鳴らしたら喜ぶかしら？」

　わたしは時計を見ました。午前二時になろうというところだったので、まず彼の家の前を通って、居間に明かりがついていることを確かめました。ドアを開けたのは彼自身でした。「チェッ」彼は言いました。「お前だったのか、モーラン？　入れ入れ。フン！　隙間風の中にわしを立たせておくな、風邪で死んでしまうわい。居間に入りたいんだろうな？」

「ええ」

　彼は居間の鍵を開け、一緒に中に入ると再び錠を下ろしました。「話せ、モーラン！　いつまでも待たせるな！」

わたしは言いました。「ミスター・バートン・フィンドレイ、この事件の答えを見つけました」

「またか?」

「今度は真の答えです」わたしはマリリンの講義中に書き留めておいたメモを見て言いました。「ミスター・フィンドレイ、きれいな白い布はありますか?」

「タオルでいいか?」

「きれいな白い布であれば」我々はそれをテーブルの上に広げ、炉棚に載っていた白い顔の男の胸像を、きれいな白布の上に載せました。

「それで?」彼は鋭い目でわたしを見つめました。「それで?」

わたしはメモを見ました。「もしミスター・ドイルがこの話を書いたのであれば、とわたしがここに取ったメモにそう書いてあるんですが、これはナポレオンの胸像に違いありません」

「確かにナポレオンの胸像だ」

始める前にわたしは、ずっしりした金づちをコートのポケットから取り出しました。そして胸像の頭に思いきり激しく打ち下ろすと、ナポレオンは一ダース以上のかけらに砕け散ったと思いますが、そのかけらをタオルの上で受け止めるのに忙しくて、数えていられませんでした。

ミスター・フィンドレイは金切り声を上げました。「何てことを！」わたしは言いました。「それで結構です。わたしのメモにそう書いてありますから。『彼は勝利の大きな叫び声を上げた』とね」

彼は叫びました。「勝利なんかじゃない、この救いがたい馬鹿め！」

わたしは「ちょっと待って」と言い、メモを読み上げました。『有名なボルジア家の黒真珠が、プディングの中のプラムのように、かけらの一つにはまっていた』

「で、そんなものがあるか？」

その時までには大きいかけらから小さいかけらまで、すべて砕いていましたが、真珠もダイヤもみつけられませんでした。「ミスター・ドイルはこの話を書かなかったらしいです」

ミスター・フィンドレイは椅子にどさりと座り込むと、両手で頭を抱えました。「あの胸像には九百ドル払って、それでも掘り出し物だったんだぞ」

わたしはぐずぐずしてはいませんでした。窓の一つの側に赤い壺に植えられた植物があり、その葉は窓とは反対側を向いていました。「『もしミスター・ウォーレスが書いた話なら、植木鉢の長い列があって、ある植物の葉が光とは反対側を向いていれば、誰かがその中にダイヤを隠した際、向きを変えたのである。なぜなら植物は放っておくと、通常の植物と同じように葉を光の方に向けるはずだからだ』」

早かったのです。

「ガシャーン！」

ミスター・フィンドレイは言いました。「やめろ、モーラン！」しかしわたしの方が早かったのです。

「ガシャーン！」

ミスター・フィンドレイは四フィートほども飛び上がり、訓練していない老人にしては、それはそれは大したジャンプでした。彼は言いました。「モーラン、自分が何をしたかわかってるのか？　明《みん》のまさに最盛期に作られた『牛血紅』の壺を壊したんだぞ！　メトロポリタン美術館がこの壺をわしから買い取ろうとしたのだが、売らなかったんだ。それに植物の葉が光と反対側を向いているのは、造り物だからだ！」

でもわたしは聞いていませんでした。壺とその内側に入っていた鉢のかけらと、鉢の中にあった土の中から十一個のダイヤを探すのに忙しかったのですが、見つかったのは瓶の蓋一個とみみず二匹だけだったので、ミスター・ウォーレスもこの話を書いてないんだと思いました。

ミスター・フィンドレイは窓の側に膝をつき、かけらを集めていましたが、わたしの方はメモを読み上げていました。「『ミスター・チェスタトンが書いた話があり、そこではダイヤは目に見えない。というのも水を入れたグラスに入っていたからで、水の中にあるダイヤは見えないことがあるのだが、探偵小説では常に見えないことになっている』」さてこの前わたしがここに来た時、丈の高い青緑色のグラスの中で、花が萎れていたのを覚えているでしょう。なぜならわたしはそう手紙に書いたからで、お忘れならもう一度読んでみてください。

「ガシャーン！」

ミスター・チェスタトンはこの話を書いてないと思いました。そこにあったのは、ガラスの破片と花と水とさらに多くの破片だったからで、手を切らなかったのは幸いでした。ミスター・フィンドレイはさっき書いたようにひざまずいていましたが、わたしの方を振り向き、今にも泣き出しそうに見えました。「モーラン」と言った声は、今度はひどく静かでした。「ヴェネチアン・グラスだ——そう、ヴェネチアン・グラス——十六世紀のな。二つとない品だった」

「お気の毒です」わたしは言いました。「でもあなたと話しているのは、アクミ・インターナショナル探偵通信教育学校の生徒で、我々のモットーは『どんな結果になろうとも、思い通りやる』なんです」そういうモットーがあるかどうかは知りませんが、その瞬間に思いつき、いい考えだと思ったんです。

ミスター・フィンドレイは近づいてきて、例の一ドルする葉巻を一本差し出しました。「火をつけろ、モーラン、そしてお前の金づちをちょっとの間預からせてくれ。注意して扱わないと、その金づちを壊してしまいそうだからな」彼は自らわたしのためにマッチを擦ってくれました。「モーラン、わしは昨日、十一個のローズ・ダイヤモンドを見つけたら千ドルやると言ったな」

「ええミスター・フィンドレイ、その通りです」

「今日はそいつを見つけなければ、二千ドルやろう」

「何ですって？」

「それが依頼だ」

「ミスター・フィンドレイ、お話がよくわかりませんが……」

「モーラン、お前が最初に聞いた通りだ。これっきり事件から手を引いたら、二倍の金を出すと言ってるんだ」

わたしにはわけがわかりませんでした。「なぜそんなことをするんです、ミスター・フィンドレイ？　わたしに対して誠実じゃないと思います」

「誠実に言っておる」

「かすめ取ったダイヤを返そうというんですか？」

彼はため息をつきました。「モーラン、何度も言っているが、わしは盗んでいない」

「たぶんあなたに言わせれば、盗みじゃないかもしれませんが……」

「わしは取っていない、触ってもいない、どこにあるかも知らん」

「じゃどうしてそんな依頼をされるんです、ミスター・フィンドレイ？」

彼はしかめ面をしました。「モーラン、わしが最も大事にしている美術品をめちゃめちゃにしておきながら、その理由がわからないのであれば、うまく説明できるものかどうかわからん。お前の後ろの壁に掛かっている絵が見えるか？　あれはあのローズ・ダイヤモンドのバケツ二杯分くらいの価値がある。隅にある大理石の像が見えるか？　いや見るんじゃない、頼むから！　くだらん探偵小説の探偵どもが、かつてああいう石像の中に隠されていた宝石を見つけたからって、次にあれを壊されてはかなわん」

「なぜいけないんです？」

彼は机の引き出しを開けると、まず金づちを中に入れて鍵を掛けました。「いいか、依頼を書面にするから……いや、それよりいいことがある。お前が二度とうちの敷居をまたいで汚すことがないと、厳粛に約束するなら二千ドルの小切手を書いてやる。いい取引きだろう？」

二千ドルは欲しいです。千ドルより多いですからね。でも前に一度、あなたが「犯罪が企てられているとすれば、金を受け取ると共犯者ということになります」と書いてきた時のように大目玉をくらうでしょうから、わたしはその金を受け取りたくありませんでした。それにミスター・フィンドレイのような大きなアメーバが、どんな犯罪を計画しているのかわからないので、わたしは「その小切手を受け取る前に、主任警部の許可を取らなければなりません」と言いました。

「主任警部だと？　正規の探偵なのか？」

「そうです。ニューヨーク州サウス・キングストンにいます」

「正規の探偵がやってきて、全部新聞に言いふらすというのか――お前がすでにやらかしたことに加えて？」

「そうするよりほかないでしょう」

彼は笑いました。「お前は恐ろしい男だな、モーラン！　一緒に来い。来るんだ、モーラン！」彼はドアの錠を開け、部屋を出ると鍵を掛け、廊下の先にある部屋へとわたしを連れていき、「わしの銃器室だ」と言いました。「レイヨウからシマウマ、シマリス、鰐《わに》に至るまで、皆ここにある銃で撃ってきた。これがロス三〇－三〇だ。この弾は広がる、つまり当たった後で大きくなるんだ。だから当たったところには小さな穴が開くだけだが、弾が出ていく時には肝臓まで持っていかれる。これは象撃ち銃で、象とコブラを撃ったビルマで使ったものだ。銃身が二つあるだろう。一つは雌の象用、もう一つは連れ合いが殺されるとその場に来てうずくまる雄の象用のものだ。最近象は撃ってないから、だんだん調子を戻していかないとな。まず手始めに主任警部を撃って、二発目をお前に残しておいてやる。ここにあるのは四〇五自動小銃だ。荒っぽい武器だが、どんな陪審もわしを無罪放免にするだろう。こいつはロシア製バズーカで、主任警部がたとえ戦車でやってこようと仕留めてやる。攻撃手段はいくらでもあるぞ。さあモーラン、表玄関まで案内しよう。出ていった後、錠を下ろし、かんぬきと鎖を掛けるからな」

わたしは「ミスター・フィンドレイ、主任警部を脅すことなんてできませんよ！　あなたはあの人を知らないんですから！」と言いました。

彼は腹が減っているかのように舌なめずりしました。「そいつに会うのを楽しみにしているぞ。バズーカの照準越しの奴は、さぞ可愛らしく見えるだろうよ。手紙を出す時そう伝えろ。それからもし奴がこっちに来なくても、一両日中にわしがサウス・キングストンまで車で出向くとも言っておけ。さらばだ、モーラン」

いつあなたがいらっしゃるか、すぐに電報でお知らせください。そうしたらあの異常なミスター・フィンドレイについて教えてあげられますし、彼のことではもっとお話ししておいた方がいいと思うんです。

電報

コネティカット州サリー　ミスター・R・B・マクレイ気付

ピーター・モーラン殿

主任警部はあなたの手紙を読んだ後、メキシコでの祖母の葬儀に出席するため出発し、何日に戻るかはわかりません。この電報の写しをミスター・バートン・フィンドレイにも送ります。ミスター・フィンドレイへ。わたしには主任警部への忠誠義務がありますからそれにサインをしますが、わたしは無力な女性ですから、あなたの騎兵隊に訴えたいと存じます。

J・J・O'Bの秘書M・M・O'R

コネティカット州サリー
ミスター・R・B・マクレイ気付　探偵P・モーランより
ニューヨーク州サウス・キングストン
アクミ・インターナショナル探偵通信教育学校　主任警部殿
転送乞う

ええと、あなたの秘書の電報をマリリンに見せ、「『あなたの騎兵隊』ってどういう意味だろう？ ミスター・フィンドレイは馬なんか持っていないのに」と言うと、彼女は「『騎士道精神』のつもりだったのよ」と答えたので、わたしが「その言葉は知らないな」と言うと、「ええ、あなたが知ってるとは思ってなかったわ。でなければあの長たらしい手紙を書く前に、何が起こったか教えてくれたでしょうからね。返事の電報が来るまで何にもしゃべってくれないから、わたしは怒り狂うところだったわよ」と彼女は言いました。

それでわたしが車庫にある事務所の椅子のほこりを払うと、彼女は百万を超えるほどの質問を浴びせかけてきたので、何度も話を繰り返さなくてはなりませんでした。レッスン二の「観察」で六十点を取っといて良かったです。でなければすでにたくさん言っていた「わからない」という言葉をもっとしょっちゅう言わなければならなかったでしょう。

やがて彼女は首を振り、言いました。「もしこれが大学で取っている講義の一つだったら、落第のFがついちゃうところだわ。ピーター、どうしてそう極端に走っちゃうの？　何もナポレオンの胸像を粉々にしなくたって調べられたでしょうに」

「ミスター・ホームズは胸像を粉々にしたってメモに書いてあったよ」

「ええ、でもちゃんとその前に代金を払ったわ」

「馬鹿言うなよ、マリリン。どこから九百ドルなんて金を手に入れられるっていうんだ？　それにもしそんな金があったら、青白い顔の男の胸像なんかに使っちまうと思うか？」

「それに植物の周りの土を調べるなら、壺を壊さなくたっていいし、丈の高いヴェネチアン・グラスは注意深く逆さまにひっくり返して水を出すこともできたのに」

わたしは言いました。「ここに君が講義していた間取っていたメモがあるけど、この中に出てくる人たちは皆、それほど注意深いとは思えないね」

「でもピーター、あなたは本物の探偵じゃないし、もう少し常識があると思ってたのに！　あなたが壊した美しいもののことを考えると、涙が出そうになるわ！　さあ行くわよ！」

「グリーン・ランタン亭、それともブルックサイド・タヴァーンに？」

「いいえ、ミスター・フィンドレイの家よ」

「マリリン、気でも狂ったか？」

「あなたが書いたメモを読まなかった時には、確かに狂ってたかもしれないわね。でもわたしは『探偵小説の芸術と技巧』でAを取ったんだし、今は狂ってなんかいないわ。彼女のことを思いつかなかったなんて、本当に馬鹿だった！」

「彼女って？」

「ドロシー・セイヤーズよ、馬鹿ね！　この話にはあらゆるところに女性の筆致《タッチ》があるわ。来なさい、ピーター」

「絶対に嫌だ」

「あなたも臆病者なの、主任警部みたいに？」

「その通りさ」

「そう、意気地なし、あなたの手なんか借りないわ。運転くらい自分でできるもの」

「いいとも、これがキーだ」

「これが最後よ、ピーター、来る気はないの？」

「これが最後だ、マリリン、僕はここに残る。ミスター・フィンドレイに象撃ちの銃で狙われないところにね」

「さよなら、ピーター」

「さよなら、マリリン」

　そして五分後、わたしたちはミスター・フィンドレイの玄関のベルを鳴らしており、執事のジム・ヒューイットがドアを開けました。

　彼は「ピート、お前を入れないよう厳しく言い渡されているんだ」と言いました。

　マリリンは言いました。「彼はわたしの連れよ」

　ジムは首を振りました。「命令は命令だ。お前を見たら強盗警報を作動させて、ミスター・フィンドレイがライフルを撃ったらすぐに弾を再び詰めなきゃならないんだ」

　マリリンは言いました。「今日はピーターは金づちを持ってないわ」

「そうだよ。僕の金づちを返してもらいたいんだ。ミスター・フィンドレイは机の中に入れて鍵を掛けてしまったけど、あれは必要なんだよ」

「またお前か、モーラン、ええ？」居間のドアが一インチほど開き、ミスター・フィンドレイが顔を覗かせるのが見えました。「モーラン、わしが言ったことを覚えてるだろうな！」

マリリンは声を張り上げました。「ミスター・フィンドレイ、わたしのせいなんです」

「なんと！　主任警部は——女か？」

「わたしは主任警部じゃありませんし、どんな種類の警部でもありません、ミスター・フィンドレイ。そしてピーターがやったことを聞いた時、わたしは涙が出そうになりました」

「それで、何の用だ？」

「あなたのためにダイヤを見つけられると思うんです。ピーター、両手を上げなさい」

「両手だって？」

「そして上げ続けておくのよ。そうしたらこれ以上悪さはできないでしょ」

ミスター・フィンドレイは居間のドアをもう少しだけ開けました。「モーランが家の玄関を汚してからこのかた、今聞いたのが一番まっとうな言葉だ。ヒューイット、二人を入れてやれ」

わたしたちが居間に入ると、彼は鍵を掛けました。マリリンは映写機を鋭い目で見つめましたが、なぜだかさっぱりわかりませんでした。わたしはそれには触ってもいなかったからです。それから彼女はナポレオンの胸像や『牛血紅』やヴェネチアン・グラスの残骸を見ました。「ああピーター、あんたを殺してやりたいわよ！」

ミスター・フィンドレイは我が意を得たりといった様子で、何度もうなずきました。

「それこそ二つ目のまっとうな言葉だ。ライフルを貸そうか、ミス……ミス……？」

「わたしを『ミス』なんて呼ばないでください、ミスター・フィンドレイ。マリリンとお呼びください。お孫さんのヘレンからきっと、わたしのことはお聞き及びでしょう。マウント・ホールヨーク大学でのクラスメートですから」

　老人は笑顔になりました。「もちろんだとも、もちろんだ！　孫の手紙にはほとんどいつも、君のことが書いてある。バスケットボールのチームでも一緒だったな？」

「そうなんです」

「それから同じ友愛会《フラタニティ》……いや女子学生クラブ《ソロリティ》だったか――にいるんだろう？」

「ええ、その通りです」

　わたしは「手を下ろしてもいいかな？　腕が疲れてきたよ」と言いました。

　二人は「ダメ！」と叫び、マリリンは「壁から離れて、ピーター、絵に触っちゃうかもしれないからね。部屋の真ん中に立って、両手にたいまつを持っている自由の女神みたいに、じっとしてなさい」と言って、ミスター・フィンドレイの方を向きました。

「ミスター・フィンドレイ、ピーターが犯した誤りは明らかです」

「奴がやったことすべてが誤りだ」

「彼はわたしのようには理解していなかったんです。この話には、女性の筆致《タッチ》があります」

彼はふさふさした眉の下から、彼女を見つめました。「もう一度言ってくれ……ゆっくりな。この話には……」

「……女性の筆致《タッチ》があるんです」

彼は頭を振りましたが、それはわたし同様にさっぱり理解できなかったからで、それ以外の何ものでもありませんでした。

「ドロシー・セイヤーズは盗まれた真珠がどのように宿り木に留められて、余分の実に見えたかという話を書いていますわ。誰も気づかなかったんです」

ミスター・フィンドレイはまだ首を振っていました。「お嬢さん、我々が捜しているのは真珠ではないし、ニューイングランドでは九月に宿り木を掛ける習慣はないんだよ」

「わたしはただ一般的な考えを話しているだけです。ミスター・フィンドレイ。ドロシー・セイヤーズがこの話を書いたとしたら、十一個のダイヤはわざわざ探そうとは思わないくらい、目につく場所で見つかるでしょう」

「たとえば？」

「ピーターは丸い小石の山が——同じくらいの大きさの小石です——映写機の側の台にあったことを話しました」

「それは見た」

なったダイヤよりちょっと大きいんじゃありませんか？」

ほぼ同じ大きさですね。お伺いしたいんですが、ミスター・フィンドレイ、これはなく
マリリンは歩いていき、小石を持って戻ってきました。「ピーターが言ったように、

「日曜にこの部屋にあったものはすべて、そのままだ」

「まだありますか？」


その時わたしにもひらめきましたが、ミスター・フィンドレイに先を越されました。

「マリリン」彼は言いました。「こう呼んでもらいたいというからそうするが、実際こっ
ちの方が少しばかり大きいよ」

二人はうなずき合って、微笑みを交わしました。「ミスター・フィンドレイ、金づち
では損害を与えるかもしれませんね」

「すでに損害は受けておる」

「この中の一つを砕くような道具はありませんか？」

彼は急いでサイドテーブルに向かいました。「くるみ割り器ならいいかな？」

「やってみましょう」

彼らは頭を寄せ、石が「バリン！」と砕けるのが聞こえました。

「ただの石だ！」

「モーラン、両手を上げておけ！」

「はい」

「他のも割ってみよう」

　さて彼らは次々に割っていき、わたしは二人の肩越しにのぞきこんで、石の内側が外側と同じであり、コネティカット中でごまんと見つかるような石だとわかりました。

　ミスター・フィンドレイは頭を振りました。「すまないね、マリリン」

「こちらこそすみません。それ以上に恥ずかしいわ。大学の講座ではとてもよくできたんですよ。ミスター・フィンドレイ」

「どんな講座かね？」

　しかし彼女は小さな叫び声を上げました。「どうしてすぐに思いつかなかったのかしら！　女性の筆致《タッチ》！　もう一人の女性作家よ！　ドロシー・セイヤーズじゃなかったんだわ！　アガサ・クリスティよ！」

　ここでミスター・フィンドレイは興味を持ったようでした。「わしもミス・クリスティの本はたくさん読んだが、要点は何だね？」

　マリリンはどんどん興奮していきました。「クリスティの書く話では、最も容疑者らしくない人が犯人なんです！」

　わたしは「どういう意味だ、マリリン？」と言いましたが、「口を挟まないで、ピーター」と言われてしまいました。

ミスター・フィンドレイはうなずきました。「言いたいことはわかるが、奇妙なことにモーランがすでに、君の説通りの行動をとっていたのだ。わたしには盗む理由がない。わたしこそ最も容疑者らしからぬ人物だ。モーランはダイヤを取ったと言って、わたしを責め立てたよ」

「でもミスター・フィンドレイ、あなたは最も容疑者らしくない人じゃありません！土曜の夜ここに誰がいたか、思い出してください」

「わかった」彼は指を折って数えていきました。「マクレイ夫妻、ミスター・シーモア、アンダーウッド夫妻、アースキン＝ベヴィン夫妻、カトラー夫妻、ミスター・ジョーンズ、ミスター・ポムロイ、ゲイロード夫妻、わしだ」

「でもそれで全員じゃありません」

「執事のヒューイットだ」

「まだ全員じゃありません」

「この部屋にいたすべての人間を挙げたが……」

「一番容疑者らしくない人物を除いてね！」

わたしには冴えた考えが浮かび、「ナポレオンだ！」と言いましたが、ミスター・フィンドレイは「マリリン、降参だ。言ってくれ」と言いました。

「ゲイロード家の赤ちゃんです」

「わしのひ孫？　何と馬鹿馬鹿しい！」

「最もらしくない容疑者ですよ！」

彼は息をのみました。「赤ん坊はこの部屋で唯一調べられた人間だ。まったく、ご婦人方が産着の縫い目の一つ一つまで外したんだぞ！」

しかしマリリンはいまや決然として事に当たっており、何者も彼女を止めることはできませんでした。「では今わたしたちが砕いたばかりの石を、誰がどうやって、どこに持っていたとお思いです、ミスター・フィンドレイ？」

二人は乳母車の方へ近寄っていきました。

「ここは調べたよ」とミスター・フィンドレイ。

「知ってます。そしてこれを見過ごしたんです」

「何を？」

彼らはそれを持ってミスター・フィンドレイの机まで戻ってきましたが、マリリンは歩いてくる間それを振っていました。というのは、可愛らしい音を立てていたからです。

「赤ちゃんのガラガラよ」彼女は言いました。「ここを見てください！　これはセルロイドだけど、まずいくっつけ方だわ。暗闇の中で接着剤をこぼしたところがわかるもの！　思い出してください、皆さんが映画を見ていた間、映写機が回っていた台から――スタートさせたらあとは自動的に動きますからね――乳母車まではほんの数歩しかなく――

そしてセルロイドの接着剤の缶がすぐ手近にあったんですよ！」

ミスター・フィンドレイは何も言いませんでしたが、しきりにうなずき、息遣いは深くなっていました。彼は机の前に座り、ペンナイフを開きました。ガラガラを片手に持ち、もう一方の手にペンナイフを持って……そこで止めました。「お嬢さん」彼は言いました。「これを行う名誉は君にあると思うね……」

彼女はガラガラを、まるでパテのように切り裂きました。球の半分が勢いよく開き、キラキラ光る雨が机の上に転がり落ちました。「ミスター・ポムロイのダイヤだわ」彼女は言いました。

「十一個の」とミスター・フィンドレイ。「数えるんだ」

ジム・ヒューイットを捕らえようとしても無駄でした。というのも後でわかったことですが、彼は鍵穴に耳をつけていて、もうだめだとわかったとたんにとんずらしたからです。そしてミスター・フィンドレイはわたしに五百ドルの小切手を書いてくれ、同じものをマリリンにも書きました。もしわたしがダイヤを見つけたら千ドル払うと書いてある紙がポケットにあったんですが、マリリンは大学へ行く学費を稼いでいる、ほんの小娘だし、わたしのように重要な事件を数多く手がけた探偵ではないので、大騒ぎするのはやめました。

ミスター・フィンドレイとマリリンは彼の机に座って、笑いながらシェリーを飲んでいましたが、わたしはあんなちっぽけなグラスで飲むなんて好きじゃありません。男が飲む量にはとうてい足りないし、その上乱暴に扱うとすぐに壊れてしまうからですが、彼らがわたしに両手を下ろさせてくれない限り、どっちでも変わりありませんし、腕は一トンにも感じられるようになっていました。特に小切手を持った方の手は。

ミスター・フィンドレイは満足げにうなずいていました。「それでヒューイットは、赤ん坊の助けを借りて盗んだんだな」

「あるいはヒューイットの助けを借りて、赤ちゃんがね」と彼女は言いました。

彼は鋭い目で彼女を見つめました。「あの丸くて小さくて同じくらいの大きさの小石が、赤ん坊のガラガラから出たということは明らかだ――あまりに明らかで、君以外の誰もそのことを考えなかったんだな――それでヒューイットの奴はわしらがあの小石に二度と目をくれないと踏んで、暗闇ですりかえたんだ。だが君が犯人に気づいた手がかりは、そのずいぶん前からあったんだろうな」

「ピーターが教えてくれたんです」

わたしは「そう、わたしが手がかりを与えたんですよ」と言いましたが、ミスター・フィンドレイは「手を上げていろ、モーラン」と言って、「続けてくれ、マリリン」と促しました。

「ヒューイットはピーターに、ミスター・シーモアの下着はぼろぼろだろうが、自分、ヒューイットの下着には穴など開いていないと言っていました。言い替えれば、犯罪の起きるずっと前に、いつ身体を調べられてもいいように用意をしていたということです」

ミスター・フィンドレイはさらに何度かうなずきました。「そうだとも、あいつめ！」

「調べられる用意をしていたってことは、調べられるだろうと予測していたということです。つまり彼は紳士じゃなかったんです。おわかりですか？　紳士であれば、ただちに身体検査が不面目で意味のないものだとわかります。ただ一人紳士ではなかった人物だけが、それを予測できなかったんです」

「それから」

「泥棒は宝石をこの部屋に隠しました。またしても目につくところに」

「ああ、確かにな」

「……そして来週か来月か来年か、あなたが部屋に鍵を掛けるのが面倒になった頃、宝石を取り戻そうと計画していたのです。そして彼こそこの部屋に容易に入れる人物なんです――唯一のね！　さて彼がどこにダイヤを隠したか知ったからには、残りの模様はおのずから埋まっていきます。最終的にガラガラは赤ちゃんの元に戻されるだろうから、泥棒はそれを盗むか――あるいは再び開いて二度目のすり替えをするんです。他にも三つ四つ、別々の線からの理由がありましたが、皆同じ男を指していたんです」

「ヒューイットめ、とんでもない奴だ！」

「そしてピーターは、誰が泥棒かすぐにわたしがわかったと言っても、信じませんでした」

「信じなかっただろう——当然な！」

「ええ、当然ね」

二人とも笑いましたが、わたしがこう質問すると、とたんに笑うのをやめました。

「一つ教えてくれ、マリリン！　君を正しい方向に導いたのは、女性の筆致《タッチ》だと言っただろう！　ねえ、どこにそんなものがあったんだい？」

彼女は答える前に、ミスター・フィンドレイの小切手をたたんでしまい込みました。

「ここに来る前にいろいろ質問したわね」彼女は言いました。「赤ちゃん——最も容疑者らしくない人物——は女の子だったのよ。その後はピーター、初歩的な問題だったわね」

第七講　P・モーラン、指紋の専門家

コネティカット州サリー　ミスター・R・B・マクレイ気付
探偵P・モーランより
ニューヨーク州サウス・キングストン
アクミ・インターナショナル探偵通信教育学校　主任警部殿

指紋の勉強をしたいです。

ニューヨーク州サウス・キングストン
アクミ・インターナショナル探偵通信教育学校　主任警部より
コネティカット州サリー　ミスター・R・B・マクレイ気付
探偵P・モーラン殿

さて、君におめでとうを言いましょう。過去八回、その言葉を書く時、君は「指文」と綴《つづ》っていました。辞書で調べたらしいと我々は論理し、これを続けていくよう期待していています。「豪花」「バッチー」「素場らしい」「蓄生」など、辞書に載っていなくて見つけられない言葉には、特に気をつけるように。君も十のレッスンを終えて、始めた頃よりいろいろわかってきているはずですから、我々も探偵業については何一つ知らないブロンドの秘書を雇うまでは、綴り間違いをよくしたと言うのにやぶさかではありません。このことはあまり言ってはきませんでしたが。しかし彼女ときたら百ヤード競走でウェブスター老人（辞書の編纂者）を先にスタートさせておいて、タックルしてつぶすことができるほどなのです。あなたは彼女が今、階下のドラッグストアでチョコレート入り麦芽飲料と卵を摂《と》っていると論理できるでしょう。そのせいで我々自信で手紙をタイプしているのです。またミスター・フィンドレイに例のロシア製バズーカで撃たれそうになった後で、まだ生きていることを我々がうれしく思い、君を友人同様に思っていることを論理することもできるでしょう。

しかし指紋という科目は、我々が基礎課程として売っている二十四レッスンを終えていない生徒には程度が高すぎますし、君はまずレッスン十一を格別一生懸命に勉強すべきでしょう。ちなみにそれは『女強盗《ガン・マル》とその手口』という題ですから、きっと君も気に入ると思います。

一ドルの現金か郵便為替か切手を同封の上、返信してください。

J・J・O'B

コネティカット州サリー　ミスター・R・B・マクレイ気付
探偵P・モーランより
ニューヨーク州サウス・キングストン
アクミ・インターナショナル探偵通信教育学校　主任警部殿

女強盗《ガン・マル》について勉強したいとは思いません。聞くところによると女性だというし、女性のことはすでに嫌というほど知っていて、わたし自身本が書けるくらいですから。たぶんそのうち、そっちに手が回るようになったら書くことになるでしょう。しかし女性とはもう永遠に手を切るつもりです。新しく雇われて私たちのところで働くことになったジェイナスが、約束は約束だと気がつくまでは。彼女は本気でそのつもりがなければ、いつかわたしの休みの夜に一緒に出かけるなどと言うべきではなかったのです。

彼女は言いました。「ピーター、あたしは内気でか弱い女の子なんだから、夜出かけるのがこわいの。だっていつもつけ回されるんだもの」

それには合点がいきませんでした。「ジェイナス、ニューヨークなら後をつけられることもあるだろう。物騒な街だし、君は可愛いからね、言わせてもらえれば。だって僕はこういう人間だから、そう言わずにはいられないんだよ。だけどこのサリーみたいな千八百人しかいない小さな村で、誰が君をつけ回すっていうんだ？　特に僕という人間がついてるのに」

彼女は言いました。「わからないわ、ピーター。だから怖いのよ。ピーター、あたしたちが一緒に暗いところを歩いている時、悪い大男が襲ってきたらどうしたらいいの？」

「心配することはないよ。僕だってずいぶん大きいんだから」

彼女は言いました。「ええ、ピーター、あたしが悩んでいるのはまさにそこなのよ。あんたはとても大きくてあたしはこんなに小さいもの。それにあたしは母さんにいつも言われた通り家にいるのが好きな方だから、誰か車を貸してくれる人をあんたが見つけられないのなら、明るくて寛《くつろ》げる台所に座って、漫画を読んで心を豊かにする方がいいわ」

「つまり僕とは出かけないってことか？」

「今夜はね、ピーター——あんたが車を調達してくるんじゃなかったら」

「でも言ったろう、ご主人が倹約家でメーターの数字を書きとめてるって……」

「ピーター、あんたに言いつけを破ってほしいなんて夢にも思わないわ。これでこの話は終わり。これ以上言うことはないわね。さあ、もうディック・トレイシーを読みに戻らなきゃ。歴史上で一番好きな人物なの」

すごく短く切った黒髪と、たった今開いたばかりという感じの灰色の瞳と、キスしてくれとでも言いたげな赤い唇を持つ可愛い娘なんですが、彼女から引き出せるのはそれだけです。でもケイティ、というのはコックの名ですが、彼女が言うには、「あの子は大きな町から来たのよ、ピーター、だからあんたやわたしみたいな単純な田舎者に時間を割いていられないのよ。インテリな女だから。ピーター、何かインテリっぽくて面白いことを勉強して彼女に教えてやったらどう？　たぶんそれでうまくいくかもしれないし、うまくいかなくたって損はしないわよ」

それで何がインテリっぽくて面白いのか考えながら、見つけられないままわたしが郵便局へ行くと、局長のハーヴィー・ダンがいて、ハガキを読んで一人で笑っており、わたしが大声で「何がおかしいんだ、ハーヴィー？」と尋ねるまで気づきませんでした。

彼はびくっとし、そして「ああ、このハガキに書いてあることがな」と言いました。

「僕にも教えてくれよ」

「だめなんだ、ピート、これはアメリカの郵便だから、すみれ色《イン・ヴァイオレット》（「インヴァイオレイト＝不可侵」の間違い）なのさ。つまり郵便局長と郵便局員と、鉄道郵便局員と配達員と地方無料郵便配達員と、俺たちのような国家公務員だけが、極秘の手紙に書いてあることを読めるんだよ。光にかざして書いてあることが浮かび上がってくればな。それからハガキに書いてあることも、これは極秘じゃないから誰でも読めるんだが、たいていわざわざ読むほどの価値はないね。でもこの郵便局にだって、いろいろ面白い文句があるんだが、どうしてお前が掲示板の告知を読まないのか、よく不思議に思うね。ほら、ドアを出て——出たらちゃんと閉めてくれよ——左側にあるやつだ。新しい掲示を出してからまだ一時間と経ってないよ」

「君が言ってるのは『キングズ・ドーターズの会合は水曜日です』とか『メソジスト教会の女性信者によるホットドッグパーティを開催』とか『片耳が茶色いコッカースパニエルを見つけた方には謝礼を差し上げます』みたいなやつか？」

「そうじゃない。そんなのは探偵にとっちゃ興味ないだろう」

「そうだな」

「でもよーく見ていくと、郵便強盗を見つけた者には千ドルの賞金を出す、という告知が見つかるよ。写真が二枚ついて指紋もあって、背丈が五フィート十インチ、首に傷があって水夫みたいな歩き方をするという特徴も書いてあってな。でも指紋さえあれば、そんなもの必要ないんだ。二つと同じものはないんだからな。その男を見つけてきて、そいつの指紋が注意書きにあるのと同じであれば、お前の懐には千ドル入るんだ。こんな楽な金儲けはないぞ」

「ハーヴィー、いいことを教えてくれたよ」わたしは言いました。

「そう願ってるよ、ピート。お前が賞金をもらったら、俺にも分け前をくれるだろうからな。さて次のビラを見たら、ドイツ兵の脱走捕虜がどこで手配されているかがわかるだろう。そいつはオーストリア出身で、オーストリアはドイツではないんだがな。そしてそいつの指紋さえ手に入って手配書と合えば、名前や筆跡や写真と一緒に出ている特徴なんて、どうして気にする必要がある？」

「ハーヴィー、ドイツ人捕虜を捕まえたら、千ドルもらえるかな？　戦争中、僕らの側の兵士はたくさんのドイツ兵捕虜を捕まえたけど、一人一人にそれだけ支払ってたら、すごい金額になるんじゃないか？」

「どうだろうな、ピート、でも連中がそいつを本当に捕まえたいなら、たっぷり支払うだろうよ。もし俺がドイツ兵捕虜を捕まえて監禁していたら、政府に手紙を書いてそいつをどこに隠しているか教えてやる前に、取引きをして賞金を決めるな。もしかしたらワシントンに招かれて、提督や陸軍大将《ジェネラル》と一緒に写真を撮られるかもしれないぞ」

「ただの郵政長官《ポストマスター・ジェネラル》だろう、ハーヴィー」

「でも大将《ジェネラル》には違いないさ、そうだろう？　俺は彼らと握手したっていい。そいつの手に大きい札束があって、こう言ってくれたらな。『ハーヴィー、すべて君のものだ。これで奥さんが夢中になっていたシアーズ・アンド・ローバックの家具セットを買ってやれるし、君だって、あまりに長く乗っていて見るのも嫌になっているあのオンボロ小型車の代りに、まだ五、六年と経っていないスポーツセダンを新たに買うだけの金は十分残ってるぞ。それはそうとハーヴィー、楽しそうに笑ってくれ。この男がウォーターベリー・リパブリカン紙に載る我々の写真を撮るからな。そしてもし奴に聞かれたら、わたしは君を善きアメリカ人の見本であり、生まれながらの紳士だと言うつもりだよ』」

「いいねハーヴィー、その調子だ」

「まあそんなところさ、ピート。それに一週間近く前、FBIがトリントンで、そういうドイツ兵捕虜を捕まえたって聞いてるけど、そいつは千ドルの賞金がかかった銀行強盗の一人かもしれないぞ。もし俺に千ドルあったら、この瞬間お前としゃべったりして貴重な時間を無駄になんかしないね」

わたしは「ハーヴィー、君のおかげで考えが浮かんできたよ。いつも危なっかしいやつなんだけどね」と言いました。

彼は「ちょっとごめん、ピート」と言って、「ああこんにちは、ミセス・ハインケル、ブリッジポートの義妹さんからのおハガキですよ。座骨神経痛がよくなったら、すぐに訪ねてこられるそうです。お返事を出す時にはよろしくお伝えくださいね」そして彼は戻ってきて言いました。

「何が危なっかしいんだ、ピート?」

「指紋さ、ハーヴィー」

「本当かい？　ところでもし俺がドイツで捕虜になったアメリカ人だったら――ドイツは敗戦前にはたくさんのアメリカ兵を捕虜にしていたんだが――俺は奴らに指紋なんか渡さないぞ！　死んでも渡すもんか！　指紋なんてやすりで削ってやる、噛み切ってやる……」

「FBIはどうやってその男をトリントンで捕まえたんだ？　奴の指紋を手に入れてたのか？」

「その通り」

「指紋からそいつを見つけたのか？」

「いや、そういうわけじゃない。手配書にあった通り、奴の片目が青、片目が茶色なのを見て逮捕したんだが、指紋もつかんでいたから、無駄にはならなかったと思うよ。結局のところ、こんな楽な金儲けはないってことさ」ハーヴィーはいつもどこで楽な金儲けができるか知っているのですが、自分でやったためしがないのです。

わたしが「へえ」と言うと、彼は「ちょっとごめん」とも言わずに向こうを向いてしまいましたが、それはミスター・シーモアが切手を買おうとしていたからで、ハーヴィーがたくさん切手を売れば、郵便局の格付けがもっと高くなり、ハーヴィーの給料もさらに上がるというわけです。でもさっきも言った通り、ハーヴィーのおかげでわたしは考え始めました。ウェスト・メイン・ストリートに住んでいる男がいるのですが、英語ではない新聞を取っており、それはドイツ語かもしれません。アミーニア・ユニオン・ウェイを行ったところに住んでいる男は、バイエルン生まれだと言っていますが、ドイツ生まれかもしれません。そしてサリーには妙な人々がたくさんおり、その中にはまさにサリー・インに泊っている者もいて、彼らについてのすべてが皆の知るところとなったら、そのうちの多くが刑務所に入ることになるでしょう。

だからわたしは指紋について勉強したいのです。そしてインテリっぽくて面白ければ、いくら高くても構いません。そして「やあジェイナス、僕が指紋の偉大な専門家だって知ってたかい?」と彼女をびっくりさせてやるのです。ハーヴィーがミスター・シーモアに切手を売っている間にポケットに入れたビラに、「指紋分類」「特徴」「宗教的志向」「定住所」などと書かれていて、それを書き写せばいいだけだったので綴りは間違えようがありません。FBIがそのドイツ人捕虜を、バーや映画館やダンスホールがあって、通りの角には信号がある、トリントンのような普通の町で捕まえたのだったら、わたしだってただの村でしかないこのサリーで捕まえることができるでしょう。それに、ここはニューヨーク州アミーニアで州境をまたぐ鉄道の駅から五マイルの場所にあるのですから、よくあることですが商売がうまくいっていない時、郵便強盗が身を潜めるのに、ニューイングランド中でここ以上の場所はありませんし、ドイツ人捕虜についても同じことです。『指紋』が難しすぎると思われるのでしたら、『初級』から始めます。たいていの場合『同・中級』や『同・上級』より易《やさ》しいからです。
一ドルを同封します。

追伸　お望みならもっと送りましょう。このところとても金回りがいいもので。

ニューヨーク州サウス・キングストン
アクミ・インターナショナル探偵通信教育学校　主任警部より
コネティカット州サリー　ミスター・R・B・マクレイ気付
探偵P・モーラン殿

『指紋・初級』代価三ドルと、アクミ特製指紋検出セットを送ります。これはダイヤモンドカット板ガラス製インク練り盤、天然ゴムインクローラー、エクストラ・ブラック・アクミ指紋検出用インクチューブ二本、即効インク落とし一瓶、アクミ特製指紋用カード百枚、ニス塗装箱入りで定価一九・九八ドル、本校生徒へは十パーセント割引きで提供します。すべて受取人払い速達で届きます。
一緒にレッスン十一『女強盗《ガン・マル》とその手口』も送りましたが、送られてきた一ドルで支払いは済んでいるので無料進呈します。

追伸　もし指紋の勉強を続けるのであれば、特製アクミ指紋検出用パウダー白と黒（通常一缶四ドル）、指紋検出用ブラシ、ステンレススチール仕上げ指紋数カウンター、らくだの毛のブラシ、三脚付き色消し拡大鏡を提供します。科学的犯罪捜査をするに当たり、君の装備を完璧にするでしょう。

J・J・O'B

コネティカット州サリー　ミスター・R・B・マクレイ気付
探偵P・モーランより
ニューヨーク州サウス・キングストン
アクミ・インターナショナル探偵通信教育学校　主任警部殿

さてさて、あんな金を出すに値しないガラクタを送ってくるとは、大した神経ですね。速達配達人のチャーリー・ダニエルズは台所にこれを持ってきた時、ニヤニヤしながらこう言ったものです。「ピート、こいつは二十ドル九十九セントだ。同じく受取人払いの速達料金は別にしてな。で、すぐ払ってもらった方がいいと思うんだ。だってミスター・マクレイが給料を払う月末を逃したら、いつお前にそれだけの金があるっていうんだ、なあ？」

コックのケイティと新入りのジェイナスが一言残らず聞いている前で、こんなことを言われるのはまったく嫌な気分でしたから、わたしは札束をさっと取り出しました。それは二十ドル札二枚を外側にして、四十四枚の一ドル札とガールフレンドたちからの手紙数枚を内側に挟んだ大きな束で、チャーリーに二十ドル札と一ドル札と五十セントを渡し、「君、釣りは取っとけよ、八セントだと思うがな。酒や女に無駄遣いするんじゃないぞ」と言うと、チャーリーは「ありがとよピート、どうも」と言って、わたしの気が変わらないうちにさっさと退散しました。

ケイティは「何が入ってるの、ピート？」と尋ね、ジェイナスは「ねえ、あの札束見た？　いったい何をやったの、ピーター？　金庫でもパクったの？」と言いました。

わたしが「何を言ってるのかわからないよ」と言うと、ケイティは「言ったでしょ、この子はインテリなのよ」と言い、ジェイナスは鼻をツンと上げました。「あたしはね、ピート、金庫でも盗んだのかって聞いたの」

「我々探偵は金庫を盗む必要なんてないんだ」

「探偵？　あんたが？」

「そう教えたんだけど、どうしても信じようとしなかったのよ」とケイティ。

「ピーター、てっきり彼女がからかってるんだと思ってたわ」

「さあ、彼女は嘘なんてついてなかっただろ?」

ジェイナスの態度は突然ガラッと変わりました。「ピーター、あんた本物の生身の探偵なの?　漫画に出てくるすっごく素敵なX-9とかケリー・ドレイクみたいな?　何か事件を扱ったことはあるの、ピーター?」

わたしは何でもないことのように言いました。「ほんの一ダースばかりね。忘れちまったよ」彼女が今や興味津々だってことがわかりました。「いつか夜に一緒に出かけることがあれば、ジェイナス、そういった事件のことを話してあげられるかもしれないよ。女の子でも理解できるような簡単なやつをね」

「まあ、本当?」

「でも一緒に出かけてくれるまでは教えられないな」それでわたしは、どうやって例のマリファナ売人組織をつぶしたか話してやると、彼女は「リーファーなんて、考えてもみてよ!」と言い、またいかにしてわたしがジョー・コステロを捕まえたか話すと、「確かに危険な男よ。強盗《ハイストマン》だって聞いたことがあるわ」と言い、どのようにして銀行強盗を防いだかについては、「こんな小さな村ではスリーパーは雇わないのね」と言い、「スリーパーって何だい?」とわたしが尋ねると、「夜警のことよ、もちろん」と言うので、「どこでそういう妙な言葉を仕入れたんだ、ジェイナス?」とわたしが尋ねると、彼女は「漫画を読めばあんたにも覚えられるわ」と答えました。

さてケイティは毎日昼寝をする自分の部屋に引っ込みました。わたしの事件についてはすべて聞いていたので、また聞かされたくはなかったんでしょう。それでわたしはジェイナスに指紋検出セットを開けるのを手伝わせ、チューブや瓶についたラベルを一緒に読み、そしてジェイナスと一緒に読んだということは、二人の頭がすぐ近くにあったということで、それについてはわたしはちっとも嫌じゃありませんでした。そしてケイティがわたしに、何かインテリっぽくて面白いものを勉強しろといったのは正しかったと思いました。

ジェイナスは言いました。「ねえ面白いわね！　チューブからインクを出してみるわ。ねえピーター、あたしにやらせて！」

「気をつけろよジェイナス、インクの出し過ぎだぞ」

「さっそく指紋を採ってみましょうよ」

「いい考えだね、ジェイナス。まず君から始めよう」

「この嫌なヌルヌルするインクを、あたしの手にベッタリつけようっていうの？　冗談でしょ！　自分でやりなさいよ」

まあ望むところでした。特にわたしは銀行強盗でもドイツ人の捕虜でもないことを思い出しましたから。「いいともジェイナス。次は説明書にある通り、ローラーでインクを伸ばすんだ」

「ねえ、あたしがやるわ！」彼女はインクを伸ばしましたが、台所の中は暖かかったので簡単に伸ばせました。「まず右の親指からよ、ピーター」

「指紋を採ることで一番いいのは、君が僕の手を持たないとできないってことだな」とわたしは言いました。

「もじもじしないで、ピーター。あたしのきれいな制服にインクをつけたくないわ。右手の指を一つ一つ……そして全部一緒に……次は左手の親指よ」

そうしてジェイナスはわたしの指紋のついたカードを大量に作り、わたしはストーブでそれを乾かしています。郵便を出す時間までに乾けば、この手紙で送りましょう。彼女がそこまでたくさん作ったわけは、インク練り盤にあまりにも大量のインクがついていたため、最初の六、七枚はもう乾かないんじゃないかというくらい、真っ黒になってしまい、インクをたくさん使うまでプリントがきれいにできなかったからです。そしてその間わたしはずっと冗談を言い続け、ジェイナスは涙が出るほど笑い転げていました。

「ピーター、こんなにおかしかったのって何年振りかしら。もしあんたがまだあたしと出かけたいと思ってるなら、そのうち夜に出かけてもいいわよ」それでわたしは言いました。「ジェイナス、君をびっくりさせようと思って取っておいたことがあるんだ。こんなにすぐに言うつもりはなかったんだけど、明日の夜僕らは車を使えるんだ。嘘じゃないよ」

彼女はわたしを見つめました。「奥さんが午前中に町に出かけるから？　そんなの何の役にも立たないわ。旦那様は出かける前、メーターの数字を書き留めていかなかったの？」

「いや――でもちょっとした遇然があったのさ」

「どんな遇然？」

「今朝、僕が車の手入れをしていた時、メーターのケーブルがメーターのヘッドから外れてしまったんだ」

「まあ！」

「もちろん僕のような優秀な運転手なら、軽く直せるがね」

「もちろんよ」

「でもケーブルはまた僕らが出かける時、外すことができ……」

「そして誰も違いに気づかないってこと？　なんて頭がいいの、ピーター！　ピーター、あたし頭のいい人が好きよ！」

それで明日の晩、というのは木曜ですが、リッチフィールド郡にある流行の場所のいくつかへ、ジェイナスを案内してやります。

そしてそれほど流行してはいないけれど、車を停めて、もしそうしたいならインテリっぽくて面白いことを話せるような場所にも案内できるかもしれません。でもそれがやりたいことではないのなら、そうしなくたっていいのです。

追伸　即効インク落とし用に、一ドルを同封しました。わたしの手やズボンや顔や、言うまでもなくわたしの頰がジェイナスの頰に遇然を装って触れた時、彼女の顔についたインクを落とすのに、小さな瓶に入ったインク落としを使いきってしまったので。

J・J・O'B

ニューヨーク州サウス・キングストン
アクミ・インターナショナル探偵通信教育学校　主任警部より
コネティカット州サリー　ミスター・R・B・マクレイ気付
探偵P・モーラン殿
　インク落としを送付。郵送料払い済み。

コネティカット州サリー　ミスター・R・B・マクレイ気付

探偵P・モーランより
ニューヨーク州サウス・キングストン
アクミ・インターナショナル探偵通信教育学校　主任警部殿
あなたの手紙は今日、つまり金曜に届き、わたしがそれをジェイナスに見せると一回読んで、「もう覚えちゃったわ。この人ったらよっぽど言葉が高くつくと思ってるみたいね」と言い、わたしは「彼の受取人払い電報を見たら、もっと驚くぞ。その時こそ本当に彼は、思う存分言いたいことを書くんだ」と言いました。
ジェイナスは「ピート、本当にあたしには手紙が来てなかったかしら。こーんなに大きい手紙よ」と言って、手を大きく広げました。
「ジェイナス、誰が君にそんな大きい手紙を書くっていうんだ?」
彼女は「妬《や》けてきた、スウィーティーパイ?」と、昨夜十一時五分過ぎくらいから呼ぶようになった名で、わたしに問いかけました。
「いや、妬いてるわけじゃないけど、情報として知っておきたいだけさ」
「そう、じゃ教えてあげるけど、四十を過ぎたあたしの大事なお母さんからの手紙が来ると思うの。若い頃ほど目が良くないから、大きな字で書くのよ」
「ジェイナス、それならそうとすぐに言ってくれればよかったのに。だって今はもうちっとも妬いてないからね、ハニー。その手紙は午後の便で届くだろうから、すぐに持っていってあげるよ」

そういうわけです。即効インク落としも午後の便で届けばいいんですが、というのはうっかり主人のハンカチで鼻をかんだら、インクの染みがついてしまったので。さて昨晩、つまり木曜の夜の休みに何が起こったか話しましょう。といっても主人と奥さんがいない夜は、いつも休みなんですが、昨夜は通常の休みだったんです。

夜八時近くになって、わたしはジェイナスに「そろそろ出かけないか?」と誘うと、彼女は「シッ!」と言い、わたしが「どうしてシッなんて言うんだ?」と聞くと、「こんなに明るいうちは出かけられないわ、ピーター。あたしをいつもつけ回してる男たちの話をしたでしょ、忘れたの?」と言いました。

わたしは「忘れちゃいないよ、でも君こそ田舎の小さな村にいるってことを忘れてるんじゃないか。それにどっちにしろ君が車の中にいるのに、どうやってそいつらは追ってくるっていうんだ?」

彼女は「わかんないけど、いつも追っかけてくるのよ」と言い、「とにかく制服を脱いで着替えなきゃ。もっと簡単で、デートに合った服にね」と言いました。

「そりゃいいね。長くかかるかい?」

「ほんの二、三分よ」

それでわたしは車庫から車を出して裏口に停め、台所の時計を眺めて待っていました。

ケイティが出かけていなければ、彼女と話でもしていたんですが。一時間と十五分して やっとジェイナスが階段を降りてきましたが、本当に彼女は来るのだろうかと思ってい たところでした。わたしは何か嫌味を、たとえばこんな風に言ってやろうと思っていま した。「さてさて、君がご盛装あそばすのに、たっぷり二、三分以上かかったことは間違いないが、それだけの価値があるのかねえ？」しかし最初に彼女を見た時、女学生のような短いドレスを着て、つば付きの帽子のあごにかけるゴムを手に持ってぶらぶらさせ、まるで十六歳か十五歳、ひょっとしたら十四歳にも見えそうな姿だったので、わたしは「わあ！」としか言えませんでした。

「気に入った、ピーター？」

「断然気に入ったよ」

「じゃ行きましょ――確かに誰も追ってこなければね」

「自分で見てみろよ」

それで彼女は車の後ろ、下側を見て「あんたの言う通りらしいわ」と言ったので、わたしは女の子を初めて連れ出す時いつもやるように、彼女の側のドアを開けて来るのを手伝ってやりました。「景気づけにビールを一杯やるってのはどうだい？」

「小さなグラスなら構わないけど、どこで？」

「グリーン・ランタン亭さ」

「どこにあるの？」

「レイクヴィルへ行く途中の道だよ」

「コネティカットなの？」

「そう、コネティカットだ」

「他にどんなところがあるの？」

「そうだな、ブルックサイド・タヴァーンもある」

「それもコネティカット？」

「いや、州境を越えてニューヨーク州に入ったあたりさ」

「あら、いいじゃない。そこに行きましょうよ」

「ジェイナス、方向が違うよ」

「でも向きを変えられるでしょ？」その時わたしは、それまで気づかなかった四角い紙に気づきました。ワイパーに挟んであったんですが、フロントガラス越しに読め、それには「サリー・インのバー　オープン記念　本日限り　このカードご提示の方に、一杯分の料金で二杯ご提供」と書いてあり、結局正しい方向へ向かっていたんだとわたしにはピンときました。

　サリー・インで車を停めると、ジェイナスは「ここがブルックサイド・タヴァーンなの？」と聞いてきました。

わたしは「いや、サリー・インだ」と答えました。

「コネティカットの？」

「そうさ」

「でも州境の向こうのニューヨークへ連れてってくれてるんだと思ってたのに。わたしの生まれた場所だから、あっちの方が好きなの」

わたしは言いました。「ジェイナス、ニューヨーク州の酒場に集まる連中は、君のお気に召さないかもしれないよ。乱暴だし時には汚い言葉も使うからね。それにブルックサイド・タヴァーンに行ったら、全員分の飲み物を僕が買う番なんだけど、僕は君だけに買ってあげたいんだ」

彼女は「あらそう」とか何とか言い、それから「サリー・インってどんなところ？」と聞いてきました。

「窓からバーがのぞけるよ」

「まだ誰もいないわ」

「そっちの方がいいだろう？　追ってくる者もいないんだから」

彼女は言いました。「そうね、その方がいいわ。あんたと二人だけでね」

わたしたちは中に入り、隅の席を選んで座りました。新しいウェイターがいましたが、大男で雄牛のような肩をして、額は目のすぐ上から後ろに傾斜し、岩の塊のようなあご、ハムのような手、腕の筋肉はあまりに太くて上着の袖がピチピチで、いつはち切れてもおかしくないとわたしには思えました。

彼は「ああ、何にするかい、お二人さん？」と言いました。

わたしは彼にワイパーの下で見つけたカードをさっと見せ、ジェイナスが読む前に急いでポケットにしまって言いました。「ビール二つ」そしてウィンクしてやったので、一杯分以上請求しようものなら、わたしが大いに文句を言うだろうと彼にもわかったはずです。

ジェイナスが大声を上げました。「あらいやよ！　ビールなんか飲まないわ！　ビール一杯はわたしには多すぎるもの」

わたしはすかさず「君が残した分は僕が飲んでやるよ」と言いましたが、ウェイターはハムのような片手をテーブルにつき、身を乗り出して言いました。「何にするかい、お嬢さん？」

「スコッチを」

「水割り、それともソーダ割り？」

「ストレートのスコッチよ――ダブルでね」

いやはや、そんな高い飲み物は予想してませんでした。それも彼女が小さいグラスならビールで構わないと言った後なんですから。しかしウェイターにジロリと睨《にら》まれたので、わたしは「ＯＫ」と言いました。そう言わなければわたしを一発でのしてしまいそうだったからです。

ジェイナスは「犯罪に乾杯」と言って、スコッチをまるで水みたいにさっと飲み干してしまい、ウェイターは「お代りは？」と聞きました。

わたしは「今度は僕にスコッチ、彼女にビールをもらおうかな」と言ったんですが、ジェイナスは「チャンポンなんてしないわよ、ピーター、胃がムカムカするもの」と言い、ウェイターが「二杯で一杯分の代金ってのは、別々のお客への二杯ってことじゃないからな」と言ったので、わたしに言えることはさっきと同じ「ＯＫ」だけでした。

そのウェイターは仕事に就いたばかりらしく、というのも空《から》のグラスをおかしな手つきで扱っていたからです。手で持とうとはせず、テーブルの隣に盆を持ってくると、グラスの内側に指を一本当てて、盆の上にグラスを滑らせていました。

「どうかしたのか？　グラスを持つのが怖いのか？」とわたしは尋ねました。

彼は頭を上下に動かし、上着の下で肩の大きな筋肉がピクピク動くのがわかりました。

「そうなんだ、兄ちゃん。外側を持つと、必ずグラスを割ってしまうんだ。力が強すぎてね。どれだけ強いか自分でもわからないくらいさ。握手して俺の握力を確かめてみるかい？」

わたしが「ごめんだね」といって両手を背後に引っ込めると、彼は立ち去りましたが、サリー・インのような静かな人々が泊る静かな場所で、どうしてこんなばかでかい乱暴者を雇うことになったのか、不思議でした。やがて彼は、わたしのビールと、ジェイナスのダブルのスコッチを持って戻ってきました。

わたしは彼女が飲み終えるまで待っていませんでした。また同じ物を頼むであろうことは目に見えていたからで、わたしは「勘定を頼む」と言いました。

彼は勘定書をくれませんでした。これはサリー・インらしからぬことで、たいてい紙切れに書いた勘定を、秘密のものであるかのように渡してくれるのです。彼はただ親指を袖口に引っかけたまま、「スコッチが七十五セント、ビールが十セント」と言いました。

すぐ出せるポケットに九十セント入っていたので、それを盆に載せたかったんですが、彼がチップとして取った釣り銭の五セント貨を、わたしの頭か、もしかしたら歯に当てて二つ折りにしてしまいそうに思えたので、一ドル札を置くと、こっちが「釣りは取っとけよ」と言う前に、彼はヴェストのポケットにさっと入れて「どうも。またお待ちしてますぜ」と言いました。

彼はその場に立ってわたしたちが出て行くのを見送っていましたが、サリー・インのバーはあんな値段で飲み物を売っていたのでは儲からないでしょう。特に買ってくれる客もいない場合にはね。でもそれは彼らの商売であって、わたしには関係ありません。

それにジェイナスは今ではさらに打ち解けて、わたしにぴったりくっついてきて尋ねました。「これからどこに行くの、お兄さん、ニューヨークでもコネティカットでも構わないわよ」それでわたしは「もし飲み物はもう十分なら、ジェイナス、遠くまで行くのはよそう。ガソリン代は自腹を切ってるんだからね。すぐそこのマッジ池で車を停めれば、静かだし、蛙の鳴き声だって聞けるよ」

彼女は「誰も追ってないわね」と言いました。

「誰もいないよ」

「マッジ池ってニューヨーク、それともコネティカット？」

「コネティカットさ」

「ニューヨークでもいい休憩場所を知ってる？」

「この次いくつか教えてあげるよ、ジェイナス」

彼女は「すぐに行きましょうね」と言い、ほどなくわたしたちはマッジ池に着きました。ところで前に一度ストックブリッジ劇場でお芝居を見た時のことですが、その時のプログラムに「幕が引かれるのは三時間の経過を意未します」と書いてありました。そこでわたしも星印の線を引いて、同じことを意未することにします。

＊＊＊＊＊

即効インク落としは今日、つまり金曜の午後に届きましたが、ジェイナスが待ち望んでいた大きな手紙は来なかったので、彼女はずぶ濡れのめんどりみたいに怒っていて、わたしが隠してるわけじゃないと言っても信じませんでした。そしてミスター・マクレイのハンカチからインクの染みを取るはずだったんですが、ケイティがそのハンカチを見て燃やしてしまったんです。それからミラートン・スチーム・ランドリーの従業員が洗濯物を持ってきた時、彼の指紋をカードに採り、ニューヨーク州アミーニアのアミーニア・クリーナーズから配達の少年が来た時も、ごみ収集人が呼ばれた時も彼らの指紋を採りました。洗濯物を持ってきた男とは一悶着起きそうになったんですが、あなたも覚えているバッチー、つまりドラッグストアで買った、下に「Gマン」上に「少年」と書いてあるものを見せました。ただ誰にも上の方は見せたことがありませんが。そして洗濯屋は「Gマン」の文字を見ると、「もちろんいいですとも、ミスター・モーラン、もちろんです」と言いました。

ジェイナスはわたしに対して猛烈に怒っていたので、指紋を採るのを手伝ってくれようとはしませんでした。それから二つ目のアクミ特製指紋用カードの包みを開けようとしたところ、すでに開いており、エクストラ・ブラック・アクミ指紋用インクのチューブも開いていて、インクがカードの上にぶちまけられており、それらのカードは捨てなくてはなりませんでした。例の手紙が来なかった時にジェイナスがやったことだと思います。彼女は今朝以来わたしのことを「スウィーティーパイ」とは呼んでくれません。

わたしが作った指紋カードを同封しておきますので、この連中の誰かがドイツ人捕虜か郵便強盗であれば、受取人払いで電報を打ってください。

また一ドルも同封しておきますので、指紋用カードとインクをもっと送ってください。

J・J・O'B

ニューヨーク州サウス・キングストン
アクミ・インターナショナル探偵通信教育学校　主任警部より
コネティカット州サリー　ミスター・R・B・マクレイ気付
探偵P・モーラン殿

カードとインクは送付した。

コネティカット州サリー　ミスター・R・B・マクレイ気付
探偵P・モーランより
ニューヨーク州サウス・キングストン

アクミ・インターナショナル探偵通信教育学校　主任警部殿

昨日は土曜で今日は日曜です。昨夜は一晩中床に就きませんでしたが、あまりにいろいろあった日なので、何とお伝えしたらいいのかわかりません。たぶん警察に電話すべきなんでしょうが、「何があったんですか?」と聞かれたら、何と答えればいいんでしょう?　もし「襲撃と窃盗と財物損壊と誘拐と故意による器物損壊とスリと無灯火運転です」と言ったら、ビール一杯しか飲んでないのに、わたしが酔っ払っていると警察は思うでしょう。主人がいたら相談するところですが、奥さんと一緒に週末にかけて不在で、コックのケイティはといえば、わたしに聞きたいことが山のようにあるはずなので、わたしが聞きたいことを尋ねる機会はまったくないでしょう。それであなたにお聞きしなければと思うのです。

昨日、つまり土曜の朝からお話ししましょう。郵便を取りに郵便局へ行くと、ジェイナス宛てに長さ一フィート以上、幅五、六インチ、平べったくて重く、たくさんの切手が貼ってある第一種郵便が届いており、それをジェイナスに渡した時わたしは言いました。「ハニー、お待ちかねの手紙が届いたよ。もしこれが君の大事なお母さんからのものなら、彼女は屋根瓦か石か、何かそんなものを送ってきたらしいね。それに宛名を見るとタイプライターでタイプしてあって、君がお母さんについて言ってたこととは全然違うよ」

「また妬いてるの、スウィーティーパイ？」

「いやハニー、でも僕はその手紙を持ってみて、何重にも包まれた何か重いものが入っているのがわかったんだ。僕が論理するにそいつはナンバープレートだが、車を持ってない君がナンバープレートで何をする気なのかさっぱりわからないな」

「まだ開けてもいないのに、その手紙に何が入っているか、どうしてあたしにわかるっていうの、スウィーティーパイ？　でもここに来た最初の日に部屋の洗面所のガラス棚を割ってしまって、お母さんに送ってくれるよう頼んだから、それだとしても不思議はないわね」

「そんなに何もかも話すことはなかったのに。それもあんな棚は安売り雑貨店でいくらでも買えるし、第一種郵便で来たあの包みに貼ってあった切手代の方が、その何倍も高くつくんだから。それにいずれにせよ、頼めば旦那様が新しい棚くらい買ってくれるさ。新しい棚をつける方が、新しい女の子を雇うより簡単だからね。その包みを僕に渡してくれれば、あっという間に棚くらい取りつけてあげるよ」

彼女は背中にそれを隠しました。「そしてわたしの洗面所がどんなだか見ようっていうの？　マスカラとかマスカラブラシとか頬紅とか口紅とか香水とか毛抜きとかチリビーン色のペディキュアとか、ほかにも女の子の部屋にある身の回りの私物がいっぱいで、そういうものを使ってると認めるくらいなら死んだ方がましだと思ってるのに？」

「君は家にこもってるのが好きな人だと思ってたよ」

「そうよ、でもちょっと顔を整えた後での話ね。その合間にはどんな男にも見られたくないわ、スウィーティーパイ。結婚してその男をがっちりつかまえるまではね」

「タイプライターのことはどうなんだ?」

「知るもんですか。お母さんが使い方を覚えたのかもしれないわ」

それでわたしが「今夜一緒に出かけようって言ってもだめだろうね」と言って、彼女が「ピーター、スウィーティーパイ、ちょうど今そうしようと言うところだったのよ」と答えた時、わたしは爪楊枝《つまようじ》でつつかれてもぶっ倒れるほどびっくりしました。この娘は時には親しげですが時には正反対で、しょっちゅう気分をころころと変えるので、ただもう驚かされるのです。

指紋検出用カードとインクも届きましたが、これはすばやいサービスでしたね。というのもわたしは金曜にそれを送ってくれるよう手紙を出したのに、土曜の午後にはもう郵便局の私書箱に届いていたからで、いったいあなたがどうやったのか見当もつきません。そしてそれが届いたのを見て、わたしはサリー・インに行って新しいウェイター、例の筋肉隆々で額のないウェイターのことですが、奴の指紋を採れるだろうかと思いつきました。しかし今度会ったら奴と握手する羽目になって、骨の二、三本は折られてしまいそうなので、奴の指紋は別のやり方で採ることにしました。あんな顔の男なら、あなたの腕くらいの長さの犯罪記録があったっておかしくないですよ。

　夕方になってわたしはジェイナスに「九時半か十時か十時半くらいには出かけられるだろうね？」と言いましたが、彼女は「馬鹿言わないで、スウィーティーパイ。もっと早く出かけたいと思ってるのはわかってるでしょ」と言いました。

「でもまず服を着替えないといけないだろ」

「ああ、ほんの一瞬で着替えられるわよ」そして十五分でそうしたので、八時ちょっと過ぎに彼女が階段を降りてきた時、わたしは言いました。「ハニー、前に二、三分で済むって言った時、君は一時間と十五分かかったから、今度はどのくらいかかるか計ってたんだけど、二、三分っていうのは一瞬の四、五倍だってことがわかったよ」すると彼女は笑って、「スウィーティーパイ、あんたって数学の天才だわ。そのうちあたしを笑い死にさせるつもりね。さあ、この包みを後ろの座席に置いて、馬鹿な質問は止めてもらえるかしら？」

　それは彼女のスーツケースで、わたしにはわけがわかりませんでした。「ハニー、ここを出て行く気か？」

「スウィーティーパイ、質問はなしって言ったでしょ。でも午後六時五十八分以降には列車はないし、それは二時間近く前だっていうのに、どうやって出て行けるの？　そんなことはあんたの方がよく知ってるくせに」

「でも妙な感じだな。それにそのスーツケースが後ろの座席に乗っかってたら、マッジ池の時みたいに後ろに移るには、今夜はどうすればいいんだい?」

「馬鹿ね!　その時になったらスーツケースを前に置けばいいじゃない」

彼女は車に乗り込みましたが、手にはあの大きな手紙を持っていました。

わたしは「それで何しようっていうんだ?」と聞きました。

「ガラス棚はサイズ違いだったから、お母さんに送り返すのよ」

「確かにきちんと包み直したもんだな。一度も開けられていないと論理しそうになったよ。だけどお母さんの名前と住所を書くのを忘れてるよ。そんな状態で投函したら、まっすぐ君のところに戻ってきてしまうぞ」

「スウィーティーパイ、すぐに投函はしないわ。だって最終便は行っちゃったもの」

「じゃなぜ持ってきてるんだ?」

「それはあたしがぼんやりしてるから、いつも持ってないと明日出すのを忘れちゃうからよ」

「明日は日曜で、郵便局は閉まってるけど?」

彼女は言いました。「スウィーティーパイ、質問しないでって言ったはずよ。最初からそう言ってるでしょ。今度はあたしの方から質問するわ。誰か追ってきてる?」

わたしはバックミラーで見ましたが、誰もいませんでした。「いや」

「今夜は州境のニューヨーク側の休憩場所に向かってるの？」

「君がそうしたいならね。道路の側の大きな標識が見えるかい？」

「あれは標識の裏側だわ」

「表側には『コネティカットへようこそ』と書かれてるんだ。そして急いで振り返って、今通り過ぎたばかりの右側の標識を見ると、反対側に『ニューヨークにようこそ』って書いてあるのさ」

彼女はほっと溜め息をついて言いました。「あんたの言うことを信じるわ、スウィーティーパイ、それに誰も追ってきてなくてすごくうれしいの」

「どうしてそんなに追われることを心配してるんだ、ハニー？」

「みんなわたしを追っかけたがるの。漫画のティリー・ザ・トイラーみたいなものよ。皆彼女を追っかけるでしょ」

軽く飲める場所に車を停めると、最初のデートの時彼女がすごく愛情たっぷりだったので、今回は奮発しようと思いました。「いつものスコッチかい、ハニー？」

「いいえ、ビールよ」

「でもスコッチが好きだと思ってたけど」

「今夜はビールなの――それも一杯だけよ――わかった？」

「いいとも、いいとも」

ジェイナスは言いました。「さあスウィーティーパイ、お勘定をして出ましょう」

「こんなに急いで、ハニー？」

「スウィーティーパイ、あんたがニューヨーク州で見つけた休憩場所を見たいの」

「遠くはないよ」だらだら飲んで時間をつぶさなくていいのは、こっちとしても願ったりでしたから、わたしは車を飛ばしました。

「いいかい、ここで左に曲がって道を外れ、ほんの十ヤードも行けば、この木の茂みに姿を隠せるんだ」

「ああ、なるほどね」

わたしが彼女にキスすると、彼女はすかさず返してきました。そしてわたしは彼女を固く抱きしめ、彼女もそうしてきました。

「スウィーティーパイ、女性が一緒の時の男ってどうなの！」

「そうだね、僕に言わせれば……」

「何も恐れない、でしょ？」

「どうかな」

「もし誰かが顔に銃を突きつけて『手を上げろ』と言ったらどうする？」

「わからないよ」

「戦うの？」

「僕は……」

「それとも両手を上げる?」

「そうだな、そいつが銃を突きつけてきたら……」

「思った通りだわ。さあスウィーティーパイ、ちょっと離して……ありがと。さあ、これを見て――よく見るのよ」

「どれを?」

「ここよ。あんたに何を向けてるか見える?」

「ジェイナス!」

「そうよ銃《ガット》よ、それに使い方も知ってるわ。スウィーティーパイ、ハイステム!『手を上げろ!』ってことよ」

「冗談だろ、ジェイナス!」

「この前そう言った男は、それ以来松葉杖で歩いてるわ……手を上げろ《ハイステム》!」

　彼女は本気だったのでわたしは手を上げました。彼女が席を移動してできるだけ離れて座り、ということはわたしが彼女に飛びかかる前に、五、六発ぶち込むことができたわけですからなおさらです。

「スウィーティーパイ、あんたの札束をよこせとは言わないわ」

「そりゃどうも、ジェイナス」

「ありがたがることはないわ。さっきあんたに抱かれた時、ポケットから失敬しといたもの」

「あっ！」

「この車の免許証もくれとは言わないわ」

「そうなの？」

「ええ、それももらったからね。でもそっち側から車を降りて、ズボンと靴を脱いで、こっちに渡すのよ」

「そんな、ジェイナス！」

「そうすりゃ、あたしがかなり先に行くまで後を追っかけられないでしょ。おとなしくしてれば、スウィーティーパイ、一、二マイル先の路上にズボンと靴を落としておくわ」

「ジェイナス！」

「さっさと出るのよ！」こんな言い方をする時の女には、何を言っても無駄です。それにわたしにまっすぐ向けられた小さなオートマティックの引き金に掛かった指に、力がこもるのがわかりました。

わたしはドアを開け、車を出かかったんですが、その時突然彼女が「ちくしょう！」と叫びました。

振り返るとジェイナスが両手を上げて座っており、彼女の向こう側のドアが開いていて、何かハムのように大きなものが伸びてきて、あのオートマティックをまるでおもちゃのように彼女の手からもぎ取りました。それからもう一本のハムが伸び、彼女の首根っこをつかまえて車から引きずり出しました。

その時には、わたしたちの後ろに別の車が止まっているのに気づいていましたが、きっとわたしたちが話している間に、ライトを消してそっと近づいてきたんでしょう。そしてサリー・インでわたしたちに飲み物を渡したウェイターが、ジェイナスを肩の上にかつぎ上げ、その車に押しこみました。

わたしは「おい、待ってくれ！」と言いましたが、彼は銃をこちらに向け、「兄ちゃん、黙ってな！」と言ったので黙りました。

彼は主人の車に戻ってきました。

彼は後ろのドアを開け、ジェイナスが置いたスーツケースを取り上げました。そして車のエンジンカバーを開けてイグニッションワイヤーをぐいっと引っ張ると、ディストリビューターヘッドがワイヤーの端にだらんとぶら下がるのが見えました。

「兄ちゃん」彼は言いました。「あんまりすぐには追っかけてくるなよ」

「だけど君は間違ってる！」

「兄ちゃん」彼はまた言いました。「黙ってろ！」

彼は自分の車に乗り込みました。ジェイナスは彼の隣のフロントシートに座っており、幸せそうには見えませんでした。

彼はエンジンをかけました。

そしてバックして道に出て、西へ向かいました。

わたしは後を走って追いかけ、二、三百ヤード行った先で彼の車のライトが点くのが見えました。その後、道はカーブしてそれっきり姿は見えなくなってしまいました。

わたしは歩いて車に戻りました。イグニッションワイヤーとディストリビューターヘッドがなければ車は出せず、それは奴が持っていってしまったようでした。

ジェイナスに来た手紙がシートの上にありました。わたしは開けてみました。論理した通り、ナンバープレートでした。ニューヨークのものでした。

わたしは歩いて帰りました。四マイルの道を。

イグニッションワイヤーは車庫にありましたが、ディストリビューターヘッドがないと車は動きませんし、ガソリンスタンドは月曜まで閉まっています。

なぜジェイナスがあのナンバープレートのことで嘘をついたのかわかりません。なぜわたしを銃で脅そうとしたのかわかりません。たぶんわたしの言ったことが、気に障《さわ》ったんでしょう。

変わった女の子でした。たぶんわたしのように運が悪かったんでしょう。

追われていることについては彼女は正しかったようです。そしてあのサリー・インの乱暴な大男が自分を追っているとわかったので、主人の車で逃げようとしたんです。そう言ってくれれば「かわいこちゃん、僕が守ってあげるよ」と言って、カナーンの警察隊に電話し、そして州警察官が五、六人も駆けつければ、奴を無事取り押さえることができたでしょう。

どうかあのゴリラをつかまえて欲しいのです。ですから今日つまり日曜日、わたしは『指紋・初級』を読み、自転車で車のところまで戻り、奴が触ったドアのハンドルを外しました。これを箱に入れてあなたに郵送します。奴の指紋がついているのがわかるでしょう。もしあの男の首に賞金がかかっているのなら、わたしが受け取るべきです。奴は危険な男ですし、政府はたっぷり払ってくれるでしょう。それからレイクヴィル・ジャーナル紙がわたしの写真を載せ、その下に「地元の英雄、犯人を捕らえる」と書くでしょう。本当のことですから否定しようとは思いませんが。

ニューヨーク州サウス・キングストン
アクミ・インターナショナル探偵通信教育学校　主任警部より
コネティカット州サリー　ミスター・R・B・マクレイ気付

探偵P・モーラン殿

我々の秘書は「向きを変えない虫はないわ（「曲がり角のない道はない＝いつまでも同じことは続かない」のもじり）」と言うのですが、我々もその通りだと思います。また彼女は「虫が向き直る時は気をつけて。噛みつきますからね」とも言い、またしてもうまいことを言うと我々は思いました。

君が「ジェイナス」を「すごく短く切った黒髪と、灰色の瞳を持つ」と表現し、また彼女が小柄でニューヨーク出身で、自分が追われていると信じ込んでおり、漫画を読むのが好きだとつけ加えた時、我々は興味を持ちました。君の言うようにコネティカット州サリーは、犯罪者が「よくあることですが商売がうまくいっていない時、身を潜める」場所だからです。しかし君の次の手紙が届き、「金庫でもパクった」「強盗《ハイストマン》」「夜警《スリーパー》」という彼女の言葉が引用されているのを読んで、何かがわたしの頭の中でカチリと音を立てました。というのも我々も漫画を読みますが、「ジェイナス」が「リーファー」という言葉をその中で覚えたとしても、他の言葉まで全部そこで覚えたはずはないからです。

同じ手紙で君は「ジェイナス」に採らせた自分の指紋を送ってきました。もし実験を始める前に『指紋・初級』を勉強していれば、指がつやつやした表面に触れたら、特に暖かくて我々のエクストラ・ブラック・アクミ指紋検出用インクが難なく伸ばせる台所では、肉眼では見えない指紋が残り、我がアクミ指紋検出用パウダー（通常一缶につき四ドルですが、期間限定で一缶三・五ドルにて販売中）で検出できるのです。我々は「ジェイナス」の肉眼では見えない指紋を検出し、非常に興味深かったので、我々の最も優秀な探偵がすぐさまサリーに赴きました。

彼はマクレイ家と周りの地域を偵察しました。彼は「ジェイナス」を双眼鏡越しに観察しました。しかし彼女が当然君に採らせはしなかった、全部揃った指紋を手に入れたいと切望した彼は、サリー・インの経営者に身分証明書を見せ、許可を得た上で飲み物二杯で一杯分の値段というビラを君の車のワイパーに挟んでおきました。そこなら君も見逃さないだろうし、餌に飛びつくだろうからです。

君はサリー・インのバーまで「ジェイナス」を乗せていき、そこでは我々の最も優秀な探偵がウェイターをしていたのです。我々の秘書に言わせれば、彼についての君の描写はぶしつけではあるけれど正確で、彼が女の飲んだグラスについた指紋を採取している方法を書いたところもそうです。君たちがサリー・インを出た十分後には、その指紋のおかげで彼は「ジェイナス」がウェストチェスター郡での強盗事件で重要指名手配中の「漫画強盗」と同一人物に違いないとわかったのです。彼女の波瀾万丈の経歴は、故郷でじゃじゃ馬娘として名を馳せていた頃から始まり、漫画へののめり込みぶりは注目を集めていました。彼女は女強盗《ガン・マル》となりました。大笑いしている時以外はこの手紙を校正している我々の秘書は、我々が送ったけれど君が見もしなかったレッスン『女強盗《ガン・マル》とその手口』で君が面白い勉強をできたかもしれないと思っています。最近漫画強盗は単独で仕事をするようになっていました。彼女はいまだに毎日毎週漫画を読んでいます。それでそういうあだ名がついたのです。

しかしここにきて最も優秀な探偵は問題に直面しました。彼にはコネティカットにいる女を逮捕する資格がなかったのです。州警察の援助を求めることもできましたが、長々とした手続きが必要になるし、P・モーランも含めた他の者たちが報酬の分け前に預かろうとするのは確実です。彼はP・モーランに、ニューヨークとの州境を越えたところまで「ジェイナス」を連れ出すことで、協力の機会を与えました。そして金曜に出された君の手紙は、土曜日の朝電話で彼に読み上げられ、それを聞いた彼は面白がって、君が送った一ドルという不十分な金額に対して、インクとカードを午後の配達に間に合うよう郵便局の私書箱に入れておいたのです。君は『推理・初級』（レッスン五を参照のこと）と消印を調べることによって、五十マイルも離れた都市から注文された品物は、少なくとも二、三日しないと届くわけがないと推論できたでしょうに。また『推理・中級』（レッスン九参照）は小さな村への新参者が我々の送りこんだ男だと教えたはずです。君には機会があったのに、自分でつぶしてしまったんですよ。

「ジェイナス」宛てに送られた「大きな手紙」が君の手にあるのを、最も優秀な探偵は見ています。彼は君ほど間近で調べられませんでしたが、その推理は君と同じでした。

つまり彼女が手紙か電話で取り寄せたナンバープレートだということです。ただし彼の推理はもっと先まで進んでいました。「漫画強盗」は車を盗むつもりだったのです。君が推理について少しばかり——ほんのわずかですが——知っていることや、指紋に興味を持っているとわかった時、彼女はサリーを出ることにしたのです。そしてすでに知られており、たちまち通達が回されるであろうコネティカットのナンバーをつけて、車を走らせる危険を冒したくなかったのです。すぐに君に銃を突きつけなかったのはそのためです。それとおそらく、自分の犯したその他の犯罪に、盗んだ車で州境を越えるという連邦政府への重大な犯罪を加えたくなかったのでしょう。

それで我々の最も優秀な探偵は、彼女が用意した罠に君が足を踏み入れるのを待ち、彼女がまだその中にいるうちに罠をはじきました。そこで彼は賞金を——まるまる全部——手に入れたことを確信し、君が追いかけてきて事態を混乱させるのを、効果的と思われるやり方で阻止したのです。

ホワイト・プレーンズ警察署までの道中は、静かで何事もありませんでした。道すがら「ジェイナス」はディック・トレイシーやリル・アブナー、テリーと海賊たち、スーパーマン、ダグウッドや孤児アニーの話をして、彼を楽しませました。

まだ話すことはありますか？（ここまで四ページ分も口述してきたのですが、秘書はこの一文の方がもっと多くを語っていると言って、破ってしまいました）。

別便で君が送ってきた車のドアの取っ手を送ります。そこにあった指紋は我々の最も優秀な探偵のものでした。同じ包みでディストリビューターヘッドとイグニッションワイヤーも返します。両方とも使用済みですが、十分使えます。

「ジェイナス」が君のポケットから抜き取った免許証を同封します。

それから君の持っていた札束と同額の小切手も同封します。二十ドル札一枚と、一ドル札四十二枚でした。現金は証拠として必要になるかもしれないので、取ってあります。それとゴムバンドは記念品としてもらっておきます。

そして我々はここで心穏やかに座り、大きな筋肉が上着の下でピクピク動くのを感じ、岩のようなあごを突き出し、目のすぐ上から後ろに傾いている額に吹く風を楽しみ、ハムのようだと言われた両手を見つめていますが、我々の最も優秀な探偵というのはもちろんわたし、主任警部のことなのですよ。

J・J・O'B

補講　P・モーランの観察術

ニューヨーク州サウス・キングストン
アクミ・インターナショナル探偵通信教育学校　主任警部より
コネティカット州サリー　ミスター・R・B・マクレイ気付
探偵P・モーラン殿

……生徒はこのレッスンから人間観察の重要性を学ぶことになります。

「こいつが犯人だ！」若き探偵は言った。その声は断固として、態度は誇らしげだった。警部補や、警部、長官までもが畏敬の念に打たれた。「どうしてわかった？」彼らはどもりながら尋ねた。

「なぜならわたしは海軍少将に変装し、眠っているグッドヒューマー・アイスクリームのセールスマンの腰ポケットから、この上院議員が財布を抜き取るのを目撃したからだ！」

これは仮定の例です。「どうしてそんなことが起こるのか？」と尋ねられたら、その答えはこうです。「百聞は一見に如《し》かず！　一オンスの観察は一ポンドの推理に匹敵する！」

事件に取り組んでいる時は、その事件のことだけを考えなさい！

現場に行くのです！　目をしっかり見開いて！　君自身の目で見たことが真実なのです！

J・J・O'B

追伸　医学書は医学の素養がない君にはまるで役に立ちません。難解な用語の意味が理解できないからです。「頭蓋」「胞子《ほうし》嚢《のう》」「胸骨」などの定義を知っていますか？　もちろん知らないでしょう。わたしたちの講座が難しいと感じるなら、質問してください。お答えします。そのためにわたしたちはいるのですから。

N・B［注記］　諸経費の高騰に伴い、これらのレッスンの受講料が、それぞれ五ドルに上がりました。

必ず現金書留で送ってください。

コネティカット州サリー　ミスター・R・B・マクレイ気付
探偵P・モーランより
ニューヨーク州サウス・キングストン
アクミ・インターナショナル探偵通信教育学校　主任警部殿

さあ、またよろしくお願いしますよ、そして希望するレッスンは『観察術・中級』です。というのも『観察術・初級』は易《やさ》しすぎるし、上級はあなたがまだ送ってくれないんで、どんな内容かわからないうちは役に立たないからです。それからあなたの手紙の最後に書かれていたN・Bさんに、手紙を返送しようとしているところです。わたしの頭文字はP・Mですからね。N・Bさんが、あなたの言うだけの額を払ってくれるお人よしであることを願っていますよ。

さて今日の午後、わたしは車庫で口笛を吹いていました。来週から休暇が始まるからなんですが、そこへ主人が入ってきて奥さんも一緒でした。

主人は言いました。「ピーター、仕事のことで相談があるんだが、始める前に居心地よくこの辺を整えた方がいいと思うね」わたしは「はい、ミスター・マクレイ」と答え、車庫の半分を占めているわたしの事務所に置いた、スプリングが壊れたソファと椅子を拭いたんですが、二人が座ろうとした時、奥さんが歓声を上げました。「ねえピーター、ここにある紙の山は通信教育学校からのレッスンでしょ？　ねえピーター、ちょっと見せてちょうだい。それでねピーター、ミスター・マクレイが新しい事件についてお話しする間、ほんの数ページ読ませてもらってもいいわよね？　だってその話はすでにわたしは知っているから、聞く必要はないもの」

わたしは言いました。「医学の素養がなければ、医学書はまったく役に立ちません。なぜって奥さんは教授から教わるまで『頭蓋』が背骨のことだとは知らないでしょうからね。それと同じで、そのレッスンはニューヨーク州サウス・キングストン、アクミ・インターナショナル探偵通信教育学校の正規の受講者でなければ、理解できないでしょう」

「まさか冗談でしょ、ピーター？」

「本当ですとも、ミセス・マクレイ。でも何かわからないことがあったら、わたしが答えますから質問してください」

「まあ、そうしてくれる、ピーター？」

そして奥さんは教材をすべてひっつかみ、主人は目配せして外に出ようと促して言いました。「ピーター、お前が数々の捜査に成功を収めてきたことは否定できない。他人がどう言おうとな。だからこれからも否定するつもりはない」

「はい、ミスター・マクレイ」

「これから話すのはサリー・カントリークラブで起きた事件についてだ。ここで若い時分にはテニスをやっていて、年を取ってからはゴルフをやっているんだが、ゴルフが年寄り向けのスポーツだなんて最初に言った奴をぶっ飛ばしてやりたいよ。全然そんなことはないからな……ところでミセス・スタナード・カトラーを知ってるか？」

「はい」

「ミセス・チャールズ・B・ロミントンは？」

「知っています」

「あの人たちをどう思う？」

「いいおばあさんたちだと思います」

「あの二人は長年ライバル関係にあるんだよ。ミセス・ロミントンはいわゆる堅実なゴルファーだ。その気になればいつでも、コースで九十を切れるんだ」

「お年寄りにしては、大したもんですね」

「話の腰を折るなよ、ピーター。ミセス・カトラーはもっとムラがある。八十三で回ったことは有名だ。一方、百や百十まで叩くことがあることも皆知っている……感想があれば言っていいぞ、ピーター」

「ゴルフについて聞いた話が本当なら、八十三なんておばあさんにしてはすごい成績ですよね」

「そうだろうな、ただ我々のコースは九ホールしかないがね。いったんご婦人方がプレイを始めると、それだけでコースはおしまいになってしまうんだ。ピーター、お前さんの数学の才能を使えば、たちどころに計算できるだろうが、彼女たちは一ホールに平均十から十一打、ショートホールでも七、八打かかっていて、普通なら木づちか小ぼうきで打ってもそのくらいはできるだろう。三つあるロングホールではそれぞれ十二打以上かかるんだが、それもボールをなくしたり、バンカーから出そうと思い切り打ったあげく、リカバリーできないほどボールを埋め込んだりしなければの話だ。彼女たちがラウンドした後のリンクは、爆撃の後かと思うよ」

わたしはじっくり考えてみました。主人か奥さんがカントリークラブに行く時、運転手は要らないのでわたしは行きませんし、特にカントリークラブで常勤の異性といえば、女性用ロッカー室で働いているアニー・ピアースだけで、もう六十歳は優に超えているので、わたしのデートブックには載っていないというわけです。そして郵便局でゴルフプロやテニスプロやキャディーマスターたちに会っても、おばあさんたちやスコアのことなんか話しませんから、わたしがミセス・スタナード・カトラーやミセス・チャールズ・B・ロミントンや、主人が後で話してくれたことを知るはずもなかったのです。

「ピーター、ご婦人方のプレイが実才五分五分だと言っても驚かんだろう。つまり九ホールをまったく互角に終えることもあれば、けんかしてスコアカードをビリビリに破ってしまい、フィニッシュできないこともあるんだ。二人の間には激しいライバル心があるんだよ」

「どうしてそんなことになるんです、ミスター・マクレイ？」

「どちらがクラブで最低のゴルファーか、みんな決めかねているからさ」

「ミスター・マクレイ、いったい誰が気にしますか？」

「あのご婦人方は気にするさ――それで決着をつけようと昨日決めたんだ。九ホール回る予定だった――金を賭けてね。二人の間で二十五セントずつ賭けて――それで長年の疑問を解決できるはずだった。ここまではわかったかな、ピーター？」

「ええ」

「二人は朝九時半にクラブに現れた。今朝のことだ。すでにゴルフウェアに着替えていたよ。女性用ロッカー室からクラブを出してきた。ミセス・スタナード・カトラーはダイヤモンドとエメラルドの、太さ半インチのブレスレットを着けていた。彼女はそれをロッカーに入れて鍵を掛けた。ミセス・チャールズ・B・ロミントンは、昔ミスター・ロミントンから贈られた婚約指輪を着けていたが、それはミスター・ロミントンがまだ運輸業を始めたばかりの若造で、鉄道をたった一路線しか持っていなかった頃のことで、咳止めドロップくらいのでっかいダイヤの塊がくっついていた。それがグリップの邪魔になるとでも思ったのか、彼女もロッカーに入れて鍵を掛けた。それから二人はキャディーを一人雇い、どんなゲームであれ、ゴルフコースでプレイするため出かけたんだ。

　正午頃に戻ってきた時、二人は口を利くような雰囲気ではなかった。ミセス・ロミントンは彼女が見ていないと思った時に、ミセス・カトラーが自分のボールを数回蹴ったと言い、ミセス・カトラーは、ミセス・ロミントンが勝ちを宣言したドッグレッグ（くの字型に曲がったコース）の七番ホールで、十五ショットではなく十七ショット打ったと主張した。戦いは互角に終わり、引き分けだった。それから二人は宝石を取りにロッカーに戻ったんだ」

「なくなっていたんですか？」

「ピーター、お前さんの頭の回転を支える驚くべき知性を発揮して、先手を打ってきたな。でなければ、この話をして、わたしやお前の時間を無駄に費やすことはなかろう？　二人はロッカーを開け、ミセス・カトラーは『なんてこと！』と言い、ミセス・ロミントンは『絶対ここに入れたのよ！』と言い、お互い口を利いていなかったことも忘れ、ミセス・カトラーは『あなたの指輪が、ベッシー？』、ミセス・ロミントンは『あなたのブレスレットも、ミニー？』と言い、ミセス・カトラーは『空気の中に消えちゃったみたい』と言ったんだ。ダイヤモンドが消えた後の空気は、いつだって息苦しくなるからな」

「質問していいですか、ミスター・マクレイ？　宝石の価値はどのくらいなんですか？」

「二つ合わせてかい？　一万五千か――もしくは二万ドルくらいだな」

わたしは口笛を吹きました。「そりゃ大金だ！」

「あのご婦人方は女優じゃないんだ、ピーター。とてつもない大金持ちの奥方なんだよ。価値については間違いない、保険会社も同意している」

わたしには次に何が来るかわかっていました。「その先は言わなくても結構ですよ、ミスター・マクレイ。彼女たちはスキャンダルを恐れて警察には電話しなかったんですね。常に密かに仕事を進め、決して失敗しない、たとえばP・モーランのような名探偵をお望みなんでしょう。それで旦那様に電話してきて、旦那様はわたしが忙しいかどうか確認すると言ったんですね。で、報酬はいくらですか？」

主人は笑いました。「冴えてるぞ、ピーター、だがことごとく間違っている！　ご婦人方はスキャンダルなど、ものともしないよ。いったいどんなスキャンダルが、あのばあさんたちを傷つける？　宝石を取り戻したいだけだ。二人はご主人たちに直接クラブから長距離電話を掛けて、ご主人たちは超特急で行動を起こしたのさ。州警察は、数年前にサリー銀行強盗事件を未然に防いだ警官アロンゾ・プラットを送り込んだ。彼は無線付き車両でパトロール中だったから、クラブには十分以内に到着した。ミスター・カトラーは自分の銀行で働いている探偵たちのチーフをよこした。チーフは午後早くに到着したよ。ミスター・ロミントンが雇ってレイクヴィルの飛行場まで飛行機をチャーターしてやった二人の男より、ほんの少し早かったな。保険会社も自分たちの調査員を送り込んだ。今やカントリークラブには探偵があふれ返っていて、会議を召集しないといけない状態だよ」

「ではなぜ、わたしを呼んだんですか、ミスター・マクレイ?」

ちょうどその時、奥さんがあの独特の鈴を振るような笑い声を上げながら、車庫から出てきました。「わたしの考えなのよ、ピーター」

「奥様のですって、ミセス・マクレイ?」

「ただの直感よ。いつも主任警部に手紙を書くところから始めるわよね」

「ええ、ミセス・マクレイ」

「じゃ、そうして」

追伸　ミセス・マクレイはあなたの電報が受取人払いでも構わないとおっしゃっています。

受取人払い電報
コネティカット州サリー　ミスター・R・B・マクレイ気付
ピーター・モーラン殿
本職の探偵が任務についているなら今すぐ休暇に出発するがよい　マル　もし首を突っ込んで当校の名前を出したら損害賠償訴訟を起こす
アクミ・インターナショナル探偵通信教育学校
主任警部

コネティカット州サリー　ミスター・R・B・マクレイ気付
探偵P・モーランより
ニューヨーク州サウス・キングストン
アクミ・インターナショナル探偵通信教育学校　主任警部殿
　昨夜奥さんに言いました。「わたしが人間観察できるよう、一緒にカントリークラブへ車で行くのがいいと思いますが」すると奥さんは「却下《ニックス》！」と言いました。
「却下《ニックス》？」
「そういう用語よ。レッスンに目を通したから、もう本物の探偵が使う業界用語を使っているの。だめよ、ピーター、今日の午後はクラブに寄らないし、今夜も近づくつもりはないわ。だってニューヨークから来た探偵たちが、三人の容疑者を責め立てているでしょうから――」

「三人の容疑者ですって？」

「すべてのロッカーを開けられるマスターキーを持つ男性二人と、女性一人のことよ。彼らの単純な楽しみを奪っちゃいけないわ」

そこでわたしはこっそり一人で行きました。自転車で入口の前を通り過ぎました。私道の奥にクラブが見え、ミセス・マクレイの言った通りでした。すべての灯りがともり、敷地内の車道に沿って懐中電灯を持った男たちが立っていました。そして帰り道にミスター・カトラーの屋敷の前を通りましたが、やはり灯りがついていて、ロミントン家もそうでした。探偵たちは家中ひっくり返して、おばあさんたちが本当のことを言っているか、クラブへプレイしに行った時、宝石を忘れずに持っていったのか、徹底的に調べているんでしょう。

朝になってあなたからの電報が届くと、奥さんは言いました。「まあいいでしょう、ピーター、学校の名前は口にしないようにしましょう。彼は後悔するんじゃないかと思うけど。でも今こそ人間観察の絶好の機会よ」わたしたちはクーペに乗ってクラブへ出発しました。「ピーター、誰が容疑者なのか聞きたいでしょう」

「わかりました、ミセス・マクレイ、お望みならお尋ねします」

「名前を上げて」

「デイヴ・テイラー」

「容疑者じゃないわ」

「なぜです？」

「キャディーマスターよ。ロッカーの鍵は持っていないわ。同じことは新しいグリーンキーパーのベン・ウィレットにも当てはまるわね。彼は今、芝刈り機でフェアウェイを行ったり来たりするのに長時間取られるせいで、五十年間やってきた村の芝刈りの仕事を辞めなくてはならなかったの」

「彼らは昨日の朝いたんですか？」

「ええ、ピーター。何回か電話してみてわかったわ。デイヴはキャディー小屋の入口でガムをかみながら、いつものように木の切れ端を削っていたって」

「デイヴは間抜けな奴ですよ」

「その通り――まさにその通りよ！　一度、これまで本を読んだことがあるか尋ねてみたの――暇を持て余しているんだから――そうしたら、あの独特のばかみたいな様子でこっちを見て『あぁ？』ですって」

「ベン・ウィレットは間抜けじゃありません」

「確かにそうね。でもあのご婦人方は五番ホールで、彼とすれ違ったの。彼は帽子に手を当てて挨拶してから、芝刈り機の小さなねじを調節し続けていたそうよ。ベンの脚はもうあまりよく動かないけど、芝刈り機にはまるでカウボーイみたいに見事に乗れるわね」

「キャディーたちはどうです?」

「ご婦人方は彼を同行させたの。一人だけよ、ピーター。お金には無頓着に二人雇おうとしたでしょうけど、一人しかいなかったのよ」

「クラブの会員がいたでしょう、特に女性会員が」

「いなかったの、ピーター」

「いなかった?」

「マスターキーを誰も持っていないという事実はさておき、その前の晩にグリムショー家のダンス・パーティが開かれたの。六十歳より下の人はみんな行って、明け方三時過ぎまで続いたのよ。フラッパーや社交界デビューの娘、若い既婚者たちは午後遅くになるまでクラブに現れなかったし、その時間になってもまだあくびばかりしていたって聞いたわ。午前中にいた女性会員は、あのおばあさんたちだけだったのよ」

「アニー・ピアースが残っていますよ」

「確かに。第一の容疑者ね。女性用ロッカー室の仕事をしていたし。毎日、ほとんど一時間ごとに、女ってお手洗いで指輪を外しては忘れるものだから、毎日、ほぼ一時間ごとに、アニーは後を追いかけて戻したり、持ち主が見つかるまで自分のロッカーで預かって鍵を掛けておいたりすることになるの。若い女性たちが使った後のシャワー室も掃除するんだけど、ほとんど毎日何かしら忘れ物を見つけるそうよ」

「いずれにしろ容疑者ですね」

奥さんは首を振りました。「昨夜、探偵たちが彼女に何をしたか考えたくもないわ！でも昨日、彼女は虫歯で歯医者に行っていたの。正午近くまでクラブに現れなかったし、それに加えてデイヴ・テイラーが、車回しを歩いてくる彼女を見ていたのよ」

「ミスター・マッキルヴェインもいますよ」

「第二の容疑者、ゴルフプロね。ゴルフボールにはがめついわね。ゴルフボールのこととなると、拾った物は自分の物なんだから。でもほぼ毎週、リンクで本当に値打のある物を拾ってきては届けているのよ。お金の入った財布や時計、シーモアおじいちゃんの入れ歯などね。ミスター・マックが訴えられたら、どんな陪審でも無罪にするでしょうね。わたしでも。あなたでも。その上、彼女たちがスタートした時間には、道を隔てた別のホールでアプローチショットの練習をしていて、彼女たちが戻った時間にもまだいたのよ」

「まだアーロ・ベイツもいますよ」

「どこか西部の方から、今シーズン初めてここに来たテニスの指導者、第三の容疑者ね。アーロは働きながら大学を出た感心な青年で、卒業時に優等学生友愛会《ファイベータカッパ》の会員になったのよ」

「何ですかそれは、ミセス・マクレイ?」

「つまり優秀だってことよ、ピーター。ロッカーは開かないけど黄金の鍵(ファイベータカッパの会員章は黄金の鍵の形をしている)なの」

「でもマスターキーを持っていますよ」

「間違いなく――それに女性用ロッカー室にも入るわね。閉館時間を過ぎてから、ガットを張り替えるよう言われたラケットを集める――あるいは張り替えたのを置いていくためにね。でもアーロによれば、昨日は双子のメトカーフ兄弟に教えていたんですって。十時から十一時までダグラスに、十一時から十二時までトミーに。それが本当なら――あらまあピーター、わかったわ!」

わたしは飛び上がり、もう少しで車が溝に落っこちるところでした。「何がわかったんです、奥様?」

われわれはクラブ内の車回しにおり、州警官のアロンゾ・プラットが、ハムみたいに大きな手を振って合図していました。奥さんはわたしに囁《ささや》きました。「ピーター、わたしが言ったことを一言も漏《も》らしちゃだめよ」そして警官に話しかけました。「なんでしょう、お巡りさん?」

「おはようございます、ミセス・マクレイ。車を新しい駐車標示のところに停めて、クラブまで歩いてもらえますか? ええ、宝石を着けていたら、グローブボックスに入れておいてくださいよ。わたしが全部見張っていますから、ええ」

「どうしてです?」

アロンゾ・プラットはわたしたちを知っているので、気にもせず教えてくれました。

「昨日電話がかかってきたとき、仕事を始めて十分と経っていなかったんです。ええ。泥棒がまだ盗品を持っていると思ったから、誰も現場から出ないようにさせたんです。そして探偵たちが到着して、持参した機械を道路近くのキャンバステントに設置していましたね、ええ」

「どんな機械ですか?」

彼は声をひそめました。「X線ですよ、奥さん。出ていくときは皆、その前を通らなければならないんです。指輪やブレスレットを持って通過しようとすれば、必ず見つかるんですよ、ええ。機械の前を通らずに現場を離れることは誰もできない。賢いやり方じゃないですか?」

奥さんは顔をしかめました。「会員たちは反対しなかったの?」

「今のところ一人だけですね、ミスター・シーモアです。でも寄ってたかってなんとか機械の前を通らせると、コルセットを締めているることがわかったんです、ええ」

奥さんは例の、鈴を振るような笑い声を上げました。「かわいそうに！　でも盗品は、この言葉が正しければだけど、出てきていないんでしょう？」

州警官は奥さんが車を降りるのを手助けしました。「まだです、でなきゃ所属のカナーンに帰ってますよ。ええ、でもわたしの言葉を覚えておいてくださいよ、ミセス・マクレイ。誰も盗んじゃいないんです！　ご婦人方は指輪とブレスレットを家に忘れたんだ。クラブに持ってきたつもりになっているだけです。ええ。さあ、キーを渡してくれたら、ピート、車をロックするよ……」

無事に彼の前を通り過ぎた瞬間、わたしは奥さんの方を振り向きました。「誰の仕業かわかっているんですか、ミセス・マクレイ？」

「忘れて、ピーター、忘れるの！　ちょっと思いついただけ。ほら、女の勘ってやつよ……」

「でも名前を教えてくれたら、奥様、仕事に取りかかれてお力になれると……」

奥さんは車回しに誰かが落としていったスコアカードを拾い上げました。「ピーター、あなたの頭文字をここに書いて……そう。じゃ裏側にその人の名前を書くわね……ほら書いたわ。答えが明らかになった時に、これを渡してあげる。あなたの頭文字があれば、同じカードだとわかるでしょ……」奥さんから引き出せたのは、それがすべてでした。

奇妙な男たちがそこかしこにいて、そばを通ると互いに合図を送り合っていました。「探偵たちよ」と奥さんは囁きました。「ワクワクしない？」

大きな芝刈り機が「バババババ」と音を立てるのが聞こえ、クラブからそう遠くない丘でベン・ウィレットが乗っているのが見えました。デイヴ・テイラーは外のキャディー小屋に座って、いつものように木を削っていました。ミスター・マッキルヴェインはクラブハウスの階段に腰掛け、両手で頭を抱えていました。

「おはようございます。ミスター・マック」奥さんが声を掛けました。

彼はまるで関節に油を差さなければならないかのように、のろのろと立ち上がりました。「そいじゃもう朝なんですね？」彼は言いました。「夜じゅう一睡もできんかったんで」

彼の妻は九番グリーンの隣のゴルフハウスで、彼と同居していました。

「今すぐベッドに入ったら、ミスター・マック？」奥さんは言いました。

「家の中が調べられてんです。まだ終わらねえんですよ」

「何か見つかったの、ミスター・マック？」

「ええ、一年前に失くした俺の十セントがね！　半年以上捜して見つからんかったんですよ」

わたしたちはクラブハウスへ向かいました。

入口にいた探偵は、我々の名を控えましたが、止めはしませんでした。

「ピーター、女性用ロッカー室で人間観察をしないとね。中に誰かいるか見てくるわ」

奥さんはすぐ戻ってきました。「今なら安全よ、ピーター」

アニー・ピアースを除いて誰もいませんでしたが、アニーは泣いており、泣き止《や》もうとしませんでした。「あまり深刻に考えないで、アニー」奥さんは言いましたが、アニーは泣き続けました。「ピーター、よく見て」

まさにそうしているところでした。丈の高い鉄製のロッカーがたくさんあり、ガタガタでペンキは剝がれ、部屋の三方に並んでいました。聞きたいことがありましたが、尋ねる前に奥さんが答えてくれました。「誰がどのロッカーを使っているか、見ればわかるわ。小さい差込口にわたしたちのカードが入っているから。これがミセス・ロミントンのよ。すばらしいダイヤのついたあの指輪の持ち主よ。あまりにも大きくて彼女以外の人がつけていたら、誰も本物だと信じないでしょうね。これはミセス・カトラーのロッカー。エメラルドとダイヤのブレスレットは、石は小さいけれど、ああ、でも本当に素敵なのよ！」

「あの人たちは一番上の棚に置いていったんですかね、ミセス・マクレイ？」

「おそらくね――金網を通して見えるところよ。考えてもみて、ピーター。あの美しいブレスレットと類いまれなダイヤが、ほんの二十四時間前にはそのロッカーに入っていたのよ！」

わたしは屈み込んで片側にある小さな部屋を覗きました。長い鎖を引っ張るタイプの古臭いシャワーがあり、それぞれの区画には、曇りガラスの入った最新式の扉がついていて、床から二インチほど隙間がありました。

「本当にお恥ずかしいわ」奥さんは言いました。「シャワーはクラブそのものと同じくらい古くて、ガラスの扉をつけた時、温水、冷水のバルブを外側に残してしまったの。水温を当てずっぽうで調節しなきゃならないし、チェーンを引っ張ってみると、いつも予測が外れているのよ。この冬はこれを取り外して、最新式のシャワーを二台入れる計画よ」

わたしは「はい、ミセス・マクレイ」と言いました。というのはある考えが浮かんできたからで、特に青いガラスのはまった小さな窓が、部屋の隅にあるのを見た時からです。やがて奥さんが外に出た時、窓を確かめてみました。開け閉めはとても簡単でしたし、鍵はどこにもついていませんでした。

ロッカー室に戻ってみると、奥さんは自分のロッカーの中のものを整頓していました。そして鍵を掛け、片側に演壇のある大きな部屋へと入っていきましたが、そこはパーティやダンスや祝賀会が行われる場所でした。

「さて、アーロ・ベイツはどこかしら？」彼はポーチにもテニスコートにもいませんでした。「ピーター、あなたの番よ。男性用ロッカー室にいるかどうか見てきて」

彼は確かにそこにいて、ぐっすり眠っていました。ベンチに寝そべって頭の下にセーターを何枚か敷いていました。メトカーフの双子たちが床に座っており、唇に指を当てて片方が囁きました。「シーッ、ピーター！」

わたしは爪先立ちでそこを離れ、奥さんに告げました。

「こんな時間に眠っているの？　たぶんそれが一番いいわね。探偵たちが昨夜大変な目に合わせたんでしょう……ではキャディーに会いましょう」

「キャディーですか、ミセス・マクレイ？」

「ゴルフバッグを運んだ本人にね」

我々はキャディー小屋へ出向き、デイヴ・テイラーは質問に二、三答える間は、木を削る手を止めていました。「はあ奥さん、そりゃボビー・ハンターだな。昨日の朝来たキャディーは奴だけだね。ええ、他の連中は前の晩ダンスがあったから、誰も来ないだろうと考えるだけの頭があったってことだ」

「では、ボビーは今どこに？」

「リンクですよ、奥さん。はい、あいつは手に入る金はしつこく追っかけるんだ。昨日、たんてーたちにとことん調べられたらしいが、奴はへっちゃらだったね。あのばあさんたちのために働いていると、妙なことがいろいろあるらしいよ」

奥さんは同意せず、彼をじっと見ました。「デイヴ、アニー・ピアースが昨日車回しを歩いてくるのを見たんでしょ？」

「はい、奥さん」

「正午より少し前? どうやって時間を知ったの?」

「そうだな、腕時計は持ってねえが、壁のあの大きな時計があるだろ？　キャディーがどのくらい外に出ていたかで言い争いにならねえように、あれがついたんです。俺の仕事はゲームの開始時間を伝票に書いて渡し、戻ってきたら時間を計算することだ」

「正午だったというのは確かなのね？」

「正午か、その十五分前だ。十五分ごとに計算してるんだ。分刻みは難し過ぎるからな」

　奥さんはもう一度デイヴを見つめました。「デイヴ、よく考えて。最初に見かけたのはどっち、ボビー・ハンター、それともアニー・ピアース？」

「そうさな、奥さん、きっちりとは答えらんねえな。ボビーは九ホールから戻ってきた。ご婦人方が戻る前にバッグを運んできた。そのことで文句を言われたくなかったんだ」

「それはアニーを見た後のこと？」

「そうかもしれねえし──そうじゃないかもな」

「それとも見る前のこと？」

「奥さん、よく覚えてねえんだ。俺は一日中ここに座ってる。時にはこっちを見、別の時にはあっちを見る。でもどっちを先に見たかはわからねえんだ。ボビーの伝票に印をつけて――それが仕事だ、奥さん――奴はそれを持って行くってわけだ」

「日当をもらった後は、捨ててしまったでしょうね」

「たぶんな」

「正午か――その十五分前か……デイヴ、あなたって見た目より賢いんじゃない？」

デイヴはニヤリと笑いました。「そういう奴もいれば、違うっていう奴もいるね、奥さんはどう思います？」

わたしたちはX線の機械が設置されている小さなテントを通り抜けました。通るのに一分とかからなかったし、ちっとも痛くありませんでした。

アロンゾ・プラットがキーを持って待っており、わたしたちは家に向かいました。

奥さんは煙草に火をつけました。「何を考えているの、ピーター」

「アニーはご婦人方が戻る前に、ロッカー室にいたのかもしれません」

「そうね」

「長い時間ではないですが」

「二、三分もあれば十分よ、ピーター」

「アーロは外でテニスレッスンをしていました。メトカーフ兄弟の元を二、三分以上離れることもできたはずです」

「そうだわ——その通りよ！」

「ミスター・マックは道路の向かい側にいました——一人きりで。マスターキーで中に入ることができ、誰もそれに気づかなかったでしょう」

「ピーター、あなたって間違えるってことがないのね！」

「彼らは例のものをくすねることができました——三人のうち誰でも——彼らがやったのでなければ、アロンゾ・プラットが正しいんです。おばあさんたちは宝石を家に置き忘れ、盗まれたんじゃないってことです」

「でも確かに盗まれたのよ、ピーター！　そこはまったくもって疑う余地がないわ。盗まれたの！」奥さんは首を振りました。「ピーター、よく考えてみて。あのX線の機械が動いているから、泥棒は宝石を持ち出せなかったはずよ。誰からも出てこなかったわ、皆調べられたんだから。隠してあるのよ——女性用ロッカー室から五十フィート以内のところに——あるいはロッカー室自体の中に——そしてわたしたちの手はそれに届かないの！」

「ええと、そうであれば考えがあるんですが……」

「言ってみて、ピーター」

「ここで必要なのは人間観察です。講義の中で言われていたように『現場に行け！　百聞は一見に如かず！　一オンスの観察は一ポンドの推理に匹敵する』です。それでわたしが後でこっそり戻って、女性用ロッカー室に身を隠せば……」

「ピーター！」

「なんでしょう、奥様？」

「幸い、男性が隠れられるような空間はないわ」

「いえ、ありますよ、ミセス・マクレイ。すぐ隣のドアからシャワー室に入れます」

「ピーター、まさか本気じゃないでしょう？」

「そこに隠れて、何が起こっているか見れば……」

「ピーター、すっかり頭がおかしくなったの？　ロッカー室は女性が服を脱ぐ場所だってわかってる？　女性がシャワー室に入る時、完全に――つまりピーター、女性は――一糸まとわぬ姿になるのよ！」

「わたしはレッスンに書いてあった通りにやるつもりですよ。絶対に官能的《センシュアル》（「実用的＝センシブル」の間違い）なこと以外は、目もくれないつもりです」

　奥さんは笑い出し、身体を前後に揺すって涙が出るまで笑い転げました。「ピーター、あなたにユーモアのセンスがないと、これまで思っていたなんて！　ピーター、前言撤回よ。ピーター、これまでの人生でこんなにおかしいことって初めて聞いたわ。あなたがどんな風にわたしをからかったか、ミスター・マクレイに話すのが楽しみね。シャワー室に隠れて――何が見えるか観察して――他のことには目もくれず――それ以外は……」

そう、家の正面で別れた時、おそらく奥さんはわたしにからかわれていると思っていたでしょうが、そうだとしたら、後で考えを変えることになったでしょう。というのも今夜、暗くなってからカントリークラブへ行くからで、シャワー室の窓に外からでもわかるよう白いタオルを垂らしておいたのです。

前に書いた通り、この事件に必要なのは人間観察なのです。

電報

コネティカット州サリー　ミセス・R・B・マクレイ

葬式の日と会場を教えられたし　マル　花を送ります

アクミ・インターナショナル探偵通信教育学校

主任警部

コネティカット州サリー　ミスター・R・B・マクレイ気付

探偵P・モーランより
ニューヨーク州サウス・キングストン
アクミ・インターナショナル探偵通信教育学校　主任警部殿

医者は熱が下がるまで外出禁止と言いましたが、奥さんは構わないと言ってこの手紙を郵便局に持っていってくれるそうです。そして誰が亡くなったのか教えてほしいです。というのも学校が花を送るなら、わたしは送らなくていいだろうから自分の金を出す義理はいっさいなく、とりわけ相手がN・Bなら、そんな頭文字の奴は知らないからです。

奥さんはわたしが昨日冗談を言っていると思っていたんですが、探偵P・モーランがやると言ったらとことんやるということに、最後の一ドルまで賭けたっていいです。昨夜は目覚まし時計を朝四時にかけ、というのも九月でもそんな早い時間なら外は暗いからで、起きると顔と両手に煤《すす》を塗りたくり、それは戦うインディアンの話を読んだ時、暗闇で見つかりにくくするため彼らはいつもそうするのだと書いてあったからです。そして自転車に乗り、クラブの入口まで走らせました。

月はなかったですが星明りがあり、刑事の一人が車回しの傍の椅子に座っているのが見え、特に彼がパイプに火を点《つ》けた時にはよく見えました。でもわたしは止まりませんでした。クラブの反対側に出たとわかるまで自転車で走り続け、そこはいかにも裏口がありそうな場所で、ただし実は裏口はないんですが、そこで自転車を茂みに隠し、植込みと丈の高い草の間をクラブに向かってのたくりながら進み始めましたが、ポーチに灯りが一つ点いたままだったので、よく見えました。

優に二百ヤードはあると思われる長いのたくり前進で、ツタウルシのある場所のど真ん中を這《は》っていったに違いなく、というのも両手も顔も医者が来た時には腫《は》れ上がっており、もし煤を塗っていなかったらもっと腫れていただろうと言われたので、インディアンたちは自分たちのやっていたことがちゃんとわかっていたってことです。でもクラブに近づくと、シャワー室の小さな窓に掛けておいたタオルが見え、その窓をそっと開けて、そこにあるとは気づかなかった大きな釘で自らを傷つけることもなく、よじ登って通り抜けましたが、何かが裂けるのを感じて初めて気づき、それはズボンの尻の部分でした。

以前書いたように、身を隠す場所はシャワー室しかありませんでした。目が暗闇に慣れ、それがよくわかりました。わたしは音も立てずにガラスのドアを開けました。シャワーの一区画の隅に歩み寄り、朝を待つために座りました。レッスンの中にこう書いてありました。「犯人は必ず犯行現場に戻ってくるものだ」。それが人間観察によって見たかったものなのです。

さてそこは心地よく暖かい場所で、多くの女性たちがシャワーを浴びているので、香水のいい香りがし、床は他の場所ほど固くなく、わたしは眠ってしまったに違いありません。というのも次に気づいた時、大勢の女の子たちの声が聞こえ、その中の何人かは怒って「こいつを殺してやらなきゃ！」と言っていましたが、クスクス笑っている子もおり、みな早口でしゃべっていたので何を言っているかわかりませんでした。

部屋は天井の電灯ですでに明るく、さらに青い窓ガラスを通して光が入っていました。わたしは音を立てずにゆっくり立ち上がり、そっとガラスの扉を押しました。開きません。もっと強く押しました。閉まったままびくともしません。鍵がついていないことを知っていたのでわけがわからず、這いつくばってガラスの下から見ると、なぜびくともしなかったのか理解できました。それは誰かがロッカー室のベンチを扉のすぐ外に積み上げていたからで、わたしがそのベンチを押そうとしていた時動かなかったわけは、壁まですき間なくぎっしりと詰まっていたからでした。

きっと誰かがわたしをかつごうとしているのだと考えていると、ゴルフクラブを持った女の手がシャワーの鎖を引っ張ろうとうごめいているのが見え、それを確信しました。わたしが「すみません、お嬢さん」と声を掛けると、誰かが「早く！　あいつが目覚めたわ！　そうよ、目覚めたのよ！」と言い、ほかの誰かが「やっちゃって、思いきりね！」と言うと、鎖が引っ張られて氷のように冷たい大量の水が、シャワーからわたしの真上に落ちてきました。

水からなんとか逃れようとしましたが、小部屋は狭すぎました。水は土砂降りのように降り注ぎ、三方の壁とガラスのドアに当たって跳ね返りました。制服は重い綾織《あやおり》で革のゲートルを履いていましたが、たちまち肌までずぶ濡れになりました。

女の子の叫び声が聞こえました。「すごく冷たいでしょう、ピーター？　哀れなピーター！　直してあげるわ！」そして水はだんだん温かくなり――熱くなり――ますます熱くなって、その声は叫びました。「さあどうぞ、ピーター！　熱いお湯よ！　いつも浴びてるでしょう！」

湯気があたりに立ちこめて何も見えなくなるまで、彼女たちはお湯攻撃の手を緩めず、それからまたシャワーから氷のような水が出始め――そしてまた熱湯――もう一度冷水となりました。

わたしは鎖をつかもうとしました。できるだけ高く飛び上がりましたが、その位置は高すぎました。熱湯が――そして冷水が――ニッケルメッキされた大きなシャワーヘッドの無数の穴から降り注ぎました。

わたしはわめきました。「やめろ！」

彼女たちは嘲笑《あざわら》いました。

わたしは再び飛び上がりました。シャワーヘッドをつかみました。つかんだままでいるとぽろりと取れて手の中に残り、ひとかたまりの水流が大きなパイプから噴き出して、片隅に立っているのがやっとでした。

それから主人の、半ば怒って半ば笑っている声が聞こえました。「やめろ！　やめんか！　奴を殺す気か？　止めろ！　殺す前にダンスフロアの床がだめになってしまうぞ！　そこらじゅうに水が流れ出ているじゃないか！」

水は止まりました。ベンチがどけられました。ガラスのドアが開きました。わたしはまだシャワーヘッドを握り締めたまま、外に出ました。水をはね散らしながら女性用ロッカー室を通り抜けました。そして大きな社交ホールに入りました。そこは一インチほど水が溜まり、ダンスフロアの片隅の演壇には五十人ほどの人が溢れ返っており、さらにどんどん増えていきました。奥さん、アーロ・ベイツ、ミスター・マックとその妻、アニー・ピアース、デイヴ・テイラー、ベン・ウィレットじいさん、ミセス・カトラー、ミセス・ロミントン、見知らぬ大勢の男たち、といっても探偵たちだとわたしは見破りましたが、それからたくさんの若い男女です。後で聞いた話だと、ミス・ベティ・オーキンクロスが九時にテニスレッスンを受けようとクラブへ行ったところ、シャワー室で寝ているわたしを発見したそうです。彼女は友人たちに電話し、友人たちはベンチを引っ張り出し、ドアを押しつけて開かないようにするのを手伝い、そうする間に何人かが、残りのクラブ関係者の実才全員に電話しまくったというわけです。

ほとんどの連中は笑ったり大声を上げたりしていましたが、若い男の一人が「あいつを表に引きずり出してリンチしてやる！」と言ったところで、奥さんが割って入りました。「見て！　見て！」

さて、その場にいた者の中でわたしだけが自分の姿を見られなかったわけですが、どんな格好かはわかっていました。すっかりずぶ濡れで全身煤だらけ、ズボンの尻は取れ、顔と手はツタウルシのせいで腫れ上がり始めていました。

しかし奥さんが見つめていたのはわたしではありませんでした。彼女は再び叫びました。「見て！　見て！」そしてわたしが手にしていたシャワーヘッドを指さし、そのてっぺんで今や誰の目にも明らかに、大きなチューインガムの塊にくっついていたのは、ミセス・ロミントンの指輪とミセス・カトラーのブレスレットだったのです！

探偵の一人が大声を上げました。「すべてのドアに鍵を掛けろ！」

奥さんはまっすぐにやってきて、じっくり眺めました。水に浸かって足が濡れるのもお構いなしでした。そして「これなら簡単よ」と言ったのです。手にはレッスンの束を持ち、パラパラとめくってみせました。「第二十五講：指紋。皆さんよく聞いて。『ガムについた指紋は、熱湯と冷水を交互に当てると保存される』まず初めに、この部屋にいる全員の指紋を取って、それから……」

しかしデイヴ・テイラーがさえぎりました。「もはやこれまでだな。俺がやったよ」

電報
コネティカット州サリー　ミセス・R・B・マクレイ
第二十五講の何ページに「ガムについた指紋は、熱湯と冷水を交互に当てると保存される」という文があったか教えられたし　マル　かくなる記述は発見できずとも、この新たな価値ある方法を実験中　マル　当校の教授陣への参加を検討いただけまいか？　五十語分の返信代は支払済

アクミ・インターナショナル探偵通信教育学校
主任警部

コネティカット州サリー　ミスター・R・B・マクレイ気付
探偵P・モーランより
ニューヨーク州サウス・キングストン
アクミ・インターナショナル探偵通信教育学校　主任警部殿

しっきりなしにくしゃみが出ますが熱は下がり、医者からも外出の許可が下りて何よりです。特に皆が「ピート、いったいあれはどうやったんだ？」と聞いてきて、ただミセス・グリムショーが新しく雇った赤毛の女の子だけは「ピーター、あなたって最高ね、

木曜の夜は何してるの？」と聞いてきた場合は。

探偵たちでさえ町へ戻る前に車庫までぶらりとやって来て、保険会社に雇われたある男はこう言いました。「ミスター・モーラン、双方の保険会社からの小切手をもちろん受け取ってくださいね」それでわたしは「もちろん」と答え、彼は続けました。「町へいらっしゃったらお立ち寄りください。仕事をお求めならいつでも歓迎ですよ」わたしは「もちろん、もちろん」と返事をしました。

わたしは奥さんに尋ねました。「彼らに何と言えばいいでしょう、ミセス・マクレイ？」すると奥さんは例の鈴を振るような笑い声を上げて言いました。「ピーター、あなたの専門のことで、わたしに何が助言できるかしら？　あれが単純な事件だと二人ともわかっていたもの」

「ええ、たしかに」

「まずすべての容疑者を振るい落としていくことから始めたわね」

「すべての？」

「すべてのよ――あなたがリストを広げるまではね。わたしたちはキャディーを除外したわ。彼はご婦人方とクラブの外で会っていて、戻ってきた時、大急ぎでキャディーマスターのところへ行って時間をチェックした。そうしないともめるとわかっていたからね。そして捜査された後も、翌朝仕事に来た。やましいところのある若者らしくない行動よ」

「彼はまったくの無実だとわかっていましたよ、奥さん」

「もちろんそうね！……ベン・ウィレットも外したわ。クラブハウスからはるか遠く離れたリンクで働いていたから。ヨボヨボで一キロ歩くのも長い時間かかるでしょうよ——そして一日の終わりに電動芝刈り機に乗って戻ってくると、ものすごい音がするから皆顔を上げて『やあ、ベン！』と声を掛けるもの」

「ベンは容疑者じゃありませんでした」

「あなたにとっては全員が容疑者だったでしょ！　ああピーター、わたしは感謝しているの！……ミスター・マックと話したわね」

「ミスター・マックは正直者です」

「彼が正直者だってことには異存はなかったわ——しかもなくなった十セントを六ヶ月も捜し続けるなんて、誰の持ち物かということによほどうるさい人だから、指輪やブレスレットに誘惑されることはないはずよ」

「アニー・ピアースは……」

「彼女には完璧なアリバイがあったわ。歯医者に電話したら、診療所を出た時間を教えてくれたの。彼女が十二時十五分前か十二時のどちらかに車回しを歩いてきたということでは、デイヴは真実を語っていたのね。たまたま十二時で、わたしはそれを知っていたの――でもデイヴはアニーに疑いがかかるような話し方をしたのよ」

「アーロ・ベイツは……」

「彼はあらゆる点で除外できたわ！　その決め手は鍵よ」

「マスターキーのことですか？」

「優等学生友愛会《ファイベータカッパ》の鍵よ。普通なら容疑者よね、だってここに来てまだ二ヶ月くらいですもの。でもこの鍵は彼が優秀だってことを示しているわ。とてもとても優秀なのよ！ブレスレットと指輪を盗むなんて優秀な人物のすることじゃないわ。ブレスレットなら、そうね、たくさんの石がついているのを台座から外して、一度に一つずつ売ることもできるけど、巨大なダイヤがついた指輪なんて、泥棒もいったいどこで売りさばけるかしら？」

「それこそわたしが自分に問いかけていたことですよ、ミセス・マクレイ」

「それに、ただ一つのロッカーから盗む方が賢いやり方だったわ、だって他のロッカーに手をつけなければ、ミセス・カトラーがクラブにブレスレットをつけてきたとはだれも信じないし、彼女自身でも確信が持てなかったでしょう。保険会社が解決したはずよ、あらゆる危機に備えているんだから。でも二つのロッカーが開けられたとなれば盗みだし、盗みでなければおかしいわ。アーロなら泥棒がやったようなヘマはしないわね」

「それでデイヴ・テイラーが残ったんですね」

「あなたが最初に挙げた名前は誰だったかしら、ピーター？」

「わたしが名前を挙げたですって、ミセス・マクレイ？」

「ピーター、謙遜しないで――でもわたしもそう遅れを取ってはいなかったのよ」奥さんはわたしが頭文字を書いたスコアカードを手渡してきました。その裏側には奥さんの字で「デイヴ」と書いてありました。「最初は彼のことなんて考えもしなかったわ。ご婦人方が出発した時は、キャディー小屋の外に座っていた。彼女たちが戻ってきた時もそこにいて、ボビー・ハンターの時間を確認するためにいなければならなかった。でもいつなら人目がないかを常に知っている唯一の人物で、このちょっとした重窃盗を行うタイミングを選べたのよ！　その上、彼にはアーロのような頭脳がなかった。ミセス・ロミントンの指輪が、一番上の棚から彼に向かってきらめいているのを見た時、そのままにしておいた方が自分にとって安全だとは思いつきもしなかったのね！」

「やつはマスターキーを持っていなかったです」

「大した妨《さまた》げにはならないわ、そうでしょ、ピーター？　本当にそれが必要かしらね。ロッカーは古いでしょ。あなたがシャワー室にいた時、自分の鍵を三つのロッカーで試してみたの。そのうち二つが開いたわ。これまで知られていなかったのは、誰も試した人がいなかったからよ。正直者の集まりだから」

「毎年夏に会員の誰かが鍵を失くし……」

「そうなのよ、ピーター」

「デイヴが一本見つけたと」

「もちろん――そしてその一本だけかと聞かれて、他にも四本持っていたと白状したの」

頭のいい女性ですよ、奥さんは。わたしが教え続けたら、いつか本物の探偵になれるでしょう。「でも指紋は――チューインガムの？」

「ピーター」奥さんは言いました。「宝石を見た瞬間、指紋が残っていることを期待して祈ったけど、近寄って見たら、熱湯がガムを溶かして、指紋はどこにも残っていないことがわかったの。そこで大胆かつ際《きわ》どいはったりにすべてを賭けたのよ。熱湯と冷水は指紋を保存すると言って――本当はしないいんだけどね――デイヴ・テイラーはあまりにも鈍《にぶ》いから、わたしの言ったことを真に受けて自白してしまったというわけ」奥さんはわたしを見てにっこり笑い、その時初めてなんて可愛い女性かと気づきました。「ピーター、ほら、あなたのレッスンよ。どうもありがとう。この事件では、あなたから多くを学んだわ。でも学校の教授の一員になるですって？　わたしはほんの初心者だって手紙で伝えてちょうだい」

今日の午後、奥さんを車でカントリークラブに送った時、ミス・ベティ・オーキンクロスが委員会なるものにわたしを呼び出しました。奥さんは「ピーター、大変ね」と言いました。何が待ち受けているか、知っていたんだと思います。

ミス・ベティは言いました。「ピーター、あなたにはシャワーに隠れる権利はないけれど、わたしたちにもあなたを溺《おぼ》れさせようとして、最初は冷水、次に熱湯を掛ける権利はないわ。ごめんなさい。皆を代表してお詫びします」

わたしは一日中そうしていたようにくしゃみをしました。そして「ミス・ベティ、お詫びは受け入れます」と言いました。

「あなたにちょっとした贈り物を買うことにしたの、もう怒っていないことを表すためにね。これよ、ピーター」彼女はビロードのケースを差し出しました。

「何ですか、ミス・ベティ？」

委員会の面々は笑い出しました。「オイスター・ウォッチという時計よ、ピーター。防水なの。泳ぐ時も身に着けていられるわ。次にシャワーに入る時には役立つでしょうよ」

今もそれを着けています。

それで、前のくしゃみから六分四十一秒経ったとお伝えできるというわけです。

解説　パーシヴァル・ワイルドの探偵小説術

羽柴壮一

ピーター（ピート）・モーランは、アメリカ北東部、コネティカット州のサリー村に邸宅を構えるミスター・マクレイのもとで働くお抱え運転手である。お調子者で無教養だが人好きのする青年で、美人には目がないモーランは、私立探偵に憧れ、通信教育の探偵講座を受講している。尾行、放火、強盗、ホテル探偵、指紋――さまざまな探偵術のレッスンを受けるごとに早速それを試してみるモーランだが、はたしてその結果は……？

改心した元ギャンブラーがいかさまトリックを次々にあばいていく『悪党どものお楽しみ』（ちくま文庫）でミステリ・ファンの喝采を浴びたパーシヴァル・ワイルドが、通信教育探偵というこれまたユニークな設定の名（迷）探偵を創造、エラリー・クイーンらに絶賛されたユーモア・ミステリ連作集が本書『探偵術教えます』である。

まずは作者ワイルドのプロフィールを振り返っておこう。

パーシヴァル・ワイルドは一八八七年三月一日にニューヨークで生まれた。早熟な子供であった彼は規則づくめの学校生活にはなじめず、何度も放校処分を受けて転校を繰り返したが、成績は優秀で、わずか十九歳でコロンビア大学の理学士課程を修了する。卒業後は銀行で働きながら文筆活動を始め、タイムズ紙やポスト紙に書評を寄稿するようになった。そして、最初の短篇小説が一九一二年に雑誌に載ると、舞台化の権利を求める依頼が彼のもとに殺到した。これにより自己の劇作家としての資質に目覚めたワイルドは、その後数年にわたって、当時隆盛をきわめていたヴォードヴィル用の一幕物の作者として活躍することになる。

観客の心理を学ぶという点で、その経験から得るところは多かったが、彼は次第にこのジャンルの制約に飽きたらぬ思いを感じ始めた。しかし、もっと知的な観客に向けて書いた戯曲は上演を拒否されてしまう。そこで彼は、一九一五年、これらの戯曲をまとめて *Dawn and Other One-Act Plays of Life Today* として出版することにした。これに注目したのが、その頃盛んになりつつあった小劇場運動である。

一九一〇年代、大劇場の娯楽・商業主義とは異なる、リアリズムや実験的手法を取り入れた新しい演劇を上演する小劇場がアメリカ各地に生まれていた。戯曲集の好評に力を得てワイルドがこれらの小劇場向けに書き下ろした劇は広く人気を博した。ワイルドの劇はリアリズムを基調とし、登場人物の分析的な描写に優れている。ストーリーの蓋然性を重んじて、とってつけたようなハッピー・エンドはこれを拒否する。百本を超えるその作品は、国内および英語圏の千三百以上の都市で上演され、各国語に翻訳された。

第一次世界大戦が勃発すると海軍に入り、少尉で退役。その後、ハリウッドで短期間を過ごし、戯曲の合作もしている。

演劇を創作活動の中心としながら、雑誌に短篇を寄稿していたワイルドだが、一九二〇年代には、改心した若きギャンブラー、ビル・パームリーを探偵役とする一連の作品を発表している。一九二九年に『悪党どものお楽しみ』として一冊にまとめられたこのシリーズは、二〇年代アメリカの華やかな社交生活を活写しながら、同時に作者のミステリに対する深い造詣を窺わせるものであった。やがてワイルドは長篇ミステリにも手を染め、一九三八年の『ミステリ・ウィークエンド』（原書房）を皮切りに、『検死審問』（一九三九。創元推理文庫）、*Design for Murder*（一九四一）、『検死審問ふたたび』（一九四二。創元推理文庫）と四作品を発表。一九四七年には本書『探偵術教えます』も上梓している。

劇作家ワイルドにとって、ミステリはいわば余技だったが、その作品には、このジャンルに対する彼の深い愛情と理解がはっきりと刻印されている。作品数こそ多くはないが、そのレベルは非常に高く、どの作にも、なにか一つ独自の趣向が凝らされていて、読者を楽しませてくれる。登場人物の巧みな造型や、ユーモアと機知にあふれた会話は、戯曲の執筆で培われたものだろう。

一九四二年刊の『二十世紀作家事典』（クーニッツ＆ヘイクラフト編。本稿の伝記的な記述はこの事典に多くを拠っている）によると、当時のワイルドはニューヨークに居を構え、冬はマイアミ、夏はコネティカット州シャロンで過ごしている（本書をはじめ、彼のミステリの多くがコネティカット州の田舎町を舞台としている)。仕事をするのはもっぱら夜中で、午後はスポーツや社交、午前中は睡眠にあてている。マイアミ大学で非常勤講師として演劇の講座を受けもち、アメリカ演劇家協会の理事も務めている。すらりとして、むしろひ弱にさえみえるが、実際には優れた泳ぎ手であり、テニス・プレイヤーであった。

一九五三年九月十九日、ワイルドは心臓疾患のためニューヨークの病院で亡くなった。

『探偵術教えます』(*P. Moran, Operative*)は、一九四七年に刊行された作者晩年の作品集である。収録作品は一九四三年から四七年にかけて雑誌に発表されたものだが、そのほとんどが《エラリー・クイーンズ・ミステリ・マガジン(EQMM)》で、本書のいたるところに探偵小説のトリヴィアルな知識やくすぐりがちりばめられているのも、ミステリ専門誌の読者を想定していたとすれば納得がいく。エラリー・クイーンのエッセー集『クイーン談話室』(国書刊行会)によると、フレデリック・ダネイ(合作作家クイーンの片割れで《EQMM》誌を編集)への献呈本にワイルドは、「フレッド・ダネイへ、前にも云ったことだが、きみはP・モーランの誕生に関わっただけではなく、その行状についても多少なりとも責任があるのだよ」という献辞を書き込んでいる。この愛すべき通信教育探偵の誕生には、《EQMM》の名伯楽ダネイの大きな寄与があったようだ。

収録作品の原題と初出は次の通り。なお、今回のちくま文庫版は、『探偵術教えます』出版後に書かれた「P・モーランの観察術」を「補講」として追加収録した完全版「P・モーランの事件簿」である。

P・モーランの尾行術　P. Moran, Shadow（*EQMM*, 1943-9）
P・モーランの推理法　P. Moran, Deductor（*EQMM*, 1944-11）
P・モーランと放火犯　P. Moran, Fire-fighter（*EQMM*, 1945-7）
P・モーランのホテル探偵　P. Moran, House Dick（初出誌不明）
P・モーランと脅迫状　P. Moran, and the Poison Pen（*EQMM*, 1946-3）
P・モーランと消えたダイヤモンド　P. Moran, Diamond-Hunter（*EQMM*, 1946-4）
P・モーラン、指紋の専門家　P. Moran, Fingerprint Expert（*Avon Detective Mysteries*, vol. 3［1947］）
P・モーランの観察術　P. Moran, Personal Observer（*EQMM*, 1951-8）

田舎町のお屋敷付き運転手で、通信教育の探偵講座を受講中の主人公ピーター・モーランと、ニューヨーク州サウス・キングストンのアクミ・インターナショナル探偵通信教育学校の指導教官〝主任警部〟との間でやり取りされる手紙や電報で、本書は構成されている。まず第一にこの構成がユニークである。

　さまざまな文書を集めた形式のミステリには、ウィルキー・コリンズ『月長石』やドロシー・L・セイヤーズ&ロバート・ユースタス『箱の中の書類』など、いくつかの例があるが、全篇往復書簡形式となるとすぐには思い浮かばない。もっとも通信教育探偵には、早くも一九一〇年代に、アメリカのユーモア作家エリス・パーカー・バトラーのファイロ・ガッブ・シリーズという先例があるのだが（『通信教育探偵ファイロ・ガッブ』国書刊行会）、通信教育の教本が随所に引用されるものの、スタイルは通常の三人称である。ちなみに通信教育探偵のアイディアそのものは、本書以後も何人かの作家によって受け継がれているようだ。

（以下、内容に触れた部分がありますので本文を未読の方はご注意ください）

というわけで、通信教育で尾行術や指紋の採取法、強盗の手口といったレッスンを受けているモーランだが、いまだ修業中の身ながら、本人はすっかり一人前の探偵気取り、習得した（つもりの）探偵術を実地に移してみたくてたまらない。〝主任警部〟の制止もなんのその、なまかじりの知識をふりかざして猪突猛進、毎回とんでもない騒ぎを引き起こすはめとなる。

尾行の練習相手に選んだイタリア人（と信じているが本当はドイツ人）が実は麻薬の密売人だったり、新入りのメイドに紹介された男をバイオリン弾きと「論理」し、お屋敷のパーティのダンス伴奏を頼みに行くが、実はその男は……といったぐあいに、最初から最後までボタンのかけちがったようなモーランのトンチンカンな行動と、そこから生じるドタバタ騒ぎが、本書の最大の見どころである。しかし、モーランの見当違いの暴走にもかかわらず（あるいはそれゆえに?）、毎回、事件は見事に解決してしまうのである。

こうしたピーター・モーランを、エラリー・クイーンは「同時代で最高の喜劇的《コミック》探偵」と評し、ミステリ・ガイド*1001 Midnights*（一九八六）で本書を推奨するビル・プロンジーニも、その途方もない可笑しさ、滑稽さは時代を超えたもの、と絶賛している。ちなみに二〇〇二年に出た『探偵術教えます』晶文社版は、年間ミステリベスト・アンケートでも上位にランクイン（『このミステリーがすごい！』第10位、『本格ミステリ・ベスト10』第6位）、その面白さが古びていないことを証明した。「三谷幸喜の書くコメディに通じるおかしさがある」（平田俊子氏、『群像』二〇〇三年三月号）といった評も寄せられている。

探偵小説パロディの傑作として高い評価を得ている本作だが、パロディとはしかし、それ自体が一個の批評であり、対象に対する深い知識と理解がなくては書けるものではない。ワイルドは本書を通じて、彼自身が並々ならぬ探偵小説マニアであることを十分に披露してくれる。たとえば「P・モーランの推理法」でモーランは、シャーロック・ホームズの有名な職業当てに挑戦して見事な迷推理を展開し、「尾行術」「ホテル探偵」では一転してハードボイルド探偵のカリカチュアを演じてみせてくれる（ちなみに「ホテル探偵」ほかに登場するホテル、サリー・インは長篇『ミステリ・ウィークエンド』の舞台でもあった）。また、モーランが古屋敷の見張り番を依頼される「放火犯」がホームズ譚の名作のトリックを下敷きにしているのは、ミステリ・ファンには一目瞭然だろう。登場人物に、ソーンダイクやヒューイット、アブナーといった名探偵たちの名前が使われているのもご愛嬌である。

なかでも作者の探偵小説マニアぶりが最高潮に達した傑作が「消えたダイヤモンド」である。主人マクレイ氏の知人宅のハウス・パーティで、８ミリ映画の上映中に客のダイヤモンドが消え失せ、モーランの出番となる。マクレイ家でメイドのアルバイト中で、大学では「探偵小説の芸術と技巧」の授業を取っていたという女子大生マリリンの助言に従い、モーランは古今の有名探偵作家の〝消えた宝石〟探し小説をお手本にして捜査にとりかかる。参照される作家はエラリー・クイーン、コナン・ドイル、ジョン・ディクスン・カー、エドガー・ウォーレス、G・K・チェスタトン、ドロシー・L・セイヤーズ、アガサ・クリスティという面々。しかしモーランは、これらのお手本にあまりにも忠実に行動した結果、炉棚の上のナポレオンの胸像をハンマーで叩き壊し、明代の高価な壺や十六世紀のヴェネチアン・グラスを粉々にしたりと、部屋中を滅茶苦茶にしてしまう。挙句の果てに依頼主から、「ダイヤを見つけたら千ドル出すといったが、ダイヤを見つけなかったら二千ドルやる」と体《てい》よく追い出される始末。

　モーランの暴走ぶりには思わず噴き出してしまうが、しかし、よくよく考えてみると、たとえば名探偵ホームズにしても、叩き壊したナポレオンの胸像から何も出てこなかったら、はたして「観衆の喝采を受ける大劇作家のように」すましていられたかどうか。一見滅茶苦茶にみえるモーランの〝探偵術〟にも、実はモーランなりの理屈は通っていて、それが探偵小説に対する優れた（そして愉快な）批評になっていることを見逃してはならないだろう。

　ところで無学な労働者階級のモーランは、手紙の中でさかんに綴《つづ》り間違いや言葉の取り違えを犯す。〝deduce（推理する）〟を〝deduct〟、〝fingerprint（指紋）〟を〝fingerprince〟とするたぐいはしょっちゅうだし、〝sensible（実用的）〟を〝sensual（官能的）〟と取り違えて、「それは官能的な運転ですか」とマクレイ夫人にたずねて困惑させたりする。こうした言い間違いや文法上のミス、半可通の知識をふりかざすことからくるチグハグさがまるで落語のような絶妙なユーモアを生み出している。

おかしいのは、モーランの綴りの間違いを指摘する〝主任警部〟のほうも、回が進むに従って、まるでモーランのミスが伝染したかのように、つい「論理する」などと書いてしまうことだ。やがて、どうやら主任警部もまたモーラン同様、けっして教養あふれる人間などではなく、有能な秘書を雇うまでは綴り間違いで悩んでいたことが明らかになってくる。しかも、退学処分をちらつかせてモーランを牽制したかと思えば、彼の成功を抜け目なく学校の宣伝に利用したり、賞金の分け前をせしめようと画策したりする。どうやら、それほど御立派な学校というわけではないらしい。

最初はモーランの無知無学をからかい、その無茶な行動をいさめていた〝主任警部〟だが、モーランが（なぜか）成功を重ねていくに従って、いつのまにか二人の関係が微妙に変化していくのも面白い。無邪気でお人好しのモーランだが、捜査報酬の交渉や窮地に際しての行動では、意外なしたたかさや臨機応変の才を披露し、やがて「このところとても金回りがいい」状態にまでなると、〝主任警部〟を揶揄《やゆ》したり煙に巻いたりという余裕さえ見せ始める。しかし、〝主任警部〟のほうも負けてはいない。「指紋の専門家」では調子に乗ったモーランを見事出し抜いて一矢を報いることになる。

短篇集『探偵術教えます』の刊行後、五年ぶりにＰ・モーランが《ＥＱＭＭ》誌に帰ってきた「観察術」では、探偵講座の教材に興味を抱いたマクレイ夫人が、カントリークラブで起きた宝石盗難事件の現場にモーランを引き連れて乗り込む。探偵初心者の奥さんにいいところを見せようと、レッスンの「一オンスの観察は一ポンドの推理に匹敵する」を実践したモーランだったが、その行動は彼をまたしても窮地に追い込むことに。終わりよければすべてよし、という結末もモーランらしい一篇。

最後にひとつ面白いエピソードを紹介しておこう。原書のカバージャケットのフラップ(袖《そで》の部分)には、作者プロフィールと共に次のような文章が掲載されている。

「数年前、彼は探偵術の通信教育講座の広告を偶然見つけて別名で申し込み、大いに愉快な時を過ごした。彼は自分にできる最上の解答を、綴りの間違いだらけの最低の英語で書いて送ったのである。彼は好成績を収め……そして学校側は彼を生徒に迎えたことでこうむった打撃から立ち直ることはできなかった。というのは、この学校はもはや存在しないのである。この愉快な経験の産物こそ、もちろん、本書『探偵術教えます』である」

なんだか出来すぎた話だが、アクミ・インターナショナル探偵通信教育学校や〝主任警部〟に実在のモデルがあったとしたら愉快な話だ。もっとも、作品の中でさんざん笑い者にされたあげく学校をつぶされて(?)しまった実在の〝主任警部〟にとっては、とんでもない災難だったわけだが、その結果、抱腹絶倒の探偵コメディ『探偵術教えます』が誕生したと思えば以て瞑すべしか。

本書は、パーシヴァル・ワイルド『探偵術教えます』（晶文社、二〇〇二年）に、新訳「P・モーランの観察術」を加え、再編集したものです。解説は晶文社版の「パーシヴァル・ワイルドについて」を改題改稿しています。

編集＝藤原編集室

ちくま文庫

探偵術《たんていじゅつ》教《おし》えます

二〇一八年四月十日　第一刷発行

著者　パーシヴァル・ワイルド
訳者　巴妙子（ともえ・たえこ）
発行者　山野浩一
発行所　株式会社　筑摩書房
東京都台東区蔵前二―五―三　〒一一一―八七五五
振替〇〇一六〇―八―四一二三
装幀者　安野光雅
印刷所　株式会社精興社
製本所　株式会社積信堂

乱丁・落丁本の場合は、左記宛にご送付下さい。
送料小社負担でお取り替えいたします。
ご注文・お問い合わせも左記へお願いします。
筑摩書房サービスセンター
埼玉県さいたま市北区櫛引町二―六〇四　〒三三一―八五〇七
電話番号　〇四八―六五一―〇〇五三

ISBN978-4-480-43502-6　C0197